異世界でおまけの兄さん自立を目指す6

ダリウス
カルタス王国の
近衛騎士団長で、
庇護者かつ恋人の一人。
エリアス
カルタス王国の第一王子で、
庇護者かつ恋人の一人。
ジュンヤ
神子召喚に巻き込まれ、
ゲーム世界に転移した
平凡なサラリーマン。
浄化の神子として
カルタス王国を巡行しており、
現在はバルバロイ領にいる。
マテリオ
巡行に加わった神官で庇護者。
ジュンヤの親友ポジションだったが……？

グスタフ
トーラント領の領都、
レナッソーにある神殿の司教。
ロドリゴ
トーラント領を治める一族の一人。
カルタス王国の宰相の孫にあたる。
ミイパ
ジュンヤ達が訪れた村、
ナワ・ファアンにいた少年。
エルビス
ジュンヤ付きの侍従で、
庇護者かつ恋人の一人。

ＢＬゲーム『癒《いや》しの神子《みこ》と宵闇《よいやみ》の剣士《けんし》』の世界におまけで召喚された俺――湊潤也《みなとじゅんや》は癒《いや》しの神《み》子《こ》として、ここカルタス王国全土を穢《けが》す瘴気《しょうき》を祓《はら》う巡行の旅をしている。

少し前から俺達は、ダリウスの実家があるバルバロイ領の中央都市、ユーフォーンに滞在していた。南部にあるチョスーチの浄化を終えた俺は、ユーフォーンに戻ってしばしの休息をとっているところだ。

ユーフォーンでは、ダリウスの兄であるヒルダーヌ様と出会ったものの、どうやら二人は仲が悪いようで、険悪な雰囲気が続いていた。さらにヒルダーヌ様の婚約者であるメフリー様が病に臥《ふ》せっており、俺はそのどちらもをなんとかしてあげたい、と考えたのだ。

東奔西走《とうほんせいそう》して尽力したところ、メフリー様が病で臥《ふ》せっていた理由が、ヒルダーヌ様に権力が集まるのを恐れた一味が、瘴気《しょうき》を使い危害を加えていたせいだったと判明。彼らはティアや俺を狙う一団とも繋がっていたため、街の住民を浄化する際、一網打尽にすることができた。

敵の確保にラジート様も一枚噛んでいるが、彼は俺が浄化をするたびに呪詛《じゅそ》返しに苦しんでいる。ナトルが裏で何かしているらしいが、正確な情報はない。結局のところ、ラジート様を救うには呪《しゅ》を全て浄化するしかないんだろう。

ダリウスとヒルダーヌ様の仲違《なかたが》いも、犯人は判明しなかったが、第三者の策略だと分かり二人は和解することができた。さらにヒルダーヌ様がメフリー様に恋をしていることを一切自覚していなかったんだが、それを認識させることに成功させた。

これで万事解決……と言いたかったが、ヒルダーヌ様の反撃を食らってしまう。

あろうことかヒルダーヌ様は、俺が言い争っている際に「ダリウスの子供を産んでもいい」と言い放った時の録音をみんなに聞かせたんだ……

みんなの前で恋してることを自覚させた意趣《いしゅ》返しかよ⁉

とにかく、あの人は食えない男ってことだけは理解した。

その後、ティアとダリウスに子供の件について問いただされ、適当に誤魔化したんだが……

「私に秘密を持つ覚悟は持っているな？」

「ベッドで吐かせるから問題ない」

……という二人の怖～い宣言にビビっている。子供の件については、いつかちゃんと話す時間を作ろうと思う。

疲労を理由に、バルバロイ家で滞在している部屋に逃げ帰り、今はエルビス達にマッサージしてもらっている。まだ体力は残っていると思っていたが、自覚している以上に消耗《しょうもう》していたようだ。

「パレードはあんな状況でしたが、魔石の輝きと同じ光がジュンヤ様を包んでいて美しかったです」

「魔石の輝きは見慣れたと思ってましたが、神々《こうごう》しくて、まさしく神の愛し子の名に相応《ふさわ》しい御姿でした！」

侍従の二人が話しているのは、パレードで俺が刺客に襲われた時の話だ。パレードで刺客に刺されそうになった俺は、なぜか謎の白い空間に移動していたのだ。少しして元の世界に戻ってこられたのだが、刺客には傷一つつけられていなかった。

どうやら、ケローガで出会ったコミュ司教がくれたメイリル神のペンダントが俺を守ってくれたようで、元の世界に戻った瞬間にペンダントは粉々に砕けてしまった。

ノーマとヴァインは俺をマッサージしながらその時のことを話し続けている。まだ興奮冷めやらぬようだ。

「私はジュンヤ様が神の世界に行ってしまうのではと怖かったです。本当にご無事で良かった。どこかに行った……と仰ってましたよね？」

エルビスが不安そうに聞いてきた。

「うん。最初は誰もいない真っ白な世界にいて、急に森の中に移動したんだ。泉は道だって声が聞こえてさ。思い切って飛び込んだら……戻れた」

知らない場所なのに、なぜか既視感があったのだ。

「すごく長くいた気がするけど、あれはなんだったんだろう……」

「実際には一瞬だったのでしょうが、私達にとってはとても長く感じました。神殿に聞いても分かる人間がいるかどうか……」

「心配ばかりかけて悪いな」

俺が眉尻を下げると、エルビスは首を横に振った。

「ジュンヤ様が悪いのではありません。それに良いこともあります。もう追撃の心配はないでしょう。トーラントはトーラントで不安がありますが、巡行メンバーの絆があれば大丈夫です！」

「そうだな。絆といえば……ヴァイン、ラドと仲良くなったんだ？」

「はぁっ⁉　あ、し、失礼を！　いえ、普通の友人です！　友人になりました！」

振り向くとヴァインは赤い顔をしている。慌てちゃって可愛いなぁ。

「そっかぁ。友達になれて良かったな」

「ええ、はい。そうですね」

進展はまだなさそうだけど、幸せなのは良いことだ。

「俺さ、リクエストされたメニューの他にも色々作ってパーティーするから。三人も手伝っちゃダメだぞ！　みんなもお客さんだから、手を出すなよ」

驚く三人に手を出さないように言いつけると、驚きながらも楽しみにしていると言ってくれた。

「正装禁止令も出すから、もてなされてくれよ？」

俺が笑うと、三人も笑った。

夕食はガーデンパーティーだ。とはいえ、今日非番のユーフォーンの騎士も招待するので、百人近い規模になる。そんな規模の食事を一人で準備するのは無理なので、ハンスさんを始め調理場メンバーに手伝ってもらった。当然、彼らも交代でパーティーに客として参加する。

ピザに唐揚げ、カレーなど……メニューだけ見たら日本に帰った気分になる。調理場メンバーには日本的なメニューだけでなく、この世界のメインディッシュも作ってもらった。

「ジュンヤ様。ユーフォーンの獣達は大食らいなので、食材はこの倍必要です」

自領の騎士を獣扱いする料理長は、大量の食材を調達してきた。他にも片付けや、調理器具を洗う仕事が残っている。せっかくのパーティーなのに全員の力を借りることになったので迷惑だったかと思いきや、みんな楽しそうに手伝ってくれて、安心した。

パーティーのセッティングは執事のリンドさんに協力してもらった。使用人の皆さんの手を借り、準備完了。彼らも交代制でパーティーに参加する。基本立食だが、元々ベンチも設置されているので、少しだが座席もある。

そして時間になり、王都メンバー、バルバロイ一家、ユーフォーンの騎士達が集まった。みんなリラックスしていて良い感じだ。サージュラさんは呼ばなくても嗅《か》ぎつけて来そうだったので、最初から招待しておいた。

「ヒルダーヌ様、皆さん。手を貸してくださってありがとうございます。色々ありましたが、皆さんのために食事を用意しました。気軽に楽しんでください」

俺の簡単な挨拶の後、パーティーが始まった。俺は会場を回り、みんなの反応をチェックしている。

「ジュンヤ様～！　カレーパン美味いっす！　唐揚げは俺のリクエストですよね？　嬉しいっす！」

「ウォーベルト……その山盛りの飯、食べきれるのか？」

護衛であるウォーベルトの皿には、今にもこぼれ落ちそうなくらい料理が盛られている。

「これくらいチョロいっす！　あ、あれも食べてみたいっ！」

そう言うと風のように去っていき、料理が盛られたテーブルを物色し始めた。

そんなウォーベルトの後ろ姿に軽くため息をついた俺が次に向かうのは、ティアとダリウス、エルビスのいるテーブルだ。

「ジュンヤ。私はジュンヤの作るトンカツが好きだ。なぜあんなに肉を柔らかくできるんだ？」

「あ〜！　俺もトンカツが好きだなっ！　カツ丼もまた食いたい」

「今日は人数多いから、今度作ってやるよ」

「ああ、今度、俺のためだけに作ってくれ」

さらっと尻を撫でてセクハラをしてくる男の手を追い払う。俺が次のテーブルへ移動すると、ダリウスも後をついてきた。

「ジュンヤ様のドレッシング、すごいです……野菜をこんなに美味しく感じるなんて」

エルビスが草食動物のようにもしゃもしゃ野菜を食べていて可愛い。俺が用意したのはシンプルなフレンチドレッシングだったが、酸味が食欲を増進すると思いの外みんなに好評だった。

そして、隣のテーブルにいるのは、あいつ。ここは神官用にベジタリアンゾーンになっている。

「マテリオ、美味いか？」

無言でピザをひたすら喰《く》らう男は頷いた。

「初めて会った時の味だ……」

「そういえば、ピザを作って無理やり食わしたんだっけ。懐かしいな」

異世界にやってきてすぐの時に神殿に拉致《らち》された事件。その時にマテリオや神兵さんのために作ったのが遠い日に思える。

「あの時は正直に言えなかったが、美味い」

「へへっ、そうか。……って、マナ!? そんなに口に詰め込まない！ 喉《のど》に詰まるぞ！」

マテリオの隣に立つマナは、リスみたいにほっぺたが膨らんでいる。

「むぐぐ、むふっふ、むふ～」

「全っ然、分かんないよ」

「すごく美味しいです、と言ってますね」

マナの隣に座っていたソレスが通訳してくれた。あれで分かるなんて、さすが双子だ。

「たくさんあるから、慌てないで食べるんだぞ？」

ひらひら手を振って神官用のテーブルから去り、さて、お次は……

「おぉ～う！ 神子《みこ》様！」

「ザンド団長、チェリフ様」

「母上、いらしたのですか」

ユーフォーンにある騎士団の団長、ザンド団長と、ダリウスの母、チェリフ様が俺と神官のいるテーブルにやってきた。

テーブルを挟んで立っていたダリウスはチェリフ様の前に移動し、姿勢を正した。チェリフ様に会うのは久しぶりだ。あの騒ぎの中、今までどこにいたんだろう？

「うふふ。神子《みこ》様。疑問は疑問のままのほうがよろしいですよ？」

怖っ！　何も言ってないのに返事してきた、何この人⁉　思考を読める魔法とか使ったのか？

「これだけはお教えしておきますね。捕縛《ほばく》した者は私の管轄です。どうぞお任せを」

「チェリフはな、優男に見えておっそろしいんだぞ？　腕力だけなら勝てるが、頭脳攻撃してこられたら敵わん」

ザンド団長は大袈裟《おおげさ》に震えてみせる。

「おやおや、人聞きの悪い」

二人の笑い合っている様子から、仲の良さが窺《うかが》える。

「こんなに美味しい食事は初めてです。レシピを伝授してもらってもよろしいですか？　街の名物になりそうです」

「もちろんです。役に立ちそうなことは試してください」

「あなたは見返りを求めないのですねぇ。もう少し欲を出しても良いのでは？」

「母上、ジュンヤ様はそういう方ではないのですよ」

「あ、ヒルダーヌ様」

ヒルダーヌ様もやってきた。このテーブルは圧の強い人間が勢ぞろいだ。なんだか息苦しい。

「ジュンヤ様は驚くほどストイックな方です。目的のためには突き進む、貴重な人材です」

「ほぉ。そこまで言うなんて、マティも変わったね。――それに、ディーが逃げないね。これも神《み》子《こ》様のおかげかな？」

チェリフ様は、幼子にするように、優しくヒルダーヌ様の頬に触れた。

「……母上？」

「ソーラズから報告があった。そなたの我慢強さに甘えていた。すまなかったね。これからは己の思う道を進むが良い。道を誤った時は、容赦なく叱ってやろう。これまで、良い子すぎて怒ったこともないと気がついたよ」

ヒルダーヌ様は唇を噛み締め、泣くのを我慢しているように見えた。

「弟が破天荒《はてんこう》すぎたせいかな？」

「母上……俺は」

「――俺？」

「うっ、私は、難しい話は苦手で」

流れ弾が飛んできたダリウスが気の毒だが、チェリフ様には逆らってはいけないと俺の本能が言っている。

「そなたは旦那様似だから良いさ。手綱を握る相手が現れたようだし大丈夫だろう。ねぇ、神《み》子《こ》様？」

チェリフ様が笑いかけてきたが、どうも緊張する。

「チェリフ様、俺に敬語はやめてください。それと、ジュンヤと呼んでもらえると嬉しいです」

「ふふふ。では、未来の息子として話そう。実に楽しみだ。マティもメフリー殿の回復を待って婚儀を挙げる。すまないが、兄が先だ。二人には待ってもらうよ」

「ええっ⁉　あ、の。はぁ」

「おや、否定はしないのだね。嬉しいことだ」

「チェリフ、待て。ジュンヤは私の恋人でもあるのだぞ？」

俺の背後から声がして、別のテーブルで騎士を労《ねぎら》っていたティアがケーリーさんを引き連れて参戦してきた。ダリウスとチェリフ様の間に割り込む珍しい光景だ。

「殿下、会話に割り込むのはお行儀が悪いですよ？」

「いや、ジュンヤに関しては譲れない」

「おやおや。我が家で独り占めにはできないようですね？」

「させぬ！」

「ふっふっ……今の殿下はまるで子供みたいですね。少しは成長されたかと思ったのですが」

「うっ……しかし、ジュンヤは特別なのだ」

「それはそれは」

ティアが引かずに反論していると、突然チェリフ様がティアを抱きしめた。チェリフ様のほうが小さいのでしがみついている感じだが、驚いたティアは固まってしまった。

「そのような素直なお言葉、久しぶりにお聞きしました。よろしゅうございましたね。王族は苦しい選択を強いられるもの。その苦しい道のりを共に歩く伴侶が見つかり、私は嬉しく思います」

抱きしめていた腕を緩め、チェリフ様はティアを見上げる。

「恐れ多いですが、あなたは我が子同然です。ダリウスと殿下の二人が幸せになることは、母として至上の幸せでございます」

「チェリフ……」

「さて、ジュンヤには心から礼を言うよ。うちの放蕩《ほうとう》息子を矯正してくれたうえ、凍りついた王子の心も溶かしてくれた。婚約式も結婚式も全面的に支援する。早速、当家のお抱え仕立屋に準備をさせよう」

「チェリフ様、落ち着いてください！　気が早すぎます」

「母上、ジュンヤが困っています」

ダリウスも間に入るが、チェリフ様はテンションが上がってしまっている。

「ディー。こんな美人で肝の据わった嫁、さっさとくっつかないと、ライバルは魔灯《まとう》にたかる虫のように現れるぞ？　横からかっさらわれても良いのか？　バルバロイの男ならライバルを全てぶちのめしてかまわぬが、肝心のジュンヤが目移りしたらどうする。気が変わらぬうちに婚約式だけでも済ませねば。殿下ものんびりしていてはいけませんよ」

急に話の風向きが変わる。

「母上、大丈夫です。ジュンヤ様は心変わりなどしませんよ」

ちらりとヒルダーヌ様に視線をやったら、助け舟を出してくれた。ありがとうございます！

「ダリウスは俺だけのもので、俺はダリウスのもの、だそうです。そうそう、俺のいる場所がダリウスのいる場所とも仰っていましたね」

すごいなその記憶力！　自分でもそこまで覚えてないのに。

「ジュンヤ……！　そうだな。俺達は永遠に離れたりしない」

「んんっ、ん、ふぅ……」

感極まった様子のダリウスに抱きしめられキスされる。ディープキスだったせいで、頭がくらくらふわふわしてしまった。

「こんなところで、バカ……」

「そうそう、ジュンヤ様。これをお返ししますね」

「え？」

ヒルダーヌ様が俺の手に何かを握らせる。見るとそれは、あの録音機だった。

「なんだぁ？　それ？」

「新作の魔道具か？　見せてくれ」

「えっと、これは……ヒルダーヌ様、なんでよりによって今……」

「もちろん、あなたを逃さぬためですね」

「なんだ？　やばいもんか？」

横からダリウスが録音機を覗いてくる。やめてくれダリウス、あまり突っ込んでくるな。

「いや、大したもんじゃないよ」

俺は顔をヒクつかせながら笑い、それを服の中に隠した。

「ヒルダーヌ、見たことがない道具だが、あれはなんだ」

「録音機というものです、殿下。音を記録できるのです」

「音を記録できる……？」

ティアまで食いついてきて、困ったことになった。

「えーっと。秘密」

「秘密だと？　また私にお仕置きされたいのか？」

「違う、けど」

「秘密が二つか。俺達に秘密はないんじゃなかったか？」

「時期が来たら話すから……待っててほしい」

「ふぅん？　まぁ、今日のところは見逃してやるか」

二人共珍しくあっさり引いてくれてほっとした。しかしなぜか突然、ダリウスがグラスを差し出してきた。グラスには白ワインが入っている。

「俺、ワイン苦手なんだけど」

「これならジュンヤでも呑みやすいはずだ。フルーティな味わいだぞ」

試しに口にすると、確かに飲みやすいワインだった。飲み終わるとティアもグラスを差し出してくる。まぁ、量は少ないしあまり酔わないだろう。

「もしかして、これ、バルバロイ産のワイン？」

「そうだ。美味いだろ？」

「うん。エールが一番呑みやすいけど、これも良いな」

「ジュンヤ様、軽い口当たりで呑みやすいので、量には気をつけてください」

アルコールを呑み始めた俺に気づいてエルビスも駆けつけてきた。エルビスに忠告されたはずなのに、ジュースのような軽い口当たりに呑みすぎてしまい、ふわふわと世界が揺れ始める。でも良い心地だ。周囲を見れば、みんなの笑顔で溢れていて嬉しくなってきた。

「喜んでくれて嬉しい……ダリウス、手、貸して」

「酔ったんだな。座ったほうがいい。ほら、こっち来い」

空いていた近くの椅子に座ったダリウスの膝に乗せられ、俺はぎゅっと彼の体に抱きつく。分厚い胸板にくっつくと安心する。そういえば、バルバロイに来てから、ダリウスとはあまり一緒にいられなかった。

「これ、安心するから好き」

「そうか。俺が好きか」

「おや、ジュンヤは酔うと可愛らしくなるんだねぇ」

背後でチェリフ様が笑っている。

「落ち着くだけれす。おれ、いっしゅん知らないとこに飛ばされて、一人ぼっちで、怖かったんだ」

「パレードの時のことか？　何があったんだよ？」

あの不思議な空間と世界。見覚えのある森……

「初めはまっしろで、それから森にいった。見たことのある森で、声がした……」

「どんな声だ？」

「泉は道だって。おれ、泉からあっちに帰れるのかな……？」

でも帰ったら、みんなと別れることになる。

「帰りたいのか？」

「帰ったら、だりうすもてぃあも、えるびすも泣くだろ？」

「――泣くなぁ。俺だけじゃなく、みんなが泣く」

だよな。やっぱり泣くのかぁ。俺も寂しくて泣くと思う。

「じゃあ帰んない。いるよ。だから、泣くな」

「いてくれるなら泣かない」

「でも、泉にはいるの、怖くなった……がんばるけど」

「私達の傍にいてほしい。ジュンヤを家族から引き離していると分かっていても……いてほしいんだ」

「てぃあ……」

俺はダリウスに抱きついたまま、切なげなティアに手を伸ばす。

「今日は、いっしょにねよう？」

「良いのか？」

「うん」

「俺はダメか？」

「いーよ。さんにんでねよう」

ティアともずっとイチャイチャしてないし、ダリウスのかっこいい筋肉にも触りたい。

えっちなこと……したい。

「ちゅーしたい……」

あれ、口に出ちゃった？

「チェリフ、すまないが中座する」

「はいはい。殿下が戻らずとも締めておきますから、ご安心を」

ダリウスに抱き上げられ、俺達はパーティー会場を後にした。隣を歩くティアが俺の頬を手の甲で撫でる。

「たっぷり可愛がってやろう。聞きたいこともあるしな？」

「ん？」

ティアはちょっと意地悪な顔をしている。聞きたいことって、あの魔道具のことだよな。恥ずかしいから内緒にしなきゃ。

隠せる……よな？　頑張れ、俺……！

二人に連れられてやってきたのは見たことがない部屋だった。少なくとも、俺やティアの泊まっている部屋じゃない。

「ここは？」

「俺の部屋だ。ずっとここで寝ることはなかったが、リンドがいつも整えてくれていたんだ」

「そうか。ダリウスを待っていてくれたんらな。あれ、りゃな、じゃなくって」

「くくっ。無理すんな」

「ジュンヤは酔うと呂律《ろれつ》が回らなくなるのが可愛い」

「むぅ……あっ」

部屋の端に置かれたベッドに降ろされると、二人が俺を挟むように横になり、川の字になる。

「まって、おふろ」

「必要ない。ジュンヤの香りを堪能できないだろう？」

「んっ！　ふっんん……ぷぁ、はぁはぁ、てぃあ……」

いきなりディープキスで唾液を飲まされると、体の奥が熱く疼《うず》いて抵抗する気力もなくなる。

「ずるいよぉ……おかしくなっちゃうじゃん」

「そう、私はずるいんだ」

「ベッドでするのは久しぶりだな。ジュンヤ、俺も……」

「ん、んう、ん、ん。ふぁ……あっ、や、まって」

交互にキスしながら、二人の大きな手がシャツの上から俺の体を弄《まさぐ》る。でも、肝心なところには触れてこなくて。

「あ……ん。あ、ダメ」

ティアの手が隠していた魔道具に触れ、慌てて左手でシャツの上から押さえる。

「これか」

ダリウスは魔道具を押さえる俺の手の甲を、ゆるゆると撫でながら笑った。

「どうあっても見せぬ気か」

「まぁ良いさ。力尽くで取り上げるのは簡単だが、渡したくなるようにしてやろうぜ」

ダリウスが極悪顔だ！　ピンチ！

「あの、な、舐《な》めてあげるから……待ってくれないか？」

あざとく小首を傾げてみる。これでどうだ？

「ジュンヤ。可愛いが、見逃してやらないぞ」

今日の王子様はお仕置きモードですかっ？　自業自得かもしれないけどぉ！

「そんな、ひゃうっ！」

ギリギリ乳首に触れない位置を愛撫され、どんどん体が熱くなっていく。

「ん……」

なんで、肝心なところを触ってくれないんだよ。それに、下も触れられるのは脚の付け根とか太ももばかり。指が一瞬、兆《きざ》したそこを掠《かす》めるがそれだけだ。

他方、ダリウスの手がお尻をいやらしい動きで揉《も》んでくるせいで、もう少し奥を触ってほしくなって腰が動いてしまう。

「ジュンヤ、あれを聞かせてくれれば、気持ちいいことしてやるぜ？」

「ん、やだ……」

「随分意地を張るな。そんなに隠されるともっと聞きたくなるものだ。それとも、攻められたくて煽《あお》っているのか？」

「そんなことっ！　な、あぁっ」

脇腹や背中の弱い部分を撫で回され、思わず背中を反らしてしまう。ゾクゾクと甘い痺《しび》れが何度も体を襲ってくる。ブリーチズで抑えられた俺自身は、窮屈《きゅうくつ》で仕方ない。してくれないなら自分でと手を伸ばしたが阻まれた。

「ダメだ。ジュンヤ」

「ティア、離して……」

右手を封じられ、左手は録音機をガードして使えない。

……心の準備ができたら話すから、見逃してくれよ。

「こんなに濡らして……弄《いじ》られたいんだろう？　なんと言えば良いか、教えたろう？」

やんわりと握られ、もう耐えられなかった。

「ううっ……さわ……て」

「聞こえないな」

「さわってください……」

「では、少しだけ」

ブリーチズと下穿《したば》きを脱がされ、ようやく直《じか》に触れてくれた。

「もうこんなにヌルヌルになって。いやらしい音が聞こえるか？」

溢れた先走りを塗りつけ、わざと音を立てながらティアがくびれをゆるゆると扱《しご》く。

「うっ……んっ、んっ、いいっ」

「気持ち良さそうだな、ジュンヤ。エリアスも上達して何よりだ」

「大きなお世話だ」

ダリウスがシャツの上からゆったりとした動きで胸を愛撫してくるが、相変わらず肝心なところに触れてくれない。

「だりうす、なぁ……お願い……」

「何をお願いしてんだぁ？　ん？」

「ん、はぁ、さわって、ほし……」

「触ってるだろ？」

「はぁ、やぁ」

脇腹をゆったりと撫でられて、ゾクゾクと慄《おのの》いた。

「ちが……ち、乳首、さわって」

「乳首弄《いじ》られるのが好きか？」

「うぅ、すき……」

「よしよし。素直になれば、好きなだけしてやるからな？」

服の上からきゅっと摘《つま》まれ、体が跳ねた。

「まだ弄《いじ》ってなかったのに、こんなに尖《とが》らせてたのか？　早く虐められたいって言ってるぞ？」

「あ、んん、もっと、して」

「どうしようかなぁ。お互いに隠し事をしないと約束したはずだが、何を隠してる？」

「これは、ちがう！」

「違わぬな。未だに信用されていないとは傷つくぞ？」

「ちが……」

いや、そんなつもりじゃなかったけど、そういうことになるのかな。

「ダリウス、この部屋にアレはあるのか？　帰ってからこの部屋には戻っていないだろう？」

「アレか。リンドのことだから、いつだってあるはず……ああ、さすがうちの執事」

棚にはいつものアレと香油の瓶が入っていた。

「リンドめ。エグイくらい良い奴じゃねーか」

「そうなのか？」

「これはな、長く効果が続く。どうする？　エリアスが挿《い》れるか？」

「私で良いのか？」

「ああ、俺はこの間池で愛し合ったしな。なぁジュンヤ、外でやらしいことすんの、興奮しただろ？」

「ばか、言うなよ」

「外で……？　なるほど」

すっとティアの目が細められる。視線が痛い。先にダリウスとエッチしたお仕置きだと言わんばかりに、脚を広げてきて俺の恥ずかしい場所を晒《さら》した。

「浄化が終わったらベッドから出さないから、楽しみに待っていろ」

「そんな、あっ！」

恥ずかしい場所に香油が垂らされ、交玉《こうぎょく》を埋め込まれる。

「ん、んんーっ！　はぁ……」

奥まで挿《い》れられ、思わず仰《の》け反《ぞ》る。交玉《こうぎょく》が濡らした内部を指が出入りすると、気持ち良くて堪《たま》らない。

「あう、あ、あ」

弱い場所をねちっこく攻められて気持ちいい。もっと、擦《こす》ってほしい……

「はぁ、ああっ、ん。ティ、ア、いい」

「では増やしてやろう」

「はう、あっ、あ」

二本の指で前立腺を捏《こ》ねられて、羞恥心なんかかなぐり捨てて動きに合わせて腰を振る。

「ん、んんっ、あっ。イクッ、イク……！　んぁ」

もう少しでイケる。ギリギリの瞬間で指が抜かれてしまった。

「てぃあ、イきたい……イかせて……」

「意地悪なジュンヤには意地悪をしなくてはな」

「いじわるなんて、してない」

「隠し事をしているだろう？　何を隠している？　また一人で問題を抱えているのではないか？」

「ちが……」

ふと、ダリウスの顔が近づいてきて目が合った。そして、魔道具を握る左手を撫でられた。

「兄上が渡したということは俺絡みだよな？　なぁ、聞かせてくれよ。そうしたら、イかせてやるし、もっと良くしてやる」

耳元で囁《ささや》かれゾクゾクする。腹が立つくらいセクシーな男だ。

「ジュンヤ。イきたいだろう？　聞かせてくれれば、一番欲しいものを奥に与えてやろう」

一番欲しいもの。二人のソレが欲しい。二人のソレで奥をガンガン突かれて、めちゃくちゃにされながらイきたいんだ。

「ゆびじゃなくて、おっきいので、イきたい……教えたら、してくれるか？」

「「もちろん」」

どうしよう。言わないといけないのか。でもイきたい。二人にぐちゃぐちゃにされたい……

耐えきれずに頷くと、ダリウスの手が離れた。服の中から取り出して、録音機をダリウスに渡す。

ダリウスはそれを手に持ち、首を傾げた。

「どう使うんだ？」

「しらない。どこかを押してた」

「うーん、これか？」

「あとでいいじゃん。早くイかせてよ」

「ダメだ。我慢していろ。ダリウス、とにかく全部押してみたらどうだ」

ダリウスがボタンをポチポチ押しまくる。

『ふざけんなっ!! 俺は全員と離れないからな!!』

突然音声が流れ、二人は驚いて固まった。問題はこの先の音声だ。ヒルダーヌ様が俺から言質《げんち》を取るために放った淫乱という言葉を聞いて、二人の形相が変わる。

「兄上はお前にこんな酷《ひど》いことを言ったのか」

「あの、これは」

ダリウスの顔が悪鬼の形相になり、ティアは怒りで氷魔法が発動したのか、ひんやりと冷気を放つ。余計なところを飛ばそうと録音機に手を伸ばしたら、奪おうとしたと思われたのかティアに手を押さえつけられた。

録音機はそんなことなどお構いなしにあの時の言い合いを再生し続ける。

『愛と義務は無関係。あなたのそれは傲慢《ごうまん》だ』

『どいつもこいつも子供子供って!! 子供は魔力が高けりゃ産めるんだろっ!? だったら俺がサクッと産んでやるよ!!』

『ほぉ、全員の子を産むほどの能力があるとは思えませんがね』

『やってやろうじゃねぇのっ!! 吠え面《づら》かくなよ!? 俺が全員の子をっ……ん? あ、あれ?』

再生が終わり、沈黙が落ちた。

「ジュンヤ……お前」

「私達の子を……産んでくれるのか？」

激怒モードから一転し、二人が俺を熱い視線で見つめている――と思ったら、ダリウスの顔が急に目の前に移動した。

「ふぅっ　、んっ、んー、んんっ〜、っはぁ、ん」

ダリウスの窒息しそうなディープなキスで口腔《こうこう》を舐《な》め回され、解放直後にティアが襲いかかり、舌を吸い上げ舐《な》め回された。

「ふぅっ、んっ！　ん、ぷぁ、まっ、て。はぁ、はぁ、はぁ……ちょっ、と。おちつい、はぁぁうぅ……あぅ」

ティアの指が奥深くまでナカに入ってくる。最初から執拗《しつよう》にいいところを攻められ身悶《みもだ》えた。

ダリウスは俺の陰茎を扱《しご》きながらシャツの上から乳首に吸い付く。甘噛みされ、一気に快楽の波に呑み込まれる。

「そうか。そんな風に考えてくれてたのかよ」

「ヒルダーヌに愛していると宣言してくれて、嬉しい」

「あ、あんっ、ぜんぶは、だめ、ら。イっちゃう」

「何度でもイかせてやるから」

「ひとりは、やら……いっしょに、きもちよくなりたい……」

二人が唾を飲む。

「胎珠があったら、孕《はら》むまで注いでしまうほど可愛いな」

ティアはそう呟くと俺の脚を広げて抱え、腰を押し進めズブズブと隘路《あいろ》を拓く。ティアの太いモノがナカに入ってきて、苦しい。

「うっ、くぅ……いつもより、おっきぃ……」

「あんな、ことを、聞かされたら、当然だ」

小刻みに抽送《ちゅうそう》しながら、やがて奥まで貫いた。

「んーーっ。あ、はぁ、あ」

苦しいけど、繋がるこの瞬間が好きだ。

「あっ、あっ」

突き上げてくるティアを見上げると、幸せそうに笑っている。

「恥ずかしくて言わなかったのかぁ？　俺達は喜ぶだけだぜ？」

ダリウスがシャツのボタンを外し、乳首を捏《こ》ね回す。

「あ、ちが、くて。あっ、だって、ん、みんな、あとつぎばかり気にしてる、けど。そういうのじゃ、ない、から……」

「俺達が背負ってるもんが重かったか？」

急にダリウスの声のトーンが下がる。怖がっていると勘違いしたんだろうか。

「ちがくて、ん、ティア、まって、少しだけ、うごかさない、で」

そうお願いすると、ようやくティアが動きを止めてくれる。ティアの表情にも翳《かげ》を感じた。どうにか説明したいけど、酔って上手く口が回らないのがもどかしい。

「できるかどうかは別にして……子供はさ、好きな人の子だから、欲しいって思うんじゃないか？　あとつぎあとつぎって、道具みたいに言われるのは、いやだ」

「私達が好きだから産んでも良いと思ってくれたのか？」

「そうらよ。……こわいけど」

「俺とジュンヤの子か。可愛いだろうな。肌はお前の色が良いな」

「どっちれも、かわいいな」

好きな人との子なら、色なんか関係ないよな。……あれ？　子供の話はいつかちゃんと話す機会を作ろうと思っていたのに。俺、だいぶ酔ってるかも。

「では、その日に備え、行為に慣れておかねばな」

ティアが動きを再開し、奥深くを何度も突いてきた。

「あうっ、ひぅっ、あ、ふか、い」

くるしいけど、イイ……腹の中がジンジン熱い。ティアはそのまま何度も俺の体を揺さぶった。

「ジュンヤ……淫《みだ》らで可愛らしいな」

「ティアは、きもちいい？」

「良い……いつだってお前は最高だ。ジュンヤなら、胎珠なしでも、孕《はら》むかも、しれぬな」

「あ、あ！　そこ、イく」

射精した精液が腹に飛び散る。

「ティア、も、むり……」

「もう少し付き合え」

続けてナカを抉《えぐ》られると、絶頂が止まらない。

絶頂に浸ったまま長い時間が過ぎ、やがて待ち望んだ熱い迸《ほとばし》りが奥深くに注がれた。そして、塗り込むようにピストンが繰り返された。

「ああ……はぁう……」

「なんて顔をしているんだ。そんなに良かったか？」

「きもちよかった……」

どんな顔かなんて分からない。確かなのは、ティアの力を感じて幸せってことだ。しかしすぐに大きなモノが出ていってしまい、寂しくなる。

「くっ……可愛い」

「おい、もう限界だ。次、良いか？」

「だりうす、いいよ」

「たっぷりと種付けしてやるからな」

下品な言い方さえ、スパイスに変わってしまう。舌なめずりする猛獣が覆い被さり、ねだるようにヒクつくいやらしい穴に、先端をピタリと当てた。

「……はやく」

ティアの精液の滑りも借りて、ダリウスの陰茎は容赦なく俺を一気に貫いた。

「あぁぁ！」

「挿《い》れただけでイッたのかよ。まだまだ、これからだぞ？」

「ううっ、だって、きもちぃ……」

「孕《はら》ます時は一日中犯してやるから、楽しみにしてろ」

イッたばかりで敏感なナカをいきなり激しく攻められる。同時にティアが乳首へ吸い付いてくる。甘噛みされ、かと思えば熱い舌で愛撫され、気持ち良すぎて胸を反らしてしまう。酔いも相まって理性なんて吹っ飛んでいる。

「あっ、ひぅ」

「そんなに乳首が好きか」

「すき……てぃあ、もっと、噛んで、あっ、ティア……だりうす……めちゃくちゃに、されたい」

「煽《あお》んなよ」

ダリウスの気性の激しさは行為でも同じだ。でもそれを全部受け止めてやりたくて、脚を腰に絡み付けた。奥まで突かれて、目の前がチカチカして中イキしてしまった。

「ごめ、ん。俺、先に……」

「俺達が抱いてんだからイきまくって当然だ。ただ感じてろよ」

とんでもない自信家だ。そんなところも可愛い。イき続ける俺を容赦なく攻め続ける傲慢《ごうまん》な抱き方も好きだ。過度な快楽に身を捩《よじ》り身悶《みもだ》える。

望んだこととはいえ、絶頂に身を痙攣《けいれん》させ続け、体は限界だった。

セクシーに眉間にシワを寄せてピストンするダリウスを見つめて懇願する。

「もう、イくの、やだ……ん。またイく……っ」

ナカに注がれると、熱い力が全身を駆け巡っていく。この瞬間が好きだ……

「エロい顔しやがって」

「今夜は加減できないぞ」

今夜は簡単には解放されないらしい。何度でも、何をされても俺の全てを捧げるから、二人の激しすぎる愛を全て受け止める。

そう覚悟を決め、俺は二人を見て頷いた。


頬を撫でる優しい感触に目が覚めると、目の前で金色の輝きが見つめていた。振り返ると背後にはダリウスがいて、シーツに肘をついて俺を見下ろしている。

「目が覚めたか。水を飲むか？」

「う……ん」

掠《かす》れた声で、どれだけ喘《あえ》がされたのか思い出し恥ずかしくなった。

「待ってろ。持ってきてやる」

ダリウスが全裸のまま立ち上がる。自分の体に自信があるんだろうが、目のやり場に困る。俺はなんとか体を起こしてヘッドボードにもたれかかる。少ししてダリウスが水を持ってきてくれて、ティアが魔法で冷やしてくれる。それを一気に飲み干した。

「ぷは〜、美味しい！　おはよう」

やっとまともな声が出た。

「昨夜のジュンヤも美味しかったぞ？　素晴らしいディナーだった。胃袋も体もジュンヤで満たされて幸せだ」

「ティア、それおっさん臭い」

「そうか？　事実を述べたのだが」

甘い雰囲気が恥ずかしくて、つい茶化してしまう。

「ベッドではエロエロなのに恥ずかしそうに喘《あえ》ぐし、最っ高の嫁だよな」

「嫁……そうだよな、俺が嫁だよな」

「あまり気にするな。ああ、そういえば、子作りの際は一日何度もシたほうが良いらしい。——楽しみだな」

「あの、俺は酔ってて。ちゃんと説明できてたか？」

呂律《ろれつ》が回らなくなるタイプなので、言いたいことが伝わっていたか心配だ。

「ん？　要するに、後継とかうるせぇ、俺らに惚れてるから産むんだ、って意味だろ？」

ダリウスがデレデレな笑みを浮かべるので、それに照れつつ頷く。

「この世界の出産を聞いて悩んだけど、不思議と嫌悪感はなかったんだよ。本当に産めるかは知らないぞ？　どちらかというと、貴族達が後継者を気にしすぎるのに違和感があった」

俺の語りを二人は黙って聞いてくれる。

「家門の後継者が必要なのは分かってる。でも、愛し合った結果子供ができたほうが幸せだろ？　貴族の家柄とか魔力の維持は必須だろうけど、少しでも愛せる相手と……って思うのは、俺が甘いのかな」

俺の言葉に、ティアは首を横に振る。金色の瞳をわずかに潤《うる》ませ、愛おしげにふわりと笑った。

「私達はそんな風に思うほど愛してくれたことが嬉しいのだ。身分については、貴族の仕事を庶民が担《にな》うには厳しいものがあるが、民の教養も上げていく。そうなれば、特権階級などなくなり、私も王族ではなくなる日が来るかもしれない」

元の世界でも王政が残っている国は少ない。だからティアの言うことが現実となる可能性はある。

「エリアス。それは聞き捨てならないな。トップがしっかりしてなきゃ国は乱れる。そのための王族だろうが」

「もしもの話だ。せっかく素晴らしい朝だというのにカッカするな」

ティアは語気を荒くするダリウスを窘《たしな》める。

「俺は王政がなくなれば良いとは思ってないよ。ダリウスの言う通り、しっかりした人が必要だし。それはティアだと思ってるよ？」

「そうか、嬉しい」

フォローしたお礼か朝からエロいキスをされて、また意識がぼんやりしてしまう。

「俺達は仕事があるが、今日ジュンヤはゆっくりしてろ。あ〜あ、仕事サボってずっとヤりてぇなぁ」

「まったくエロエロ団長なんだから」

「今日は俺の部屋で過ごしてくれよ。なっ？　エルビス達を寄越すから」

「でも、良いのかな？」

「リンドに言っておくから大丈夫だ。お前は俺の伴侶になるしな！」

「だから、私の伴侶でもあると言っているだろうが！」

二人が戯《たわむ》れているのはもはや日常茶飯事で、逆に微笑ましい。

「お言葉に甘えてしばらくここで休ませてもらうよ。……そろそろ二人共、仕事の時間じゃないか？」

俺がそう言うと、二人は一気に渋い顔になる。実はさっきからノックの音が聞こえていたんだよな。二人は無視していたけど。

「呼ばれてるよね？」

もう一度ノックの音が聞こえたからティアに尋ねると、ティアは思い切り大きなため息をついた。

「仕方ない。仕事をしてくる。あ、録音機のあれはエルビスにも聞かせてやれ。喜ぶぞ。ここに置いておく」

「俺だけ休んでてごめん」

「一番頑張ったジュンヤは休んでいて良い」

「それに、別に楽してた訳じゃなかったろ？」

いやらしい顔でダリウスが顔を近づけてくるので、彼の体を小突く。

「いってらっしゃい。頑張って」

名残惜しそうな二人をベッドで見送った。俺のせいで仕事をサボらせずに済んだと息をつく。

体を動かすと、痛くはないけど関節がギシギシする。色んな体位でしたんだったな……いや、エロの話を引きずってたら恥ずか死ぬから、今は別の考えに切り替えよう！

頭をぶんぶんと横に振って、部屋の中を見回す。

ここはダリウスの部屋だと言っていたけど、ダリウスは普段この部屋に寝泊まりしないせいか、石鹸《せっけん》とリネン用の香水の香りがするだけで、あいつの香りが少ないよなぁ。つまんないなぁ。

……はっ⁉　俺、匂いを嗅《か》ぎたいとかマニアックなことを考えてた⁉　いつから俺は変態に……？

自分の考えで恥ずかしくなり、ベッドで悶《もだ》えていると、ノックの音と共にエルビスの声がした。

「ジュンヤ様。入ってよろしいですか？」

「良いよ」

答えると、エルビスが入ってきた。

「ジュンヤ様……」

「おはよう。ごめんな？　仲間はずれをしたつもりじゃないんだ」

「それは大丈夫です。できれば二人きりでイチャラブしたいほうなので」

「そっか」

エルビスはいつも通りを装っているものの、ちょっと口調が拗《す》ねていて可愛い。優しさ百パーセントで、しかも可愛いのオプション付きだ。

「へへ……エルビス。キスしたい。可愛い。大好きだよ」

「急にどうしたんですか⁉」

「しない？」

「……します」

彼の顔が近づいてきて、うんと甘いキスをする。十分に堪能した後、エルビスにあの件を伝える決心をした。

「エルビス、サイドテーブルにある魔道具を取って」

「昨夜問題になった魔道具ですね。これはなんですか」

「録音機って言って、会話が残せる道具だ。ボタン押してみて。途中で頭にきても、最後まで聞いてくれ」

そして、目の前でエルビスが昨夜の二人のような百面相をしていたが、最後まで聞き終えたエルビスは録音機を握りしめたまま微動だにしなかった。

「――お子を産む決意をなされたんですね」

硬い表情をしている。売り言葉に買い言葉で言ったと心配しているのかもしれない。

「決意というか、もし産めるなら産んであげたいなって。もちろんエルビスの子も……」

「ああ、そうなったら幸せです。もちろん子供がいなくても幸せですけどね。ところで、ジュンヤ様、今は恋人として質問しても良いですか」

頷くと、エルビスは真剣な顔つきで俺に向き直った。

「ヒルダーヌ様がマテリオの名を口にされましたが、マテリオの子もお産みになるおつもりですか？　ザンド団長の言うように、恋人として扱うのですか？」

「えっ？　そんな感じに聞こえた？　二人は気にしてなかったみたいだけど」

「あの二人は舞い上がって気にしなかったのでしょう。ですが、今の私は冷静です。あの後のジュンヤ様はマテリオを避ける訳でもなく、今まで通りですよね」

エルビスはいつになく強い口調だ。

あの後、というのはユーフォーンにやってくる時の事件だ。あの時の俺は二日間マテリオとまぐわい続けたのだ。確かにそれがあってもなお普通に接しているというのは、周りから見たらおかしいかもしれない。

「えっと、それは、マテリオはそもそも嫌いじゃないし、あの時は特殊な状況だったし」

「浄化の後のセックスもマテリオを受け入れているように感じました。ジュンヤ様は、マテリオをどう思っておられるのですか？」

「マテリオは……なんていうか、気楽というか、喧嘩もしやすいっていうか」

言われてみれば、なんなんだろう。あんな風に逃げ場のない状況で抱かれたら、嫌ったり避けたりしてもおかしくないのに。でも、マテリオの強い想いを感じた。だから、あの時受け入れて抱かれた――

「すみません。嫉妬なんて見苦しいと分かっています。ただ、ジュンヤ様のマテリオへの態度は他の誰とも違う。それが、なぜか苦しいのです……」

「不安にさせてごめんな。俺、エルビスが大好きだよ。愛してる。だからそんな顔しないでくれ。エルビスだって特別なんだから」

エルビスには最初から全面的に甘えることができた。そして、いつもの面子《めんつ》の中で、最初に好きだと自覚した男だ。

「マテリオのことは、自分でもまだよく分からない。けどな、エルビスはもっと自信持って良い。何度も好きだって言ってるだろ？」

「分かっています。彼が私と同じく庇護者《ひごしゃ》であることを否定しているのではないですが、なぜかマテリオには負けたくないと思ってしまうのです」

眉尻を下げるエルビスを見て、うーん、と考える。エルビス的にはティア達は爵位が上だから特に嫉妬はしないけど、自分と身分や状況が近いマテリオにはライバル心が生まれたのかな。

「どう説明したらいいのかな……あいつに対しては、俺もまだ複雑な気持ちなんだよな」

「いえ、これは私の勝手な想いです。もしもジュンヤ様がマテリオを恋人とすれば、彼は受け入れるでしょうし、私の気持ちも落ち着くのかもしれないですね」

俺はマテリオを親友だと思っていた。だが、もしかしたらいつか、あいつも恋人になるのか。とはいえ、あいつとの気さくな関係が壊れるのは怖い……

「申し訳ありません。そんな顔をさせる気はなかったんです。許してください！」

考え込んでいた俺を、エルビスが泣きそうな表情で抱きしめてくる。

「答えを出すには少し時間が必要みたいだ。でも、ちゃんと考えてるよ。はっきりすればマテリオのためにもなるはずだよな」

「そうですね。今は、一神官としてジュンヤ様に仕える、と決めているようですが、彼の気持ちは本物です」

「うん、それは疑ってない。なんて言うか、その。馬車で、聞いたし」

「彼が命を投げ打って守ろうとした話を聞き、あなたを心から大事にしている想いは身に沁《し》みました。どちらに転んでも、あなたを愛する想いは変わらないでしょう」

俺達を捜索した部隊からの報告で、俺かマテリオの死を覚悟したと吐露する。命懸けで他人を守るなんて、生半可な想いじゃない。

だからエルビスは、マテリオが関係を深めるつもりなら受け入れると言ってくれた。

「俺、散々周りを振り回して、酷《ひど》い奴だよな」

「いいえ。きちんと考えてくれているじゃないですか。世の中にはその場限りの関係で散々食い散らかす最低な男がいるんです」

エルビスは俺の体をそっと離すと、ふんと鼻を鳴らした。

……えーと、エルビスさん。どっかの誰かの過去っぽい話だな。

「もしあの男を受け入れたら、どんな形であれ永遠にジュンヤ様から離れませんよ。私達も同い想いですが、彼は考え方が少し違う気がします。……ただ、焦って答えを出す必要はないですから、ゆっくりお考えになってください」

「うん……分かった」

つまりエルビスから見ても、マテリオの俺への愛情はめちゃくちゃ重いってことだな。万が一浄化で俺が死んだらその場で後追いしそうだ。

第三者の意見を聞き、この問題を早めに解決しなくてはと強く思った。

歩夢《あゆむ》君によると、将来マテリオは司教になるそうだが、俺はあいつがより上の大司教になれば良いと思っている。きっと神殿を大改革してくれるんじゃないかな。

だから、自分のためでなく、あいつの未来のため、この気持ちに向き合うと決めた。


次の日、祭りの前にこれまでの状況を説明すると言われた俺は、エルビスと一緒にヒルダーヌ様の執務室に呼ばれた。そこにはティア、ダリウス、マテリオもいる。

「先日の賊はトーラント出身者であると確定しました。こんなにあっさり白状したのは、最後に捕らえた男がジュンヤ様の御業《みわざ》を目にしたからです」

書類に目を落としていたヒルダーヌ様は、そう言って俺に視線を向けた。

「メイリル神の化身に手をかけるところだったと、自白して許しを得ようとしています。まぁ許しませんが、ペラペラ話してくれるので助かっています」

ヒルダーヌ様は意外と腹黒い。こういう点はダリウスと違う。あっちは腹の探り合いなしの直球勝負だもんな。

彼が言うには、最初に捕縛《ほばく》した犯人達は口が堅く手強かったようだが、最後の犯人の自白でかなり解明されたようで何よりだ。

トーラント家の宰相は、国王の周りを我が子や一族で固め、王国内での権力を思うままにしたい。しかも、既に汚職もたっぷりしていると分かった。

第三妃は唆《そそのか》されたのかもしれないが、積極的に協力しているので温情はかけられない。だが、敵は全て排除したとはっきりした。

「共犯だった男の息子も保護し、出張と称してユーフォーンに呼び戻しました。既に王都から出ていますのでご心配なく」

共犯だった男、というのは、メフリー様に瘴気《しょうき》が混ざった水を飲ませていた使用人だ。彼の息子は、自分が人質になっていたなんて気づいていなかったらしいが。

「宰相が再びジュンヤ様の拉致《らち》を企てる可能性はあります。皆様がこれから向かうトーラント領では、領主館は避けて滞在できるよう模索中です。罠に飛び込むも同然ですから、領都レナッソーではなく、近隣の街に滞在したほうが安心かもしれませんね」

新しい刺客は今のところ気をつける以外の策はない。一般市民に迷惑をかけなきゃ、滞在先はどこだって良い。

「ところでヒルダーヌ様、王都の瘴気《しょうき》の状況はどうなっていますか」

「殿下達には知らせましたが、まだ聞いておられない？」

ヒルダーヌ様は俺の隣にいるティア達を見た。

「隠していたのではない。聞いても先へ進むしか道がないから話さなかったのだ。以前、王都では瘴気《しょうき》が広がりつつあると話しただろう？　今はさらに瘴気《しょうき》が濃くなり、病人が増えつつある。死者がまだ出ていないことは幸いだな」

「それ、大問題だよな。王都に戻って俺が浄化したほうが良いんじゃないか」

「いや。恐らく、穢《けが》れの中心にいるのはナトルだ。マテリオ、説明をしてやれ」

「はい。ジュンヤ、前に呪詛《じゅそ》返しの話をしたと思うが、覚えているか？」

「うん」

人を呪わば穴二つ。俺が各地に散らばった呪《しゅ》を浄化することで、呪《しゅ》をかけたナトルに反動がいっている。

「報告だけだが、監獄のある棟を中心に、瘴気《しょうき》が漂《ただよ》い始めているらしい」

「ということは……問題になっているのは水？」

俺の言葉に、マテリオは頷いて続ける。

「瘴気《しょうき》の漂《ただよ》い始めた監獄付近に住む民を避難させ、既に封鎖しているそうだ。それと、殿下がお前の魔石を王都に送っていて、それで監獄の警備員や瘴気《しょうき》を受けた民を浄化している。王都に戻ってナトルを浄化しても、瘴気《しょうき》の原因がなくならない限り、状況は同じだ」

「先にナトルを浄化するのは？　俺ならできるだろう！」

ナトルを浄化するために王都に行って、またトーラントに戻れば王都の被害は小さく済むんじゃないか？　マテリオは何も悪くないのに、強い口調になってしまった。

「先に浄化しても、北部を浄化したことでナトルが瘴気《しょうき》を帯びたらまたナトルを浄化しなければばいけなくなる。それに、北部の穢《けが》れは王都より遥かに濃い。優先順位は上だ」

スパッと切り返され、二の句が継げない。黙る俺をよそに、ティアが口を開いた。

「ジュンヤ、今王都に戻るのは悪手だ。このまま戻ってナトルを浄化した後、恐らく民を巻き込んで宰相と第三妃の勢力と戦うことになる。それよりも、私はこのまま先へ進み、北部の浄化をするべきだと判断した。民が苦しむのは心苦しいが、ナトルとの最終決戦は呪《しゅ》の浄化後だ」

俺を諭《さと》すティアは、先をしっかり考えていてきっと正しい。でも……

「でも、苦しんでいる人がたくさんいるじゃないか」

「既に体の弱い者や自力避難が困難な者を優先して、ケローガやジュンヤが浄化した町村への移動を指示している。ユーフォーンもじきに受け入れを開始する」

王都は俺の想像より、ずっと大変な状況になっているようだ。ただそれをできる限りなんとかするため、みんなが動いてくれていた。

「ケローガでは、歩夢が簡易住宅を建築し、多くの民が城壁外でも雨風を凌《しの》げるようになった。魔力の消費が大きいので量産はできないそうだが、民は助かっている」

「歩夢君はすごいな。……そうだな。俺も、先へ進んで浄化を終わらせる」

「頼む。北部や王都の穢《けが》れを祓《はら》えるのはジュンヤだけだ」

「分かった。ところで、王都の瘴気《しょうき》は空気中に漂《ただよ》ってる状態なのか？」

詳しい情報があれば、瘴気《しょうき》の対策ができるかもしれない。

「恐らく。マテリオ、神殿から詳細を聞いているか」

「はい。実験で、浄化を込めた魔石をマスクに仕込んで入れば問題なかったと聞いています。ですから、息を吸うごとに瘴気《しょうき》に侵《おか》されてしまうのでしょう」

つまり王都の瘴気《しょうき》は、泉の周辺に漂《ただよ》うあれと同じってことか。

「ジュンヤ。王都に浄化マスクを送りたいと考えている。大変だと思うが、魔石に浄化を込めてほしい。マスクは歩夢とアリアーシュ、アナトリーの協力を仰ぎ量産する」

「もちろん！　魔石を手に入れてくれたら、すぐに充填《じゅうてん》するよ」

今俺にできることは、被害が広がらないよう最善を尽くすことだ。ティアはこんな苦しいことを胸に抱えて旅をしている。俺がウジウジしている暇はない。

王都への対処が確定し、話は次の議題だ。ヒルダーヌ様が別の書類を手にした。

書類から見えたのは、ディックの文字。ディックはユーフォーンの騎士だったが、俺達の敵勢力と通じていた男だ。最終的にバルバロイ領を敵に回したが、ユーフォーンで捕縛《ほばく》されていたはず。

「ディックですが、騎士棟で処罰を受けることになりました」

「……騎士棟で？」

「騎士の流儀として、騎士独自の裁判があります。あなたが立ち会う必要はありませんが、ご報告をしておきます」

「彼はどうなるんですか？」

「私は口を挟みませんので、騎士達次第です」

腕をなくし、信用もなくし、友もなくしただろう。自業自得ではあるけど。

「俺……」

「お前が気に病むことはねぇぞ。あのバカが悪いんだ。後始末は自分でつけなきゃならねぇ」

「ダリウスも裁判に参加するのか？」

「もちろんだ。あいつのしたことを証言する」

ダリウスは決意したような目をこちらに向け、宣言した。

「そうか……」

「お前は来るな。良いな？」

ダリウスの言葉を聞いて、大人しく頷く。たぶん行ったとしても見ていて耐えられなくなるだろう。だからといって、全て騎士に任せる、というのも何か違う。

「理由や動機を聞き出す前に刑に処すのはダメだ。話だけは聞いてやってくれ。あとは任せる」

「……そう言うと思った。反省するかはともかく、言い分は聞いてくる」

頭を撫でられ、子供じゃないぞと睨む。とその時、そういえば、ダリウスの言葉遣いが貴族モードじゃないのに、ヒルダーヌ様が注意していないことに気がついた。

「もう普通に話していいのか？」

「ああ。昨日、自分らしく生きろと言ってくれた。それと、今後は兄上をできる限り補佐していくつもりだ」

照れながらダリウスは微笑む。俺は嬉しくて堪《たま》らなくなって抱きついた。

「良かった。本っ当に良かったな！」

「ジュンヤ、ありがとうな。あの時、怒って悪かった」

「そんなこと気にしてない！　へへっ、すげー嬉しい」

今すぐキスしたいくらいには嬉しい。我慢してるけどな！

「ジュンヤ様。仲がよろしいところ邪魔をして申し訳ありませんが、私からも改めて感謝をいたします」

ヒルダーヌ様に言われ、慌てて姿勢を正す。

「幼少の頃の誤った判断で領民にも不安を与えておりました。しかし、父に指名を受け、弟の補佐も得た今、これまでより一層研鑽《けんさん》を重ねる所存です。ジュンヤ様の慈悲深く他人を思いやるお心に救われました。どうぞ、この暴れ馬の調教を今後ともよろしくお願いいたします」

「兄上、暴れ馬って酷《ひど》くないですかっ⁉」

「ああ、暴れグマのほうが良いのか？　ジュンヤ様はお前をクマとお呼びになるとか」

「それはっ！　許しているのはジュンヤだけですからっ」

「ふっ……そうか。ジュンヤ様ならクマと呼んで良いのか」

「っ！　うう……」

兄弟の言い合いはダリウスの負け。それに、シリアスな場だったのに、コミカルになっちゃったよ。でも、こんな風に兄弟仲良く話す姿が見られるなんて、ユーフォーンに来た時には思わなかった。

「見苦しいものをお見せし、失礼しました。本当にジュンヤ様には感謝しております」

「いいえ。こんなやり取りを見ることができたので、強引な真似をした甲斐がありました。俺こそ不躾《ぶしつけ》な点が多々あったと思います。申し訳ありませんでした」

「いいえ。我らを思ってしてくださったのでしょう。これで差し引きゼロですね」

「そうですね。これからは、お互いに気軽に話しましょう」

俺が手を差し出すと、ヒルダーヌ様は力強く握り返してくれた。

「そうそう、ジュンヤ様。私に関する噂の大本と、汚職の元締めをお知りになりたいですか？」

「それはもう」

「ジュンヤ様が色々尋ねた伯爵でしたよ。彼はトルン男爵に罪を被せるように画策していたのです。ですが、あなたが疑問を感じてくださったことで調査しました」

トルン男爵は、パーティーでダリウスに媚《こび》を売ってきた親子だ。伯爵は、とても誠実そうな人だったから、それを聞いて結構ショックを受けている。

「男爵は確かに領民を厳しく管理していましたが、脱税を徹底的に潰していました。そして、男爵が潰した脱税グループに伯爵がいたのです。ジュンヤ様と話した後に調査が入り、慌てた伯爵がボロを出しました」

真面目で良い人だと思ったのに、全部嘘だったなんて。

「ジュンヤ様。貴族の諍《いさか》いに巻き込んでしまい、申し訳ありません」

「いいえ……ショックではありますが、ダリウスの隣に立つからには、もっと貴族のことを学ばなくてはいけませんね」

「私も協力いたします。でも、あなたには、その真っ直ぐな御心《みこころ》をなくさないでほしいと思っています」

ヒルダーヌ様が自分の想いを素直な言葉で伝えてくれるようになるなんて、思いもしなかった。

「さて、重い話はこれくらいにしましょう。祭りの準備は進んでおりまして、予定通り明日から開催されます。最初だけ貴賓席にいていただいて、あとはご自由にどうぞお楽しみください」

「そういえば、サージュラさんはどうしてますか？」

「ああ……そうでした」

ヒルダーヌ様はすごく嫌そうな顔をしている。うん。ヒルダーヌ様と彼は、気が合わなそうですよね。

「私から話そう」

ティアがため息をついた。ため息案件か。

「彼は、南西にあるカルタスとトラージェとの国境の砦《とりで》まで、我らと同行する。そこで彼の出国を確認した後、北部の浄化に向かう。王都に戻れぬ理由はこれもある」

「あの野郎、護衛が強いから適当な奴じゃ撒《ま》かれるかもしれないからな。俺達が直接追っ払う」

ダリウス、追っ払うって言っちゃうんだ。

「サージュラには改めて協力要請をするように言い含め、とっととお帰りいただく。ジュンヤの近くに置いておきたくないのでな」

ティアも言葉が素になっている。

「数日で砦《とりで》には着くので、同道はわずかな間だ。だが、奴には絶対に一人で近づくな。良いな？」

「了解」

気は重いけど、帰ってもらえるんだから我慢しよう。とりあえずサージュラさんと一緒にいる間は、彼のセクハラには注意だ。

それより祭りだ！

祭りで浄化を込めた魔石を配給する予定だったが、先日の浄化の儀式でほぼ終わっているので、挨拶だけすれば祭りを満喫できる。祭りは二日間開催され、色んな行商人が集まるらしい。

祭りを純粋に楽しめるなんて久しぶりだ！　テンションの上がる俺をみんなが微笑みながら見ているが気にしない！


祭りは「浄化の祝祭」と名づけられ、夕方に開会式が始まる。魔灯《まとう》も大盤振る舞いだ。夕闇の中、中央広場に設置されたステージの上に、ティア、チェリフ様、ヒルダーヌ様、ダリウス、ザンド団長と、錚々《そうそう》たる面々が並んでいる。集まった人々も圧巻の光景に興奮を隠せていない。俺はステージの下で待っていたのだが、隣に立つリンドさんがステージを見つめ、静かに涙を流していた。

「リンドさん、大丈夫ですか？」

「だ、大丈夫です……。この日を夢に見ておりました……成人後、ヒルダーヌ様とダリウス様のお二人が初めて民の前で並び立っているこの光景を、私は生涯忘れません。ジュンヤ様のおかげです」

洟を啜《すす》るリンドさんを見ると、彼の苦悩が窺《うかが》われる。

「俺は、ただのきっかけでしかありませんよ」

「これまで、そのきっかけがなかったのです。私は、悔いを残したまま死ぬのかと思っておりました」

リンドさんはさめざめと涙を流し続ける。恐らくあの二人の関係者で同じように思っていた人は多いだろう。

「では、お役に立てて良かったです」

周囲を見回すと、感極まったようにステージ上を見つめている人、興奮して叫んでいる人など、それぞれのやり方で喜びを表していた。

「ジュンヤ様、出番です」

エルビスに促されステージに上がる。これからちょっとしたパフォーマンスをするんだ。

「先日の浄化の儀式で、多数の者が心身共に清められた。今日は神子《みこ》と、伴侶である殿下、我が弟ダリウスが民に祝砲を上げてくださる。それが祭り開始の合図だ」

ヒルダーヌ様の言葉の後、息を合わせて魔力を集める。ティアの作る水に俺の治癒と浄化を注ぎ、天高く舞い上がるそれを雨のように降らす。そこにダリウスの雷撃が流され、花火みたいに光り弾けていった。

拍手と歓声、たくさんの笑い声が響く。

「ユーフォーンの民よ！　バルバロイの次期当主は兄上が相応《ふさわ》しい。これは俺から兄上への祝砲だ！　お前らは祭りを祝い、大いに楽しめ！」

　ダリウスの大声でさらに大きな歓声が上がり、地響きのように広がる。

「ダリウス、そなた……」

「兄上。バルバロイに必要なのは賢い兄上だ。荒事は俺に任せ、存分に力を奮ってくれ！」

「ありがとう。そなたが弟であることを誇りに思うよ」

「兄上ーー！」

　二人はこの地へ来て初めて、固く抱き合った。感激した人々の啜《すす》り泣きと歓喜の声が辺りから聞こえる。

「バルバロイに栄光あれっ！　えいえい、おーーっ！」

　ザンド団長が雄叫びを上げ、周囲が一つになって呼応する。本当はこの花火で解散予定だったのに、雄叫びが止まらない。団長テンション上がりすぎ。

　見兼ねて、チェリフ様が苦笑しながら前へ出てきた。

「さぁ、祭りの始まりだ！　皆、存分に祝おう」

　チェリフ様が締める役を買って出てくれたおかげで、ようやく人々は四方八方に散り、祭りが始まった。俺はステージを降りたところで、ダリウスの手を握る。

「すごくかっこ良かったよ」

「ああ。スッキリした。もう、誰にも文句は言わせない」

　後継者の兄を支えると宣言したその顔は、晴れ晴れとしている。この場でそう宣言したことで、前に進めたんだな。

「ダリウス。この先も私の剣として共に戦ってくれ」

そう言ったティアの前で、ダリウスは膝をついた。

「私の剣は常に殿下と共にあります。お仕えしてきたからこそ、ジュンヤと出会えました。私もジュンヤの伴侶になることを了承してくださった寛大なお心に、心から感謝しております」

ティアはそんなダリウスの肩にそっと手を置いた。

「そなたあっての私だ。臣下として、親友として、これからも共にあろう。さぁ、もう友に戻る時間だ！　立つが良い！」

「エリアス……」

二人の間には誰にも邪魔できない絆があって、ちょっと羨ましいくらいだった。

「さぁ、みんなで祭りに行くよ！」

マテリオも誘い、五人で街を回る。だって、今までマテリオが遊んでいるところを見てないんだ。一度くらいは見てみたくないか？

「今日は奉仕とか護衛とか考えるなよ。普通に楽しめ」

「……普通、か。これまで祈るか奉仕しかしていなかったから、こういう場でどう遊ぶかが分からない。私がいてもつまらないぞ」

なんと、遊び方を知らないだって？

「神官は息抜きしないのか」

「息抜きをしている者はいる。私がよく知らないだけだ」

「う～ん、修行に集中すると他のことができないタイプってこと？」

「そうかもしれないな」

「お前、本当にクソ真面目だなぁ」

ダリウスが笑いながらため息をつく。

しかしエルビスの鋭すぎるツッコミがすぐに炸裂する。クリティカルヒットじゃない？

「不真面目代表に言われたくないだろう」

「いやぁ、俺も真面目ちゃんの仲間入りしたんだぜ？」

「更生した、の間違いだな」

「ふっ……あははは！　二人ともコントみたいだっ！」

心地いいほどテンポ良く言い合うエルビスとダリウスを見て、俺は堪《たま》らず大笑いしてしまう。

「コントとはなんですか？」

「聞いたことねぇ言葉だな」

そうか。コントって言葉はないのか。

「う～ん。会話で笑いを取る芸人？」

「『芸人っ⁉』」

「あ、二人がそうって意味じゃなくて、話の掛け合いが面白くて笑えたから」

「俺が芸人だと……？」

「笑わせる気は全くないのですが……」

「ははは っ!」

うん、二人が真剣にそう言っているからこそ面白いんだよなぁ～!

「ジュンヤ。バカなことを言っている奴らは放っておいて、私とデートだ」

ティアが肘を突き出し、俺の手をかけさせる。

「あっ! 抜け駆けするなよ!」

しかし、ダリウスがティアと俺を引き離そうとする。

「この不敬な大バカ者め!」

そんなダリウスを阻むべく、エルビスがダリウスの手を叩き落とす。

「なんと賑やかな方達だ……」

最後に、呆れ顔で三人を見ているマテリオ。

なんだかめちゃくちゃだけど、それが面白くて笑いっぱなしだ。護衛はラドクルト、ウォーベルト、神兵さんと気心が知れているし、バカをやっても許される。

ただ、他の護衛の人達はティアとダリウスの親友モード全開を初めて見たらしい。ダリウスが王子であるティアを小突いたりしているのを見てオロオロしていたが、ティアが全く気にしないので安心していた。

二人が先行して歩き、その後ろは俺とマテリオ、最後尾にエルビスと護衛がいる。ふと目をやると、大通りの向こうで神殿が魔灯《まとう》で照らされていて、夜空に浮かび上がっているように見えた。

「こうして魔灯《まとう》に照らされてると、すごく神秘的だなぁ。なぁ、マテリオ。神殿で働いてる人はどこで暮らしてるんだ？　家があるのかな？」

「魔灯《まとう》は無限に使える訳ではないから、普段はここまで明るくしないぞ。神官達の宿舎が神殿の奥にあって、夜は小さな明かりを頼りに過ごす。それもまた修行の一つだ」

「へぇ。領主館ではどこも明るくしてくれてたから、それが普通かと思ってたよ」

「民が買えるのは小さな魔灯《まとう》がほとんどだ。通りにはこうして街灯が建っているが、一般家庭は薄暗いのが普通だ。神官は民に寄り添わないといけないから、同じように生活して己を磨《みが》くんだ」

そういうものか、と俺は納得する。それと同時に、俺はいつも明るい部屋を与えてもらい、なんの苦労もなく水を飲み食事をしている、と自覚し胸がチクリとした。

「俺は、贅沢《ぜいたく》すぎるよな……」

「何を言っている。ジュンヤの身の回りが整えられているのは、それが許されるだけの働きをしているからだ。命がけの奉仕なのだから、恩恵を与えられて当然だ」

マテリオがキッパリと言い切ると、なんだか心が軽くなる。

「ふふふ……あんたが言うと、本当に許されるって気がするなぁ」

「気が、じゃない。許されているんだ、自信を持て」

「うん、ありがとう。ところで、夜の神殿に入るのは許されないのかな」

「悪くはないが、何もないぞ？　あちこちで祈りを捧げたり、こう——いや、これはやめておこう」

「こう、何？」

言いかけてやめられると、気になる！

「それは知らなくていい」

「えー、ケチッ！」

「修行の話だから言えない」

「あ、秘術とかそういうのか？　それなら茶化して悪かった」

「いや、ああ、そうだな……」

急にマテリオの歯切れが悪くなる。なんだか珍しいな。

「悪い悪い！　もう聞かないからさ」

「内部事情は話せないが、日中であればユーフォーンの神殿を見学するといい。庭がとても美しくて、一見の価値がある。出立までに見ておくと良い」

「分かった……あっ、じゃあマテリオが案内してくれよ。何度も来てるんだろ？」

「ああ、構わないぞ」

滞在中、絶対神殿に行くと決めた。話題を変え、賑わう通りを見回すと、瓶でジャグリングをする大道芸人を見つけた。

「あれは魔法を使っているのか？」

マテリオが目を丸くしている。

「違うと思うけど……俺の元いた世界でもああいう芸はあったよ。すごいよな」

「おいっ！　二人でばっかり話してんなよ？」

前を歩いていたティアとダリウスが戻ってきて、俺達の間にグイグイと割り込んできた。

「子供かよっ！　こーら！」

「やっと自由時間なんだから、構ってくれよ」

「分かってるけど、マテリオとずっと話せなかったんだから、ちょっとだけ時間をくれよ！　……そうだ、明日はマテリオと二人で見物するのもいいな」

「待て、私まで排除する気か」

「ティア、排除は言いすぎ。そんなつもりないから。それに庇護者《ひごしゃ》とは絆が必要だろ。俺、マテリオのことを全然知らないから、もっと知りたいんだ」

お互い浄化については話すけど、プライベートな会話はしていない。だからこそもっとプライベートな話をして、庇護者《ひごしゃ》との関係性として相応《ふさわ》しくあるべきだと思ったんだ。

「な、良いだろ？」

「私も別行動なのでしょうか……」

エルビスの眉尻が情けなく下がってる。イケメンが台無しだ。

「ごめんな。でも、たまには仕事抜きで遊びたいだろ」

「私はジュンヤ様がいないなら遊ばなくて良いです。……どうしてもダメですか？」

上目遣いで俺を見てくるエルビス。しかし、頷く俺を見て、諦めたようだ。

「護衛は付けてください。絶対ですよ？　あとは危険を感じたら逃げてくださいね？　それから……」

エルビスは、放っておいたら延々と注意点を言い続けそうなので、そっと手を握って目を見つめた。

「エルビスに言われたこと、考える良い機会だろ？」

「――これほど失敗したと思ったことはありませんね」

「ごめん」

俺が眉を八の字にして言うと、エルビスはガックリうな垂れた。

そんなこんなで、明日はマテリオと二人だけで出かけることになった。あいつの素顔を知るために、根掘り葉掘り質問しよう。俺は明日を楽しみにしながら、ウキウキと祭りの会場を散策するのだった。


次の日。じっとりねっとり恨めしげな視線達をスルーして、マテリオと二人で領主館を出て、街へきた。今日の護衛はユーフォーンの騎士に頼んだ。

ラドもウォーベルトも今日はみんな休暇だ。この後ユーフォーンを出立して北へ向かってしまうと、気兼ねなく呑んで騒ぐのは難しいと思ったからだ。

グラントの他にもユーフォーンの騎士が護衛についたが、グラント以外はなるべく邪魔しないように離れているという。

「まさか、こんな風に一緒に歩くことになるとは思いませんでした」

「祭りを楽しめなくて悪いな」

「私には元々遊ぶ時間などありませんよ。呑んで暴れるバカが多いので。今日は休暇みたいなものです」

「休暇扱いなら、話し方も普通にしてくれないか」

俺がグラントを見上げると、彼は目を見開いてまじまじと俺を見つめた。

「クードラで散々嫌がらせをした俺に、嫌味の一つも言わないんですか？」

「言ったろ？　謝ってもらった後コキ使ったし、もうチャラだ。いつまでもネチネチ言うのは嫌いでさ」

「はぁ……本当に豪胆な方だ。でも、神子《みこ》様と呼びます。それは俺のけじめですから」

「ジュンヤは心の強い男なのです。いつまでもしつこく言ったりしない。もう良いと言っているのですから、グラント殿も、後ろめたく思うのはおやめになると良い。私も酷《ひど》いことをしたが許され、こうして隣を歩いているのですよ」

「へぇ……マテリオ殿までがベタ惚れになるのも分かる気がするな」

「この身を捧げる覚悟です」

マテリオ！　そんなストレートに言われるとこっちが赤くなるじゃないか!!

「それはそれは……お熱いことで」

「ですが、私は庇護者《ひごしゃ》ではあれど恋人ではないのです。私が一方的に……」

「マテリオ、ちょっと」

えっ、ちょっと。グラントにそんな話する気か？

俺はマテリオの言葉を遮ろうと声を上げる。しかしなぜかグラントがマテリオの話に乗ってきた。

「ああ、耐え忍ぶ恋っていうのは、余計に燃えるんだよなぁ」

「あなたも誰かに恋をしているのですか？」

「ん？　まぁな。あ、神子《みこ》様、ダリウスじゃないのだけは確かですよ」

グラントは鼻の頭をぽりぽり掻いて、照れながら答えた。

「そうなんだ。身分差があるとか？」

「そう……ですね。どちらかと言うと、相手にされてないってところです。でも良いんです。覚悟の上ですから」

「好きになるって難しいよな」

「ええ。……あ、あっちの屋台、街で有名な出店です。行ってみますか？」

「行くっ！」

グラント達と恋バナをしながら歩いていると、人だかりのある店を見つけた。どうやら流行《はや》りの店らしい。あれはアズィトで俺を助けてくれたノルヴァン商会の店主、ノルヴァンさんが開いた支店だったような。そう思って近づくと、呼び込みの声が聞こえてくる。

そして微《かす》かに良い匂いが香ってきた。

「神子《みこ》様の香りによく似た香りがしませんか？」

「確かに」

「そういえば、俺に似せた香りを売りたいとか言ってたなぁ」

「見に行きますか？」

行きたいのは山々だが、俺が行くと騒ぎになりそうで躊躇《ちゅうちょ》してしまう。

「むしろ、神子《みこ》の名を冠する商品を販売しているなら確認するべきでしょう。我々が付いていますから大丈夫です」

グラントが請け負ってくれたので、ノルヴァンさんの店に向かうことにした。店先が見えるくらいの近さになると、ようやく店員の呼び込みの台詞《せりふ》もはっきり聞こえた。店頭に台を置いて色々な商品を飾っているようだ。

「神子《みこ》ジュンヤ様の香りを模した香水だよ～！　大量生産できないから、限定販売だ！　一瓶の購入が難しいお方は、こちらの匂い袋がお勧めだ！」

予想は大当たりで、俺関連のものを売っていた。大人気らしく、飛ぶように売れている。

「随分色っぽい香りだなぁ。恋人につけてもらいたいねぇ」

「エリアス殿下やダリウス様も、神子《みこ》様の残り香を漂《ただよ》わせているらしい。愛の証ってやつなんだろうね」

聞こえてきた噂話に、顔が引きつる。そんな噂が流れているとは……！

ノルヴァンさんはなんて謳い文句で売ってくれたんだ！　見つかったら宣伝に使われるから、近寄るのはやめよう。

「おいおい、その噂は恥ずかしすぎるだろ……。マテリオ、グラント、引き返そう」

「そうだな。騒ぎにもなりそうだ」

気づかれる前に退散すべく、お店に背を向ける。しかし――

「あっ！　そこにおられるのはジュンヤ様では？　ジュンヤ様ぁ～！　見に来てくださったんですね～！」

ノルヴァンさんの大きな声が、喧騒をかき消して届く。さてはワザとだな⁉

客達からも歓声が上がっていて、素通りが難しくなってしまった。

「くっ……仕方ない、行かなきゃ雰囲気壊すよな」

「確かにがっかりするでしょう。客を捌《さば》くのは俺達がします。それに、商会にご用があると仰っていませんでしたか？」

「受け取る品があるんだけど、あの中に行くのかぁ」

人だかりに近づくと、客達はすんなり道を開けてくれて、すぐにノルヴァンさんの店の前に着いた。

「やぁやぁ、ジュンヤ様！　先日は神々《こうごう》しいお姿を拝見しました。このノルヴァン、感激して涙が止まりませんでした」

「ありがとうございます。あまり褒められると、少し恥ずかしいのですが」

「これでもまだ言い足りぬくらいですよ！　ところで、先日許可をいただいた香水ができました。しかし、こうしてお傍にいると、やはりジュンヤ様は特別だとしみじみ感じます。ジュンヤ様、マテリオ神官、こちらを嗅《か》いでみていただけますか？」

ノルヴァンさんは俺とマテリオに香水を染み込ませた小さな布を渡してくれた。自分の香りは分からないが興味がある。

マテリオは大人しくそれを嗅《か》いだが、少しして眉間に薄く皺《しわ》を寄せた。

「いかがでございましょう」

「エキゾチックな香りだ。よく似てはいるが、少し違うな。何かが……足りない気がする」

「そうなんです。神子《みこ》様の香りを完全再現するのは不可能というのが分かりました。ゆえに神子《みこ》様の尊さが際立つ結果となりました」

「それ、俺にもいいか？」

グラントが同じように香りを確かめていた。

「ふむ……確かにかなり似ているな。神子《みこ》様は時折香りの濃さや雰囲気が変わるから、イメージとしては近いんじゃないか？」

「そうらしいな。自分では分からないけど……」

「そうですか。今は穏やかな花の香りで、時々……その……」

「ん？　なに？」

「いえ、濃厚で、こう、ドキドキしますね、ええ」

グラントさん……もしかしてそれ、誰かの言っていた『いやらしい香り』ってやつですか？　ここは問い詰めないほうが身のためだな。

「なるほど。神官様と馬車でご一緒だった時と今では、かなり違いますよね」

「ノルヴァンさん！」

「店主！　それ以上は……！」

これ以上変なことを言われると困る。俺とマテリオは慌てて制止した。

「ふっふっふ……私、ますますやる気が出てまいりました！」

ノルヴァンさんは笑いながら闘志を燃やしている。いや、ほどほどでお願いします！　とはいえない訳で……

「現在売り出しているのは、絆が深～い時の熱愛の香りなのですね。慈愛と熱愛の二つの香りのラインナップを目指します！」

「ノルヴァンさん！　道端なのでそれ以上はやめていただきたいのですが」

客達に囲まれた中、俺は恥ずかしい話をされているんだ。勘弁してほしい。

「おっと、失礼いたしました」

「ところで、頼んだ品物を受け取りに来たんですが、できていますか？」

「こちらから納品に伺う予定でしたのに、わざわざ足を運んでくださりありがとうございます」

「いえいえ。祭りのついでなので気になさらず」

「では、荷物は騎士様に預けましょう」

いつの間にかユーフォーン騎士が後ろに控えていて、代わりに荷物を受け取ってくれた。軽いから自分で持てると思う、と言うと、俺に荷物を持たせるなんてとんでもないと止められた。

「では、失礼します」

周囲を囲う人々が大騒ぎしないのは騎士のおかげだ。

「皆さん、お邪魔してすみませんでした。どうぞ祭りを楽しんでくださいね」

営業スマイルで声をかければ、見守っていた客達の表情が和らぎ、笑顔になってくれた。

だが、その場では皆さん穏やかだったのだが、俺が離れた瞬間、香水や匂い袋に客が殺到していた。福袋のセールを思わせる光景が、なんだか懐かしく感じた。


ノルヴァンさんの店を後にし、昨日とは違うルートをそぞろ歩く。

「それにしても大きな街だよな。しかも、畑だけじゃなくて畜産までしてるんだろう？　クードラもアズィトもここまで自給自足してなかったんだけど、何か理由があるのか」

「城門を閉じ籠城をした歴史があります。備えでもありますが、この地に敵を呼び込む役目もあるのです」

俺の疑問にグラントが説明してくれる。だが、わざわざ敵を呼び寄せるという言葉に驚いた。

「全ての街が自給自足するのは困難です。なのでユーフォーンを他の街より旨味のある街であると見せつけ、小さな街や村を守るのです。略奪者達も戦うからには犠牲を払います。犠牲を払うのなら、より多く成果を手に入れたいでしょう？」

「なるほどね……」

「この街には様々な物や金が溢れていて、盗人から盗賊団まで誘い込まれてやってきます。そいつらがユーフォーンに入り込んだところを捕らえることで、弱者を守ることに繋がるのです」

グラントは誇らしげに騎士の役目を語る。彼も強い信念を持って騎士としての役割を果たしているんだな。

「うん。この街はあんた達がいるから大丈夫だな！　見直したよ」

「ありがとうございます。あんなことがあったのに、気さくに話していただき感謝しています」

「あははっ！　俺さ、ここにいる神官様とも喧嘩したんだぜ」

「ああ……マテリオ神官なら、あり得ますね。今後もよろしくお願いします」

「え？　マテリオと何かあったのか？」

マテリオを見たが相変わらず仏頂面だ。グラントは笑うだけで話してくれないし。何がよろしくなんだ？

結局その後も何も教えてもらえず、俺達は武器屋へ向かった。俺がグラントに武器屋に行きたいと頼んでいたんだ。

武器屋はファンタジー映画で見るような装備が色々あって、俺には扱えないけどワクワクした。そんな風に、いつものメンバーではあまり立ち寄らないところを見て回っているうちに、夕暮れが近づいてきた。

「マテリオ、神殿に行きたいな。昨日教えてくれた庭が見たいんだ」

「もう日が暮れるぞ。もっと早く言えば良かったのに」

「夜の神殿が見たかったんだ」

歩いているうちに夕闇が迫り、街のあちこちで魔灯《まとう》が灯《とも》り始める。その綺麗な光の下を歩き、俺達は神殿へ向かうことにした。

「少しお待ちください」

神殿に着いてすぐ、グラントは騎士に一帯の確認をさせた。

「神殿は神聖な場のため、無骨な騎士は離れたところで警備しています。一帯の安全は確認しましたが、万が一何かありましたら大声を出してください」

「分かった」

グラント達が見送ってくれる中、俺はマテリオの案内で神殿に入り廊下を進む。少し歩くと中庭が見えた。中心に小さな池があり、花々がその周囲を囲っている。

微《かす》かにまだ差し込んでいた橙色の陽の光が沈み、神殿の白い壁に魔灯《まとう》の光が反射して、幻想的な光景だった。

「わぁ～、綺麗だなぁ」

「そうだな。今までそう感じたことがなかったが、今日は美しく見える」

「それだけ必死に修行してたんだろうな。あんたはすごいよ」

「賞賛されるのは慣れないが……ありがとう。ジュンヤ、疲れていないか？　あちらに座ろう」

中庭の池のほとりに置かれた小さなベンチは、シンプルなデザインだ。神殿自体は豪華な装飾なのだが、神官や司教の使うものは質素な造りなのだろう。

「なーんか、ここ、静かだし落ち着くな。神官達はこういうところで息抜きするのか？」

「ああ。どの神殿にも庭はあるが、どこも美しいぞ」

「そっか。なぁ、マテリオ。呪《しゅ》はあと一つだと思っていたけど、最後の最後は王都の浄化をしなくちゃいけないんだろうな」

「そうだな。報告だけでは状況は分からないが、もう一度ナトルと会わねばならないだろう」

「こんなこと言いたくないけど、ナトルが瘴気《しょうき》で死ぬ可能性はないか？」

「――これはあくまでも私の推測だ。ラジートを宿したレニドールはあれだけの瘴気《しょうき》を纏《まと》っていても生きている。宿主は死なないのかもしれない。だが、呪詛《じゅそ》返しでも同じことが起きるかどうかは分からない」

真剣な表情で語るマテリオの赤銅《しゃくどう》色の髪に、背後から夕陽が当たり反射している。

マテリオ、綺麗だなぁ……

「いつも助けてくれてありがとうな。あのさ、あんたはいつも我慢ばかりして、これからも我慢しちゃうんだろうけど、俺には本音言っても良いぞ」

「本音、か」

そう言って、マテリオは遠くの光景に視線を移した。

「あれだけぶつかり合ったから、そういうことも言える訳でさ」

「ああ、それは分かる。だが……私は怖いんだ」

「怖い？　巡行や浄化が？」

「それは怖くない」

まっすぐ前を見据えたまま、きっぱり否定した。俺はマテリオの横顔を見つめながら、彼が話すのを待った。

「私は……自分がジュンヤに多くを望んでしまいそうで、怖いんだ」

――多くを望む。

その言葉の奥にあるものが、微《かす》かに分かった気がする。おれが煮え切らない態度を続けているせいで、もっと踏み込んだ関係になれるかもしれないと、期待させているんだろう。

「俺さ。エルビスに言われた。あんたのことをどう思ってるんだって。それで考えようと思ってさぁ」

マテリオは俺に本気で惚れてる、とエルビスに言われたけど、そんなの重々承知だ。どんな時でも、軽々しくそんなことを言わない男だって知っている。

「普通、強引に迫られたり抱かれたりしたら、避けたり無視したりするよな。でも、あんたをそういう風に避ける気になれないんだ。それが、どういう意味なのか考えてる」

「ジュンヤ……そんなことを言われたら勘違いしてしまう」

「ちょっとだけ、キスして良いか？」

「きゅ、急に何を言い出すんだ！」

ユーフォーンに着いて、ウォーベルトが周囲の状況を確認している間の馬車で、マテリオにキスしたくなった。そして、今の綺麗な横顔にドキドキして、またキスしたいと思った。嫌いならそんな風に思えないはずだ。

「知りたいんだ。今のこれが、あんたを好きって感情なのか。あ……でも、またお互いにその気になっちゃったらまずいか、ははっ」

　言ってしまってから猛烈に恥ずかしいことを言ったと気がついた。

「ここでは……誰かに見られるかもしれない」

「うん、そうだよな、バカだなぁ～、俺！」

　恥ずかしさを誤魔化すために立ち上がろうとしたが、マテリオが俺の右手を取った。

「待ってくれ。頼む」

　彼の強い眼光に負けてもう一度座る。熱を帯びたルビーの瞳が煌《きら》めきながら、俺を見ている。

「そっと触れるだけなら……大丈夫だよ」

　俺は目を閉じた。ゆっくり近づいてくる気配と吐息。柔らかな唇が、そっと唇に触れてすぐに離れた。

「――嫌か？」

「嫌じゃないよ……」

　嫌じゃないし、これじゃ足りない。マテリオのキスは、もっと俺を奪うような獰猛《どうもう》さがあった。

それが恋しい。

「嬉しい」

　俺の答えを聞いて柔らかく微笑んだマテリオを見て、ああ、そうかと思った。俺はマテリオがこんな風に笑う顔が見たかったんだ。

　俺を問い詰めたエルビスの、仕方なさそうな顔が浮かぶ。ティアは……俺を独り占めしたいのを耐えるだろうな。ダリウスは、笑いながら俺のほうが愛してるから構わないって言いそうだな。

でもマテリオは、拒んだら黙ってどこかへ消えてしまいそうなんだ。手を離したら最後、永遠に失いそうな……そんな予感。それは、嫌だ。

俺はなぜ一度にこんな何人も愛するようになってしまったんだろう。向こうの世界にいた時は、複数を愛するなんて想像もしなかったというのに。神子《みこ》の力のせい？　それとも、俺の本質が淫乱なのかもしれない。

でも、もうそんなのどうでも良くなってきた。

「少なくとも、俺はあんたを友達以上だとは思ってるし、あんたを失いたくない。でも……いや、俺最低だな……」

「その言葉で十分だ。愛を返してくれとは言っていない。これは私の勝手な恋心なのだから。だが……少しだけ、抱きしめても良いか？」

黙って頷くと、壊れものに触れるように抱きしめられた。いつかのように激情に駆られた抱擁ではなく、沈黙の中に思いの丈が込められているような気がして、俺は黙ってただその腕の中に身を委《ゆだ》ねていた。

あんたは本当に何もいらないのか？　馬車の中でも俺に触れるのは今だけだって繰り返していた。もし俺が受け入れたら、どこまでもついてくるだろう。でも、それはこいつを束縛することになる。

「あのさ……」

「今は何も言わなくて良い。全てが終わる……その日まで」

遠くに響く祭りの喧騒を聞きながら、この一瞬だけ、二人きりだったあの空間に戻った気がしていた。馬車で激しく求め合ったのとは違う、穏やかな時間。あんなに抱き合ったのに、俺はマテリオがどう生きてきたのかも、どういう人なのかも知らないんだ。なぜ神官になったのか。家族はいるのか。もっと、もっと知りたい……

「もう少し。もう少しだけ抱きしめさせてくれ。そうしたら、領主の屋敷に帰ろう……」

「うん」

マテリオがいなくなるのは嫌だ。でも、受け入れてあの激流に呑み込まれるのも怖い。ギリギリのラインで争いながら、マテリオが満足するまで俺達は抱き合っていた。


ユーフォーンの祭りが終わってから三日後に、俺達は再び旅立つことになった。

出立前、俺は旅を共にするみんなをエントランスに集め、一人ひとりにノルヴァンさんから受け取ったハンカチと、小さな浄化の石を入れた巾着袋をお守りとして渡した。

「ジュンヤ。無理をしたのではないか」

側に立っていたティアが、気遣って声をかけてくれる。俺はにっこり笑って首を横に振った。

「力も増えたし、これくらいなら余裕だよ」

「そうか」

「これは、ティアとダリウスとエルビス、それからマテリオに」

特別無理をしそうな四人には、少し大きめの石をネックレスにしてもらった。

「ティアの疲れがこれで少しでも癒《いや》されたら良いな」

「ありがとう。いつも一緒にいる気持ちになれるな」

ティアとダリウスとエルビスはご機嫌だし、マテリオも喜んでいる……と思いたい。

それから護衛やその他の侍従にも配る。

「ジュンヤ様。こんな貴重な物をよろしいのですか？」

ラドクルトは喜んでいるものの、受け取って良いのか悩んでいるようだった。

「こんなに作ったんだから、受け取ってもらわなきゃ困るよ。近くにいれば怪我を癒《いや》してやれるけど、離れていたら助けられない。これからいつ離れるか分からないから、みんなに持っていてほしいんだ」

「分かりました。みんな、ありがたくいただこう。そして、全て終わった時お返しできるよう、無事に巡行を終えよう」

護衛のみんなは、ラドクルトの言葉に頷いて懐《ふところ》にしまった。

「いつもありがとう、ラドクルト、みんな」

「いいえ。こちらこそ、いつも気遣ってくださりありがとうございます」

何もなければいいが、誰も怪我をしないで済んでほしい。プレゼントを手に持つみんなを眺めていると、ザンド団長とチェリフ様が俺たちのもとにやってきた。

「エリアス殿下。この先まだ何かあるかもしれませんが、領内であれば全面的に支援いたします。

北部へ向かわれた後も、トーラントを刺激しないよう用心して情報をお送りします。どうかお気をつけて」

「ジュンヤも、うちの子達が世話になったね。旦那様に報告をしたら、早くジュンヤに会いたいそうだよ。王都がなかなか大変で、離れられないのがもどかしいらしい。……いずれ王都へ向かう際は、どうか我が夫に手を貸してやってほしい」

そんな風に頼んできたチェリフ様は、今までと違う不安げな表情だった。チェリフ様の夫……つまりダリウスの父、ファルボド様。王を守護する立場だから、瘴気《しょうき》が増す王都から離れられない。王都の被害の情報を耳にしているはずだから、余計に心配なんだろう。

「チェリフ様。ファルボド様はきっとご無事ですよ。何と言っても、あの二人の父親なんですから！」

「あなたが言うと希望が持てるのはメイリル神の愛し子故かな。私もできるだけ協力しよう。魔石は常に補充しておくから、遠慮なく追加要請して構わないよ」

「ありがとうございます！　心強いです」

ようやくチェリフ様がいつもの不敵な笑みを浮かべるようになって、ほっとした。さらにチェリフ様はいなくなったアリアーシュの代わりの魔導士として、アナトリーが同行する手配をしてくれた。ありがたい。

次に、チェリフ様の隣にいるザンド団長と握手を交わす。

「神子《みこ》様。いや、将来はうちの嫁になるんだからジュンヤ殿で良いかな？　うちのチビどもを頼んだ。こいつらは強いが、何かあったらジュンヤ殿がケツをひっぱたいて気合いを入れてくれ。嫁が強いほうが男は伸びるってもんだ」

「ははは、頑張ります」

ザンド団長……この人には勝てないからもう良いや。

「さぁ、行くぞ！　馬車に乗ろうではないかっ！」

はい、どこからともなく出たよ、トラブルメーカーのサージュラさん。

「サージュラさん！　国境まで大人しくしている約束ですよね？」

「もちろんだ。ほら大人しくしているだろう？　早くジュンヤ殿に我が国を浄化してもらわねばならないからな。先を急ごう！」

――サージュラさんと話が合わなくて微妙に苛立つのも、あと少しだけの辛抱だ。

サージュラさんとは別の馬車に乗り込み領主館を出発すると、ヒルダーヌ様が門まで見送りに来てくれた。

先頭にティアの馬車があって、俺はその後ろの馬車だ。街中に出ると沿道に多くの人々が集まって見送ってくれた。手を振りながら進んでいると、あちこちから花の香りが漂《ただよ》ってきた。

「こんな香り、来た時はしなかったよな？　何だろう？」

控えているエルビスに聞くと、エルビスはくんくんと匂いを嗅《か》いで怪訝《けげん》そうな表情になった。

「何？」

「ジュンヤ様の香りに似ています。ノルヴァン殿が作った香水なのでしょう。多くの民がつけているようですね」

「そういえば、店で嗅《か》いだ香りか。俺、こんな感じなんだ？」

「この千倍は芳《かぐわ》しい香りですけどね」

「もう、贔屓《ひいき》しすぎなんだから」

そう言いながらも、褒められて満更でもない。とはいえ、俺はこんなエキゾチックな香りを撒《ま》き散らしているんだな。

周囲に手を振っていると、ふと後続の馬車が視界に入る。俺の後ろの馬車にいるのはサージュラさんだ。思わず眉根を寄せてしまった。

「それにしても、サージュラさんが面倒くさいよ。俺、あの人苦手。あのチャラさが本物かどうか分からないけど、とにかく苦手だ」

「そうですね。基本的に王族は自分の本質を見破られないように育てられます。ずる賢くなければ、国を離れて単独行動もできないでしょう。あのお方はジュンヤ様にやたら近づこうとするので、迫いだ——お帰りいただくまでお気をつけくださいね」

うん。早く追い出したいんだね。突っ込まないでおくよ。

手を振りながらそんな愚痴《ぐち》を話していると、もう城門が見えてきた。その先の光景を見て、言葉がこぼれてしまった。

「また……旅の始まりだな」

「辛いですか？」

「ああ、違うんだ。砦《とりで》に寄ってからトーラントに向かうって聞いてるけど、トーラントはどんなところかなって思ったんだ」

「なるほど。トーラントは、この辺りよりずっと気温が低い地域です。穀物や牧畜が盛んで、織物も有名です。ぜひ見ていただきたいですが、トーラント領に入ったら宰相の領地です。気が抜けない旅になりそうですね」

暖かい地域とは違う品物を見られるかもしれない。それは楽しみだが、身辺には気をつけよう。

「それでも進まなきゃ。問題は呪《しゅ》の場所が曖昧《あいまい》なことだ。山の民と話せると良いけど」

「機会を作りましょう。きっと伝手が見つかるはずです」

跳ね橋が下りて、馬車がゆっくりとユーフォーンを後にする。次の目的地はユーフォーンからさらに北にある、隣国トラージェとの国境の砦《とりで》。そして、サージュラさんを帰国させたら北東へ向きを変えトーラントへ向かう。

「遠回りだけど、砦《とりで》の人達も癒《いや》しておけば、国境の守りも堅くなるよな」

「そうですね。でも、頑張りすぎてはいけませんよ？」

「分かってるって」

エルビスは時々世話好きの母親のようだ。そんなところも好きだけどな。

今日はほぼ移動だけで一日を終える。だが、浄化の済んだ村にも、確認のために途中で立ち寄り、問題なければ、すぐに出発する。宿が同じだから、サージュラさんとは嫌でも関わることになるだろう。まぁ、情報収集だと思えば我慢できるか。

幸い、途中に立ち寄った村も、水質が改善し始めていた。小さな村にいた病人は飴《あめ》を与えたり、軽く治癒を施したりするだけで治った。村人は俺の噂を聞いていたせいか、精一杯の歓迎をしてくれた。小さな村に浄化が届き始めていることに安心して、村を出る。

まだ、旅は続く。

「ジュンヤ様、間もなくオルディス川が見えますよ。今夜は川沿いの街に宿泊します」

「オルディス川か！　やっと見られるんだな」

カルタス王国を横断して流れるオルディス川。メイリル信仰の始まりの川だ。川幅が広く、王都への侵略を狙う敵は、オルディス川に阻まれたという。

窓の外を見ると、一面に広がる水場が現れた。

「うっわ！　これが川？　海じゃないのか？」

「海を知りませんが、間違いなくオルディス川ですよ」

目の前に広がるのは対岸が霞むほど大きな川だった。実際に見たことはないが、アマゾン川とか長江はこんな感じなのかもしれない。

「すっごいな。これ、どうやって渡るんだ？　橋は見えないが」

「船ですよ。動力に魔石を使っているので、馬車を積んでも渡れるんです」

「へぇ！　そんな大きな船なんだ。早く見たいな。あ、あれが街か」

ここを通らなければ先へ行けないというのもあり、川沿いの街に続く道は、検問待ちの行列が続いている。水害対策なのか、街は頑強な石壁に囲われている。壁は高く、内部の建物は全く見えない。

「なんだか川が大きすぎて、怖いくらいだな」

「これでもこの周辺で一番川幅が狭いんです。あえて橋を作らない選択をしたのは、川幅が広すぎるというのもありますが、天然のお濠《ほり》の効果があるからです」

なるほど。橋を渡って攻められないようにしているんだな。

「国境沿いの砦《とりで》が突破された場合には、今いる王国側の岸の街を司令塔にし、対岸の街を最前線として置き、密に連携して交戦します」

「なるほど」

とはいえ砦《とりで》の守りが堅いので、昔の大きな戦争以降は、市民のふりをして入り込む犯罪者を防いでいるだけだという。

そんな話をしているうちに、俺達は検問を通り街の中へ入ることができた。

沿岸の街は対になっていて、こちら側の街がアントラ、対岸の街がサントラという名前らしい。

トラとは、川沿いにある街によくつけられる名称だそうだ。

船の手はずをするので、アントラには数日くらい滞在するかもしれないと言われた。

「この街は大丈夫かな？　道中に立ち寄った村には正確な情報が行き届いていたし、もう揉《も》めたりしないよなぁ」

「大きな街にはヒルダーヌ様から通達が届いていますから、きっと大丈夫ですよ。見張り塔からオルディス川やカルタスの大地を眺められます。階段を上るのは大変ですが、行ってみますか？」

「見たいっ！　あ～、楽しみが増えた」

「あ、ジュンヤ様。皆が出迎えていますので、お手振りをお願いします」

雑談をしている間に馬車は賑やかな通りを走っていて、窓の外を見ると人々が車列に手を振っていた。

「そういえば、俺達はどこに泊まるんだ？」

「街の騎士団棟になります。少々むさ苦しい思いをさせてしまいますが、忠実な臣下達ですから安全です」

「俺は平気だけど、ティアは質素な部屋で平気かなぁ」

「騎士見習いの頃から騎士団棟で生活していましたから、問題ありません。それよりジュンヤ様が心配です」

「俺？　むさ苦しいのなんか慣れてるし大丈夫だよ」

「いえ、そっちではなく……香りに惹かれて……とか」

「ごめん、よく聞こえなかった」

「なんでもありません！　我々がしっかりしていれば問題ありません」

また何か心配しているみたいだ。これまでの感じだと、そんなに問題ないと思うんだけどな。

「街の中でも一段と高い位置にあるあの建物が、騎士団棟です」

手を振りながらエルビスが指差した方向を見ると、無骨な格子のついたアーチ上の窓が並んでいる。領主の屋敷とは違う、シンプルなデザインで頑丈そうな建物があった。格子は、攻め込まれた際、壁をはしごで登ってきた兵士を阻むためにあるという。

騎士団棟は、街を囲む塀よりもさらにもう一回り高い塀で囲われていた。建物の傍にひときわ高い塔が建っていて、あれがエルビスの言う見張り塔なんだろう。

戦いは上から攻撃するほうが有利だという。だから騎士団棟も高い位置にあるらしい。

「あ、船だっ！　内側の塀のさらに内側に港があるのか」

「ええ。騎士にとっても重要な足ですからね。騎士の船は、騎士団棟にある水門から出入りするんですよ」

「おお～っ！　なんだかワクワクするなぁ」

ということは、この街の騎士団は海軍のような訓練もしているのかもしれないな。

「ああ、着きましたね」

エルビスの言葉と同時に、馬車が動きを止める。馬車を降りると、騎士が隊列を組んで出迎えてくれた。ティアとダリウスへの尊敬と憧れの眼差し。それと、ほんの少し彼らを誘うような視線が気になった。

「ジュンヤ、疲れていないか？」

「大丈夫。景色を眺めてたから楽しかったよ」

「サンジェ殿、あなたも騎士団棟に宿泊していただく」

ティアがサージュラさんを見てサンジェと呼ぶ。サージュラと呼んでしまうと、彼が隣国の王子だと看板を背負って歩いているも同然なので、道中はサンジェと呼ぶ約束になっている。サージュラさんは珍しそうに騎士団棟の外観を見回している。来た時はトーラントから入ったみたいだから、景色がだいぶ違うんだろう。

「私は構わないよ。街に出てもいいかい」

「うろうろしないでくれ。何かあっては困る」

「殿下は心配性だなぁ。はいはい、分かりましたよ。監視を付けてくれて構わないから、街を見て回っても良いかい？」

「――検討はしよう」

ティアが苛立っている。サージュラさんがティアとは正反対なチャラ王子だから無理もない。

とっととトーラントに追い出してから慰めてあげよう。

騎士団棟の中に入り、俺とティアは広い部屋に案内された。暖炉と大きなベッドがあり、ベッドにはふかふか暖かそうな毛布が敷かれている。椅子とテーブルがあるものの、二人で過ごすには狭かった。それがまたティアにとっては俺とくっついている口実になるらしい。

滅多に見せない甘えた表情でキスされたり、体を撫で回されて……それ以上はだめだとお預けする羽目になった。そのせいでまた叱られた子犬みたいになったけど、本当は獰猛《どうもう》だって知ってるからな！

しばらくいちゃいちゃしていると、ノックの音がしてケーリーさんの声が聞こえた。

「殿下、ジュンヤ様。少しお時間よろしいですか？」

「ああ、入れ」

ケーリーさんがほっとした顔で入ってきた。いや、こんなところでシませんよ、さすがに！

「現在、船の運航が遅れており、我々全員と馬車が乗れる船はまだ対岸にあり、手配するにはもう少し時間がかかるようです。渡河はもう少し待っていただきますが、よろしいでしょうか」

「ああ、構わぬ。騎士団棟に面倒をかけるな。町長とアントラの騎士団長と対面しよう。手はずをしてくれ」

ケーリーさんによると、ハンスさんも厨房に入ると張り切っているそうだ。

「扉番も配しておきますので、安心してごゆるりとお過ごしください。散策の際はお申し付けを」

それを聞き、早速探検したくなった。

「見張り塔からの眺めがすごく良いって聞いたんだけど、行っても良いかな」

「ああ。では、行こう」

馬車移動続きで運動不足だし、高い所から景色を見るのが楽しみだ。

「階段を上るのはなかなか骨だぞ？　覚悟しておけ」

「大丈夫だって！」


数分後、俺とティアは護衛の騎士達と共に、街の中央にある見張り塔を上っていた。

大丈夫だと威勢良く言ったものの、既に言ったことを後悔している。

五階まで上るのも大変だが、幅が狭くて歩きにくい。急な螺旋階段だから、ぐるぐる回るうちに感覚がおかしくなり、目が回りそうだ。

「はぁはぁっ……ティアは、なんでっ、平気なんだ？」

ゼェハァ荒く息をする俺を尻目に、ティアはすいすい上っている。

「ジュンヤが話してくれた、えれべーたーは存在しない。常に階段を使っているから慣れているのだ。手を貸そうか？」

「いや、頑張る！　あと少しなんだろ？」

「ああ。ほら、光が見えてきたろう？」

ティアが頭上の光が漏れる場所を指差す。終わりが見えてきたので俺は根性で足を動かした。頑張ったご褒美《ほうび》の絶景を目指せ！

そして最後の一歩を踏み、ついに見張り塔の最上階へ辿り着いた。空気が美味しい!!

「あ～～着いたっ！　川はあっちかな？」

「ふふふ……子供みたいだな」

「高い所ってワクワクするもんじゃないか？　あ、すっごい！　対岸が見える!!　あれがサントラの街かぁ」

見下ろした先では、大小様々な船が行き交っていた。大きな船は貨物船で、小さい船は人が乗るそうだ。

「今では美しい景色だが、ここはかつて激戦地だったという。これから行く砦《とりで》が突破されたことがあり、その際サントラとアントラが連携し、ユーフォーンの鉱山や王都への侵略を阻んだそうだ」

「こんなに美しい場所が戦場になったのか……」

遠くに山々の稜線が霞んで見えた。

「あちらに続くのがトーラントへ向かう道だ。そしてあの山々がカルタス王国を守護してくれている」

ティアが指差した方向に、カルタス王国とトラージェ皇国を隔《へだ》て山脈が連なっている。関の向こうはトラージェだ。カルタス王国側は麓《ふもと》に沿うように道があり、途中で各地域へ分岐していくそうだ。

「私は山の民との交流もしたいと思っているが、彼らはなかなか話し合いの場に出てきてくれない。彼らの山岳信仰を侵《おか》すつもりもないのだが、改宗を強いられるのではないかと不安なのかもしれないな」

ティアは少しだけ悲しそうな顔をして、遠景を眺め続ける。

「ラジート神信仰か。そういえば浄化は進んでいるのに、ラジート様があれから出てこないんだ。レニドールも大丈夫かな……」

「だが、襲ってもこない。遠くでジュンヤを見守っているのではないか？」

「だと良いな。ナトルが何かしていて、そのせいで苦しんでいるんじゃないかって、それだけが心配だ」

神子《みこ》を召喚するため、ナトルは呪《しゅ》で水を穢《けが》した。浄化すればラジート様は解放されるはずだが、呪詛《じゅそ》返しによってまたラジート様を瘴気《しょうき》が襲っているんじゃないか。もしくはナトルの呪いと俺の浄化がせめぎ合っていて、その狭間でラジート様は苦しんでいるかもしれない。

「ラジート様はケローガでナトルに何かされて、すごく苦しんでいたんだ。だから助けてやりたい。神兵さんを殺したのだって、彼の意思じゃなかったと思う。レニドールの小さな体に閉じ込められて苦しんでいたんだ」

酷《ひど》く苦しみ、人間に怨嗟を募らせていた。でも……

「レニドールがほんの少しだけ正気を取り戻したんだ。そしたらラジート様が彼を守り始めたみたいなんだ。自分を信仰する民だから、助けてやりたいんだと思う」

俺はティアの隣に並んでトーラントの山脈を見つめる。あの山のどこかに呪《しゅ》がある。それを浄化して、早く王都に向かいたい。俺を助けてくれていた離宮の調理場の人達は避難したんだろうか。騎士は、瘴気《しょうき》の影響から人々を守るため避難させたりして、勇敢に立ち向かっているんだろうな。

「山の民の力を借りて、呪《しゅ》の場所を突き止めたいね」

「そうだな。マテリオがいることで、少しはあちらが警戒を緩めてくれれば良いが」

「え？　なんでマテリオ？」

「分かるだろう？　あれは山の民の血を引いている。あの赤銅《しゃくどう》色の髪と赤い瞳は山の民にしか生まれないのだ。親族か親か、どこかに血筋の者がいるはずだ」

「前に子孫だとは聞いたことがあったけど、あの色は山の民だけなんだ？」

ティアの金色の瞳と同じくらいレアらしい。

「ああ。意外と神官にも山の民との混血児は多いのだよ。マテリオの親については知らないが」

ティアは軽く首を横に振る。

俺、本当にあいつのこと何にも知らないんだな……。ティアが教えてくれたことで、よりその考えが強くなった。

「ティア。もしもの話だよ？　マテリオをただの庇護者《ひごしゃ》じゃなくすって言ったら……嫌か？」

「嫉妬する相手が増えるな」

「うっ、やっぱり嫌だよね」

「どう言えば良いのか。ジュンヤが思っているよりも私達はマテリオを認めている。あれは稀有《けう》な男だ。ただ、本人が一歩を踏み込んでこない。それに、相手が誰であろうとも嫉妬はする。当然だ」

ふと視線が合うと、金色の瞳が強く煌《きら》めいていて俺を釘付けにした。

「その嫉妬の塊《かたまり》を発散させるために激しく求める私を、ジュンヤが受け止めてくれるのなら、認めるつもりだ」

「ティア……俺、まだよく分からなくて。マテリオがただの友達じゃないって自覚はした。でも、それが恋なのか……その、先にあんなことになって、それで意識しているのかとか、色々考えちゃうんだ」

「じっくり考えれば良い。ジュンヤがあれを愛そうと愛すまいと、あれはジュンヤを愛している。いつまでも変わらぬさ」

なんてこった。ティアでさえこんな風に言うなんて。

「ありがとう。よく考えるよ。歩夢君によると、マテリオは司教になる運命らしい。だから、俺といたら足を引っ張らないか心配している」

景色に視線を戻すと、大きな手が頭を撫でた。

「私達は、己を殺すことに慣れすぎているな」

「ふふ……そういう意味じゃ、俺達は似た者同士だね。歩夢君の話をして思い出したけど、今どうしてるのかな？　聞いてるか？」

「ああ。ケローガで紙を量産する試みをしているそうだ。少しずつ効率が上がっているらしい。それに、相変わらず多くの人に愛されているようだな。あの無邪気さが人を惹きつけるのだろう」

「そうか。安全な場所で幸せにしているなら安心だ。気にする余裕がなかったから悪いと思ってたんだ」

歩夢君が無事にやっているのなら、俺はあの山々へ向かって安心して進める。景色に想いを馳《は》せていたが、不意に風が冷たく感じてぶるっと震えた。見ると、太陽が傾き大地を赤く染め始めていた。

「日も暮れるし、もう下りよう。ここから先の地域は少し気温が下がる。この街も夜になれば冷えるからな」

「分かった。連れてきてくれてありがとう」

部屋に戻ったところ、侍従長のソウガさんに、バルバロイ家が用意してくれたという厚手の長袖を着せられた。ケローガの仕立屋さんであるパラパさんの服だけでは足りないので、北へ向かうための服を多数用意してくれたそうなんだ。確かに室内でも少し気温が低い気がして、着実に北へ向かっているという実感がある。

夕食は大きな広間を借りてみんなで食べる。ティアやダリウスと一緒だから気が引ける人もいたようだが、共に旅する仲間として寝食を共にするのは当然だというティアの言葉に従った。

まぁ、臣下じゃない人もいる訳ですが、その人は俺の隣に陣取っております。俺も聞きたいことがあるから我慢しよう。

「少しだけ街を見せてもらったが、行ってはならぬ場所だらけでつまらなかった。ジュンヤ殿はどこにいたんだ？」

防御の拠点なだけに、同盟国であっても見せたくない場所が多数あり制限が多かったようだ。サージュラさんは不満そうに口を尖《とが》らせて、子供っぽい仕草を見せた。こういうところが相手を油断させるんだと、少しずつ分かってきた。

「俺は塔の上から街を見ていましたよ。良い景色でした」

「私もそうすれば良かったかな。まぁ、全て見晴らせる場所など見せてもらえぬか」

自分でも分かってるんだな。ごねられるよりマシか。

「サージュラさん……様。こちらに来る時はトーラントを通ったという話ですが、山の民にお知り合いがいたんですか？」

「様付けはいらないよ。よそよそしいのはつまらん」

「では、サージュラさん。どうやってこちらに？」

「王子だとは言っていないが、我が国にやってきた山の民の商人と懇意になった。商売についてラージェ内で融通する代わりに、入国を手伝ってくれたのだよ」

「それは」

その人、彼が王子だったと知ったらショックで倒れそうだな。それにしても、この人は何事もするりと切り抜けるのが得意なんだろう。それも才能の一つだよな。

「山の民と話す機会が欲しいんですが、その人とは連絡が取れますか？」

「ふむ。山の民とは交流した故、とりなしてやらぬでもない。だが、見返りが欲しい」

「……何でしょうか。あなたの国へは行けませんよ？　それ以外でお願いします」

「ああ、分かっている。ジュンヤ殿が弱った時に守れるのは選ばれし者だけだそうだな。招待するなら同行してもらわねばならぬ。だから、口づけで我慢しよう。もちろん、ここにな」

「はぁ？」

サージュラさんは人差し指で自分の唇に触れ、ウインクをしている。思わず素っ頓狂な声が出てしまった。

「おいっ！　ダメだぞ！　ジュンヤ、することはない。情報は別ルートで集めれば良い」

遠くに座っていたダリウスが、地獄耳で聞きつけてサージュラさんを諫《いさ》める。

「サージュラ殿。我が伴侶に邪《よこしま》な心を抱くのはやめていただきたい」

ティアの周りの温度が下がるし、エルビスもサージュラさんを睨みつけている。みんな知らん振りしていたと思っていたんだけど、ちゃんと聞いていたんだな。

「あー、そういうことなので、すみません」

「おや、良いのかね。山の民の村を訪ねたことがあるが、最初は酷《ひど》く拒まれてしまった。ところが、ある物を見せたら皆が歓迎してくれた。商人に会えずとも、それさえあれば歓迎してくれたのだよ。それをお渡ししようと思ったのに残念だ」

いちいち嫌味っぽいし、意味深な話し方をする。それにしても、人の気を引く言い方が上手い。ある物、なんて気になるじゃないか。

「残念だ。彼らは警戒心が強いから心を開くまで苦労するだろうが、自力で頑張ってくれたまえ」

くそぅ……こちらに伝手がないのを知っていてこれだよ。

「ティア、ダリウス、エルビス。見逃して……。俺はサージュラさんを何とも思ってない。これは取引。それで割り切ってくれないか？」

俺がそう言うも、三人は一斉に反対する。

「呪《しゅ》を見つけるには山の民の力が必要だ。そうだろう？」

「他の手を探そう。触れさせたくない」

「ティア……みんな。俺達、早く先へ進まなきゃ。北の領地や王都で苦しんでいる人達を助けなくちゃ」

ここは一瞬の我慢だ。それで済むのなら……

「酷《ひど》いねぇ。そんなに嫌かい？」

「嫌ですね。でも、我慢します」

「私の部屋へ来るかい？　恋人に見られたくないだろう？」

「いいえ。取引なのでここでいいです。隠れる気はありませんよ」

「おやおや。本当に面白い方だ。強い人だね」

「じゃあ、さっさと終わらせましょう！」

ふんと鼻を鳴らして、ぎゅっと目を瞑《つぶ》る。

「色気がないな。わざとかな？」

不意に近くに気配を感じて、頭の後ろに手が回ったと思った瞬間、唇に柔らかいものが触れた。

それを感じるや否や、サージュラさんの胸を全力で押した。

「終わりです。離してください」

「なんだ、ほんの一瞬だぞ？」

「とんでもない、十分でしょう？」

キッパリ拒絶すると、ダリウスが俺達の間に割って入り引き離してくれた。

「酷《ひど》いね。私の恋心は届かないかい？」

「何にも感じませんよ。そしてあなたは庇護者《ひごしゃ》ではないということも分かりましたね」

「はぁ、これでも閨《ねや》では人気者なんだが残念だ」

「約束です。山の民との伝手をいただけるんですよね」

サージュラさんの言葉を無視して、会話を続ける。

「仕方がないね。では、これを」

ふうとため息をついたサージュラさんは、首にかけていたネックレスを外して俺の手に寄越した。そのネックレスには紋章が描かれているが、見覚えはない。

「これは……祝い紋に似ているけど違うな。マテリオ、分かる？」

神官なら分かるのではと思い、いつの間にか近くにやってきていたマテリオに聞いてみる。

「これは、大事な人の安全を願うお守りだ。これを渡した人物は、サージュラ殿に懸想《けそう》していたのだな。奇特な方だ」

さらっと毒舌をかましたな……あんたも怒ってるのか。

「おや、彼は私に想いを寄せていたのか。気がつかなかったが、再会を祈ると言っていた。そうなれば渡すのが少々惜しいが、大勢の前で約束を違えるなどできないな」

「では、これはお借りします。あなたがどうあれ、相手の人はあなたに思いを寄せていたんでしょう。なら、用件が済んだらお返しします。あなたではなく、その人のために」

「あはははっ！　本当にジュンヤ殿は面白い。靡《なび》いてくれないのが残念だよ」

高らかに笑ったかと思うと、サージュラさんは中座して部屋に戻ってしまった。張り詰めていた空気が和らいだ気がする。

昼を犠牲にして念願の山の民とのきっかけをゲットしたが、その後すぐに消毒という名のキスのお仕置きを三人から受けたのは言うまでもない。

一息ついて休憩していると、ティアが俺の部屋にやってきた。

「二人で街を散策してみないか。デートというやつだ」

いつも仕事優先のティアに誘われて、断るはずがない。

「行く！」

「わずかな時間でも、こうして二人きりの時間ができて嬉しい。抱くのは我慢するから、口づけても良いか？」

「良いよ」

甘いキスを何度も繰り返してくるものだから、俺は煌《きら》めく金色の髪を撫でる。何度もしているうちに満足したのか、ティアは顔を離し、頬を緩めた。

「では、出かけよう」

「うん」

ティアと俺は視察とデートを兼ね、街へ繰り出した。ここは川が近いせいか、住人にユーフォーンの瘴気《しょうき》は届いていないみたいだ。だからだろう、穏やかで落ち着いた生活を送っているのが伝わってくる。

巨大な石を積んで護岸工事がされていて、マスミさんの影響かと尋ねた。だが、これは彼が召喚されるより前からあり、先人の知恵だそうだ。増水しても水が街に流れ込まないように工夫がされているらしいが、その場所を見学するほど時間はない。時間ができたら一度見せてもらいたいな。

商店が連なるメインストリートは活気で満ちている。それに、他では見かけなかった魚を売る露店もあった。売られているのは川魚だが、なんだか懐かしい匂いがした。

魚屋をひやかしていると、音楽が聴こえてきた。もしかしたらケローガで会った吟遊《ぎんゆう》詩人かと思い足を運んだが、全く知らない人だった。ティアによると、吟遊《ぎんゆう》詩人は大勢いるうえ、各地を遍歴《へんれき》しているから、同じ人物に何度も会うほうが珍しいそうだ。

少しがっかりしたが、知らない歌を聴くのは楽しい。夜の外出は久しぶりで、屋台の椅子に座り、軽食を味わいながら民が歌をせがむ様子を眺めている。

観客の多くが聴きたいとリクエストしている曲があるらしい。吟遊《ぎんゆう》詩人がリュートの弦を弾くと、歓声が大きくなり歌が始まった。

神樹の花咲き乱れし時
麗しの双黒は来たれり
癒《いや》しの御手は民を愛し
慈悲の心で大地を癒《いや》す

観客は手拍子し、歌っている人までいる。歌える人がいるのは驚きだ。

「ティア、これは」

「サンジェが歌ったのと同じ歌だな」

サージュラさんが王都で聴いたというものだ。眉唾物だと思っていたが、こうして耳にすると真実だったらしい。客は大歓声で、もう一度とリクエストしている人もいる。俺達の想像以上にあの歌は広まっているようだ。

「なるほど、彼らが焦る訳だ」

ティアが悪い顔で笑う。確かに民が俺を支持し始め、酷《ひど》い扱いをしたことがバレたら、民が施政者に反発する可能性がある。

それもあって、あの歌はどこから来たのか気になった。吟遊《ぎんゆう》詩人の歌が終わるのを待ち、彼に聞いてみた。だが、分かったことは、この歌は王都へ流れてきたとある吟遊《ぎんゆう》詩人が流行《はや》らせたという噂のみで、彼はその人物を知らないそうだ。

流行《はや》りの歌は投げ銭を多くもらえるので、あっという間に他の吟遊《ぎんゆう》詩人も真似するらしい。残念ながら役に立つ情報は手に入らなかった。

偶然出会った旅人の浄化をしたものの、アントラはこれまで立ち寄ったどの街より平和だった。これがメイリル神の恩寵《おんちょう》なのかな……

水の清らかさは生活の向上に直接繋がる。しみじみと実感し、ティアと騎士団棟に戻ったのだった。


翌日の昼頃、俺達は船着場にいた。船は馬車ごと移動できる貨物用の船だ。御者が馬車で乗り込み、俺達はタラップから乗り込んだ。カーフェリーに乗ったことがあるが、それと同じような大きさの船だった。これの動力が魔法だということに驚きが隠せない。

「カルタス王国の魔力がどこから来るのか知りたかったのだが、分からぬまま帰国することになりそうだな」

サージュラさんが近寄ってきたので、そそくさとダリウスの後ろに隠れる。もっとも安全な盾、それがダリウスだ。

「ふふ、嫌われてしまったね。私はこんなにもあなたに惹かれているのに」

「あなたが欲しいのは俺の力でしょう？」

「サージュラ殿、私の伴侶が怯えておりますから、お近づきにならないでください」

ダリウスが貴族モードで拒絶を示すと、肩をすくめて離れていった。ティアもダリウスも、俺を伴侶と言い始めたな。あれか、子供の話をしたせいか？

「助かったよ。ありがとう」

「またキスでもしやがったら、殴り殺しそうだからな」

「うっ」

物騒だけど、ダリウスならやりかねないか。

一瞬だけ険しい顔になったダリウスだったが、すぐにいつもの表情に戻ると、空を見上げて大声を上げた。

「よし、出港だ！　いい天気で良かった。雨の後は川が荒れるからな」

「そうだね。それにしても大きな川だなぁ」

「そうだろう？　この川沿いの田畑は川から水を引いているから穢《けが》れが少ない。だが、川の水が届かない地は苦しみ続けていた。ジュンヤのおかげで、全部浄化されるんだよなぁ」

ダリウスはしみじみと故郷を見渡している。

「砦《とりで》にも少し穢《けが》れがあるらしい。悪いが、浄化を頼む。それとな……もう一人の元婚約者、エマーソンが砦《とりで》の団長として赴任している。通達してあるから絡んではこないはずだ」

「そうだった、三人いたんだっけ」

忘れてたよ。最後の人はどんな人だろう。

「あのな、ちょっと変人だから気をつけてくれ。そんなに害はないんだが」

「嫌がらせされそうなのか？」

「それはない。うーん、あいつはなぁ……少々性に奔放《ほんぽう》な奴でな」

「あー、そっちの話かぁ」

エッチな方向の人か。

「嫌がらせよりは良いさ」

「何か言われても聞き流してくれ」

「了解」

わざわざ言いに来るほどエロい人なのかな。でも、ユーフォーンの騎士はみんながっちりしていてガタイが良くて、ダリウスってこんなの抱けるんだと密かに恐れ慄《おのの》いていた。猛獣が猛獣を組み敷く……いや、想像してはいけない。

対岸に着くまで時間がかかるらしく、俺はその間船を探検することにした。一隻丸ごと貸切りなので、自由にして良いとティアから言われている。

「エ〜ルビス〜！　みんなぁ〜！　こっち！」

船の先端に行くのはさすがに禁止だったが、舳先《へさき》に近い位置までは許可が出た。青々とした水が光を反射して綺麗だった。追いかけてきた三人に笑われたが、ちょっとくらい楽しんだって良いだろう？

「良い眺めだなぁ」

舳先《へさき》から川の上流と下流を交互に眺める。蛇《へび》のようにうねるオルディス川の下流は、この場所より遥かに川幅があるように見える。上流は川幅が狭いものの川の流れが早く、船を動かしにくいらしい。小型船で村人が行き来しているそうだが、それは経験値があってこそ。川に慣れていない人間は転覆したり、下流へ流されたりしてしまうらしい。

「ラジートの言うように水が子供なら、オルディス川はメイリル神とラジート神の子供ってことだよな」

風がひんやりするが気持ち良い。綺麗な川を見ていると、ふいに背後からティアが抱きしめてきた。

「この大地を潤《うるお》すのも、滅ぼすのも水だな。だが、ジュンヤが癒《いや》してくれた」

「お〜い、独り占めかよ」

「この先、また私は忙しくなる。だから、今は独占したい」

「あはは、たまにはいいじゃん」

トーラントへの対策を考えるために、これからティアがとんでもなく神経をすり減らすのは間違いない。それを知っているからか、ダリウスは苦言を呈したものの、それ以上は言ってこなかった。

対岸が少しずつ近づくのを見つめる。

その先の国境は初めて見る最前線だ。戦争こそしていないが、一番警戒し荒事も多い砦《とりで》、イスバル。そこにいる元婚約者エマーソン。彼はどんな人物なんだろう。少しだけ不安を感じながら、ささやかな憩いの時間を過ごしていた。

ゆっくりと船が着岸したので、俺達はまた馬車に乗り込む。対岸の街サントラでは穢《けが》れの確認だけして、すぐさまイスバルへと向かうことにした。馬車に揺られ約四時間。アントラの見張り塔では霞んでいた山々がはっきりと姿を現し、イスバルに到着する頃には雄大な山脈となって目前に聳《そび》えていた。

情報収集するので、イスバルには数日宿泊する予定だ。

「ジュンヤ、ここがイスバルだ」

窓の外からダリウスが声をかけてきた。顔を出してみると、山の切れ目の谷を利用し、天然の城壁を備えた砦《とりで》が行く手を阻んでいた。

重々しい音を立てて跳ね橋が下り、車列は進む。これまでのどことも違う威圧感に圧倒され、少し緊張している。

砦《とりで》の内部には街があるが、これまで訪れた街とは違い浮かれている雰囲気はない。だからと言って歓迎されていないのではなく、礼儀正しく迎え入れられた。

「エリアス殿下、遠路はるばるよくお越しくださいました。私はイスバルの守護を任されている、イスバル騎士団団長、エマーソンと申します」

出迎えた彼は、ティアとは違うタイプの煌《きら》びやかな人だった。シルバーのワンレンストレートヘアを後ろで一つに結び、ブルーの瞳と白い肌の人。バルバロイ騎士の証、ネイビーの制服がその白さを際立たせていた。美人系だけどゴツい……。

「殿下を十二分におもてなしできる豪奢《ごうしゃ》な部屋はありませんので、騎士時代を思い出して我慢していただくしかありませんね」

「私なら大丈夫だ。そなたに会うのは初めてだな？」

「はい。お目にかかれて光栄です。私は騎士見習い時代からこの地におりましたから、拝謁《はいえつ》する機会がございませんでした」

「そうか。それだけ幼い頃から強かったのだな。頼もしい」

「ありがたいお言葉をいただき、痛み入ります。今日はお疲れでしょう。私は下がりますので、ごゆるりとお寛ぎください」

彼はそれぞれの部屋を案内してくれ、優雅な礼をして去っていった。俺とティアは同室だ。全員が割り振られた部屋に向かい、俺もティアと部屋に入った。

「一休みしたらサージュラさんを門へ連れていく。あれのせいで遠回りになってしまった」

入るや否や、ティアが再び俺を抱きしめてきた。

「なんだか今日は甘えん坊だな？」

「それもイスバルまでだ。この先は敵地と思って進むつもりだ。皆の命を守る判断は私に委《ゆだ》ねられている」

少しの判断が命取りになるかもしれない。ティアはそんなプレッシャーに苦しんでいるんだな。

「どんな敵がやってきても、一緒に戦う」

「ジュンヤ……」

少しの間ティアを甘やかす。

だがまだ明るいうちにサージュラさんをトラージェ側へ連れていくのを思い出した。

早くやっちまおう！

「ティア、早くサージュラさんに帰ってもらおう。俺も見送りに行くよ」

速やかにお帰り願うべく、俺は客室にいたサージュラさん達を迎えに行き、国境の門まで同行する。エマーソンさんには事情を話しているので、公的な書類がない限り、少なくともこの砦《とりで》からはカルタス王国には来られないはずだ。

「ジュンヤ殿、きっとまたいつか会おう。我が国への訪問を心待ちにしているぞ」

ギリギリまで手を握ってくるサージュラさんをどうにか門の向こうに送り出す。彼の部下達は他国にいるのは心配だったんだろう。早く帰りたかったらしく、彼を引っ張って協力してくれた。

国境の門が完全に閉まるのを確認してから、俺はうんと背中を伸ばした。

「やっと帰ったなぁ。これでトーラントに向かえる。ティア、あいつの相手は大変だっただろう、お疲れ様」

ティアはやれやれと言わんばかりに大きく息を吐いた。

「そうだな。こちらにいる時に皇子に何かあれば国際問題だ。これで一つ肩の荷が下りた。今日は情報を収集するからイスバルに逗留《とうりゅう》する。ジュンヤは最前線にいる騎士を慰労してくれるか？」

「もちろん。またスープでも作ろうか？　みんなで食事しよう」

俺はエマーソンさんと行動し、ティアとダリウスは騎士から話を聞きに行くことになった。

毎度お馴染みのお母さんと化し、ハンスさんとクッキングタイムだ。移動日はじっとしていて体が凝《こ》り固まるから、体を動かす料理は楽しく苦にならない。ここの騎士は当番制で作っているらしく、料理長らしき人がいないので大喜びしてくれた。期待に応えるべく頑張るぞ！


一階にある食堂に向かう。好きなものを自分で取っていくビュッフェ形式だ。カウンターの奥にある厨房に入り、当番の騎士達と協力して料理を作り始める。

「あ、そこの騎士さん。その骨を割ってもらっても良いですかね。それで、臭み取りの玉ねぎと一緒に煮てください」

当番の騎士の一人に牛骨を豪腕で割ってもらい、大鍋に放り込む。気温が低い地域なので、時間が経っても冷めにくいようにとろみを付けよう。

「ジュンヤ様、いつもダリウス様に料理を食べさせているんですか？」

忙しく料理を続けていると、エマーソンさんが興味深そうに俺の料理風景を覗きに来た。

「いつもではないですけどね。初めて食べさせたのは、これと同じシチューですよ」

「ほぉ。美人で料理もできる嫁なんて、ダリウス様はついていますね」

「エマーソンさんは、ダリウスに様をつけて呼ぶんですね」

「ええ。私のほうが年上ではありますが、公爵様は身分的に雲の上のお方ですからね」

「そうだったんですか」

なんだ。変なことなんて言ってこないじゃないか。ダリウスが心配しすぎたんだ。そう安心し、エマーソンさんと喋《しゃべ》りながら調理を続ける。

「ジュンヤ様はとても良い香りがしますね。どちらでお求めになった香水で？」

しかし急に匂いを嗅《か》がれて、横に逃げて距離を取った。

「ええと、自分では分からないんですが、俺の体臭らしいです」

「それは素晴らしい。そういえば、殿下やダリウス様達に香りが移っていましたね。神子《みこ》様の特別な香りですか。失礼ながらお体が小さいので心配しておりましたが、やはり色々特別でいらっしゃるのですね」

色々……ええと、なんと答えればいいのか。

「ダリウス様のアレは特別です。この細いお体でアレを受け止め切るとは、それこそ神子《みこ》様の神秘なのでしょうか」

耳元で囁《ささや》かれ、顔がボッと熱くなるのが分かった。アレって！

「私、ダリウス様の妻の座には全然興味がありませんでしたが、アレには未練がありまして」

「エ、エマーソンさんっ？」

まずい、なんかエマーソンさんがヒートアップしている。

「たまにアレを貸していただけませんか？　私、目隠しして縛《しば》られながらアレで突かれるのが好きなのです。あんな完璧な体に出会うなんて金輪際ないでしょう……」

目隠し？　縛《しば》って？　どんなマニアックプレイだよ！　……いや、俺、ティアにされたな……

「えっ、ごめんなさい。貸すなんて無理です」

「最後に一度だけでも、ダメですか」

可愛く首を傾げながら、とんでもなくマニアックなことをお願いされている。

やばい、この人可愛い。言ってることは可愛くないけど！

「俺が嫌です」

「残念です。あ、ジュンヤ様もご一緒にどうです？　それなら浮気にならないでしょう？」

「無理です！」

俺が完全拒否すると、彼は眉を八の字に歪め悲しげな顔になった。

「そうですか……仕方がないですね。諦めます。あの絶倫も好ましかったのですが。実はダリウス様にもお願いしたのですけど断られてしまったのです。ジュンヤ様が許可すれば一回だけでもしてくれるかもと思ったのですが」

エマーソンさんは俯《うつむ》くとさらに顔を寄せてきた。なんというか、ちょっとした仕草もセクシーだ。

ダリウスがこんな美形のお誘いをどう断ったのか、なんだか知りたくなってきた。

「ダリウス……なんて言ってました？」

「聞きたいですかぁ？　教えて差し上げますよ。『俺は血の一滴までジュンヤに捧げた』だそうですよ。いやぁ、愛されておいでですね。あれほどセックスに依存していた方が、あんな風に言うなんて驚きました」

セックス依存……辛い気持ちをセックスで紛らわしていたんだろうか。少なくともこの人にはそう見えていたんだ。

「祝祭での演説も、早馬で聞き及んでおりますよ。神子《みこ》様のおかげで彼は変わったんですね」

エマーソンさんの話題が突然祝祭に変わる。祝祭とダリウスに何の関係が？

「ダリウスの演説ですか？」

「ええ。ヒルダーヌ様と二人で公《おおやけ》の場に並んで立ち、ダリウス様が祝いの言葉を捧げ、二人は抱擁を交わしたのですよね。伝令は涙を流しながら話しておりましたよ。バルバロイ領の憂《うれ》いは晴れた……と」

エマーソンさんは優しい笑みを浮かべた。

「我らや民の愚行でヒルダーヌ様を苦しませてしまったのはよく分かっています。でも、誰も打開できなかった。ありがとうございます、神子《みこ》様。いえ……きっと、神子《みこ》様としてではなく、ジュンヤ様自身がダリウス様の心を救ってくださったんでしょうね」

エマーソンさんもダリウスに領主を継いでもらいたかったんだろうか。

「エマーソンさん……」

「未練はありますが、ダリウス様はジュンヤ様にお任せします。でも、まともにお相手していたら身が持ちませんからお気をつけくださいね」

「うぐっ！　大丈夫です……あいつも気遣ってくれるので……」

激しいのは激しいけど、すっごく優しくしてくれるし大丈夫だと思う。

「何とまぁ、あれが気遣いを覚えましたか。感慨深いですね。おっと、すっかり煮えましたよ。良い香りがします」

雑談をしている間にすっかり支度が整い、食堂には多くの騎士が集まり始めていた。

「おお～！　良い匂いだぁ！」

「神子《みこ》様のブカブカのエプロン姿、エロい……エロ、エロい……」

「神子《みこ》様の手作りだってよ！」

「良いなぁ、美人で世話焼きの嫁……」

色々聞こえてくるが気にしてはいけない！

治癒を込めて作ってはいるが、さらに効果を上げるため一人一人に手渡し、その時にもう一度治癒を込める。食べた騎士達は治癒を感じて驚きつつ、美味しそうに食べている。誰かが喜ぶ姿は、俺自身にもパワーを与えてくれるから嬉しい。

「良い匂いだな！」

騎士と話していたはずのティアとダリウスが食堂に合流し、後ろから俺の腰を抱く。

「ジュンヤ、ありがとうな。みんな美味そうに食ってるよ。それに、エプロン姿がエロ可愛いジュンヤは俺のもんだって自慢しまくってるぜ？」

「もう、バカだなぁ。あ、こら。作業しにくいだろっ？」

こんなにくっつかれたら手しか動かせなくなるじゃないか。しかも髪にチュッチュとキスしてくる。

「こ～ら、みんな見てるだろ？」

「見せてんだよ。この美人でエロカッコいい男は俺のものだってな？」

「バ～カ～！」

助けて～！　内心でそう叫びながら腕の中でジタバタしていると、ティアがやってきた。俺に抱きつくダリウスを見て、眉根を寄せて窘《たしな》め始めた。

「ダリウス。なぜいつも抜け駆けする。ジュンヤを返せ」

「嫌で～す！　今は俺の恋人タイムなんですよ、殿下」

「私は認めていないぞ」

「殿下、凍らせましょうか？」

エルビスも参戦してきた。あ、またコントが始まっちゃう。みんなが対応に困るだろう？

「はいはい。ダリウス様も殿下もそこまでですよ？　この砦《とりで》のボスは私です。私に従ってくださいね。ダリウス様も子供っぽい真似はおやめください」

そう思っていた矢先、エマーソンさんが、優雅だが凄《すさ》まじいパワーで俺とダリウスをひっぺがした。ニコリと笑いながら、ティアとエルビスを牽制《けんせい》するのも忘れない。さすがだ。

「チッ。何だよぉ」

「ダリウス様、あることあること、ジュンヤ様にお教えしましょうか？」

「うっ……！」

あることないことではないんだな。全てがあったことだし、ダリウス的には後ろめたいんだな。

「エマーソンさん。もう全部受け入れてるので、聞いても問題ありませんよ」

ダリウスに助け舟を出す。今ではすっかり可愛い俺のクマ……ではなく恋人だし。

「おや、剛毅な発言ですねぇ」

「ジュンヤ……なぁ、今日は俺の部屋に来ないか？　なぁ？」

「行きません。エロいことする気だろ？」

エマーソンさんに言い負ける恋人を庇《かば》ったらすぐこれだ、と苦笑してしまう。

「当然だなっ！」

「だめでーす。ティアも怪しいから、エルビスと寝ようかな？」

「なぜだ。またとばっちりか？」

「ふふふ。ジュンヤ様がもっとも安全に眠れるのは私なのですね、ふふふ……」

なんていうかカオスな空間だ。ただ、楽しく過ごしているが、この先を考えれば見逃してほしい。いや、みんなが意図的にこんな雰囲気にしているのかもしれない。

俺達はそんなこんなでイスバルに二日間滞在し、近隣やトーラントの情報を集めた。

明日の早朝イスバルを発つ。束の間の幸せな時間を味わい、俺達はそれぞれの思いを胸に眠りについた。

翌朝。日の出と共にティアと同じ馬車に乗り込んだ。

「殿下。新たな情報が入りましたらご連絡します。ご武運をお祈りしております」

エマーソンさんが門まで見送りに来てくれた。ティアに挨拶をした後、俺の傍までやってきた。

「ジュンヤ様のシチューの効果は素晴らしいですね。皆、力が満ち満ちております。あのお力はまさしく稀有《けう》なもので、欲に塗《まみ》れた者が多数現れるのも然もありなんと実感しました。決して護衛から離れてはいけません。イスバルから、ジュンヤ様のご武運と浄化の成功をお祈りしております」

「ありがとう。必ず全ての瘴気《しょうき》を浄化してみせます。エマーソンさんもお気をつけて。そうだ、これを」

エマーソンさんは俺の言葉に小首を傾げていたが、俺が手渡したものを見て目を見開いた。

「これは……！　よろしいのですか？」

「はい。必要ないのが一番ですが、万が一の時はこれで皆さんを助けてください」

俺が手渡したのは、一つの魔石だ。どう使うかは人それぞれだが、この人なら正しく使ってくれるだろう。

「慈悲深きメイリル神の化身、ジュンヤ様。助けが必要な時は我らをお呼びください。イスバルの騎士はあなたがお呼びになれば、千里の距離があろうと駆けつけます」

「ありがとう」

ゆっくりと馬車は動き出し、騎士が剣を掲げ見送る中、俺達は新たな地を目指し進み出す。

山脈の遥かその先に目的の地はある。これから全員がその先にある危険を感じ、それでも突き進む。

北へ。

穢《けが》れを全て浄化するために。

◇

イスバルを出発して二日。

境界を越えてトーラント領へ入った。山麓から繋がる山道を道なりに進んできたが、少しずつ穢《けが》れの影響が見え始めた。これまで木々は緑一色だったが、山中に赤茶色の部分がある。紅葉とも違う色だ。

「あれは立ち枯れているのだ。私が最後に視察に来たのは一年前。当時も被害は出ていたが、枯れ木が随分と増えたな」

ティアが説明してくれた。視線を遠くにやると、広範囲が変色しているようだ。

「今更の疑問だけど、トーラントの領主が宰相なのに、自分の土地を呪《しゅ》で穢《けが》すなんておかしくないか？　ナトルが暴走して呪《しゅ》を置いたとしても、自分の領地を攻撃した奴と手を組めるもんかな」

「宰相は自分が疑われるのを避け、あえて呪《しゅ》を見逃した可能性がある。その影響が想像を超えたとしてもおかしくはない」

「ああ……呪《しゅ》を甘く見ていた可能性はあるかもね」

ナトルは政争には全く興味がなさそうだったから、宰相の土地も平気で穢《けが》すだろう。あいつが欲しかったのは神子《みこ》だけだ。

「宰相にも利はある。狂信者の反抗に気づいて手を組み、自分も被害者だと苦悩する姿は演技ではない」

「ああ……嫌な話だな。話してもないのに、どんどん宰相を嫌いになっていくよ」

「善人では宰相などやれぬ。あやつも嫌われるのは本望だろう。それは私も同じだ。たとえ嫌われても決断すべき時がある。いつか、ジュンヤの意に沿わぬ決断もするかもしれない」

「……ティアが決めたなら信じるよ」

「信頼に応えるべく努力しよう」

ティアは柔らかく微笑んだ。こんな表情は俺だけのもの。優しさを封印し、毅然《きぜん》とした態度で臨《のぞ》む、ティアの背負った宿命を想像し、なんだか胸がキュッとする。俺といる時だけは、こういう表情でいてほしい。

「もうすぐトーラント領で最初の村に着く。私も訪問したことがない場所だから、ジュンヤへの対応もどうなるか分からない。心してかかってくれ」

「うん」

やがて村が近くなってくると、山を利用した段々畑が辺りに増えてきた。ミカンに似た果実を栽培しているようで、実は生《な》っているが、大豊作とは言い難いように見える。もしかしたら北部にある瘴気《しょうき》が地下水に入りこみ、近隣の土地に影響が出始めているのかもしれない。

先触れをしていたので、村を囲っている柵はすんなり開き、簡単に村へ入れた。そして村人数人が出迎えてくれた。何人かおなかが大きい人がいて、ドキッとした。もしかして妊婦、いや、妊夫さんだろうか？　そう思っていると、村長であろうお爺さんが前に進み出てティアに頭を下げた。

「エリアス殿下。こんな小さな村にお立ち寄りいただき光栄でございます。ろくなおもてなしもできず、恐縮でございます」

「構わぬ。私は民本来の暮らしを知る必要がある。そなた達のありのままを見せてほしい」

「はっ、はいっ！」

「それに、彼らは妊娠中だろう？　無理をさせず家で休ませてやるが良い」

やっぱり妊夫さんか。話を聞いてみたいな……

「恐れ入ります。皆畑に出払い、出迎えが少なかったもので動員してしまいました。殿下のお気遣いに感謝いたします。さぁ、お前達、戻って休んでいいぞ」

「ありがとうございます。拝謁《はいえつ》が叶い光栄でした。失礼いたします」

妊夫さんと思《おぼ》しき三人は、頭を下げてそれぞれの家に戻っていく。この世界でもやっぱり妊娠中は安静が必要なのかな。

「殿下をお迎えするにはお恥ずかしい家でございますが、我が家へご案内いたします」

そう言ってお爺さん――村長に案内された木造の家はとても広かった。村長の言う通り豪華ではないものの、温かい雰囲気を持つ家に案内され、お茶をいただくことになった。

「殿下は、レナッソーへ向かう途中でございますか？」

「そうだ。この村は困っていることはないか？　病人がいたら神子《みこ》と神官が力になってくれる」

トーラントの領都はレナッソーという。その間に、この村みたいな小さな農村が複数あるんだ。

「左様でございますか。ここはまだ他の村に比べてマシではございますが、山はご覧の通り、所々木が立ち枯れ、病の村人も増えております。先程の妊夫も、影響を心配して外出を控えております。夫達の病が気がかりですが、仕事をしなければ食べていけませんし……」

病人が増えているから、自主的に隔離している感じなのかな。妊娠中引きこもってばっかじゃ辛いもんな。

「そうか。やはり影響が出ているのだな。では、まず井戸を調査しよう。浄化が必要ならば神子《みこ》が穢《けが》れを祓《はら》おう」

「なんと……噂は聞いておりますが、神子《みこ》様の奇跡は真実なのですね！　どうか哀れな農民をお救いください。実は、水の色が変わったのは気づいていたのですが、新しく井戸を掘るのも難しく、困っていたのです」

村長は俺を見るなり、テーブルに頭をつけて懇願し始める。俺はそんな村長の肩に手を置いて、首を横に振った。

「村長さん、頭を上げてください。すぐに井戸を調べに行きましょう」

水がとても穢《けが》れていたら村人にも影響が出ているだろうから、村人も浄化する必要があるかもな。

「俺は神官達と回ってくる。ティアは村長と話があるんだろう？」

「ああ。すまないな。ダリウス、ジュンヤを頼む」

俺は立ち上がり家をあとにすると、村人に案内されながら、三人の神官と井戸に向かった。村の中心部にある井戸は、遠目で見た感じだと異常はない。しかし、意識してじっくり見ると瘴気《しょうき》が蠢《うごめ》いているのが分かった。桶《おけ》に水を掬《すく》って手に取ると、光を放って浄化された。

「やっぱり瘴気《しょうき》が混じってるな。マテリオ、魔石のサイズはどれが良いかな。穢《けが》れの程度によっては、小さいのだと途中で効果が切れそうで心配だ」

とはいえ、魔石を入れたとて完全に安心できる訳ではない。未だに瘴気《しょうき》の根源が確定できておらず、そちらをどうにかしないと、再び井戸の水は穢《けが》れてしまうだろう。今回はそれが厄介《やっかい》だ。

「少し大きめの魔石を入れるしかないな。またあれをやるか？」

「ああ。村人を集めてから神子《みこ》の力を示そう」

力を見せつけるのは好きではないが、威光を示すのは大事だ。

「村人が揃うのは、農作業が終わった夕方だよな。だったらスープを作って配給もするか」

「ジュンヤは本当にいつも働いてるなぁ。たまにはダラダラしても許されるぜ？」

そう提案すると、眉尻を下げたダリウスが腰を抱き、髪にキスを落とした。

「休む時は休んでるよ。働くのは好きだから、苦ではないし」

「まぁ、無理しない程度に頑張れ」

少々過保護な恋人はいつも俺の心配ばかりだ。

「ありがとう。さぁ、ティアに配給の相談をしに行こう」

配給の際、使う野菜を俺達が買い取れば村には現金が入るし、配給で腹も満たされて浄化されるし、一石三鳥だ。

井戸から村長の家へ戻り、まだ話していた村長とティアに配給のことを提案する。すると村長は眦《まなじり》に涙を湛《たた》えて震え始めてしまった。

「神子《みこ》様の配給の噂は聞き及んでおります。村も潤《うるお》い、しかも力の湧くスープだとか。偶然居合わせた商人が興奮した様子で話してくれました。この村には重病人こそいませんが、体調不良の村人が多く、是非お慈悲を賜《たまわ》りたく存じます」

村長さんはそう言い平伏してしまう。とはいえ、なんだか申し訳ないので、俺はすぐに村長さんを立たせると、早速配給の準備を始めた。準備をしていると、さっきの妊夫さん達まで手伝いに来たので、断ろうとしたのだが……

「神子《みこ》様のお近くにいた時、とても体が楽になったのです。しかし家に戻ったらまた怠《だる》くなって……。神子《みこ》様のご加護の恩恵を受けているのかもしれません。どうかお傍にいさせてください！」

そこまで言われたら仕方がない。俺の両隣で作業してもらおう。

三人いるので、俺の両隣と、右隣の妊夫さんの向こうにもう一人。俺から少し離れているからその人が心配で、何度も体調を確認しながら、配給の準備を進めた。

作業途中、彼らのおなかを盗み見ると、チュニックを着ていても少し膨らんでいるのが分かった。

「立っていて苦しくないですか？　無理はしないでくださいね」

「大丈夫です。神子《みこ》様の香りを嗅《か》いでいると、とても気分が安らいで力が溢れてくる気がします」

「それなら良いんですが。あ、あの。赤ちゃんはいつ頃生まれるんですか？」

「私はあとひと月ほどです。夫の魔力が少ないので時間がかかるんです」

「そうなんですか」

魔力量で妊娠期間が違うのは新情報かもしれない。

「彼のところは新婚だから、旦那が張り切ってるんですよねぇ、ふふふ」

「神子《みこ》様の前でなんてことを言うんだよっ！　でも、夫は早く子供が欲しいと言って毎日頑張ってくれているんです。神子《みこ》様のお力をいただければ早く生まれるかもしれませんね！」

急になんというプレッシャー。それに新婚？　毎日頑張って？　うわぁぁ～！

「元気に生まれてくるようにお祈りします」

想像しようにも恥ずかしくなってしまったので、ひとまずにこにこ笑う彼らに必死で微笑み返した。

妊夫達の手伝いもあり、スムーズに作業は進む。うちの騎士達が手伝ってくれて、井戸のある中央広場には飲み食いできるようテーブルや椅子が用意された。

「神子《みこ》様は本当に良い香りですねぇ。これは若い衆が大喜びしますな。そろそろ作業を終えて帰ってくる頃です」

様子を見に来た村長が嬉しそうに声をかけてくる。すると村長の言う通り、そう時間が経たないうちにガヤガヤと喧騒が聞こえ始めた。

「おーい！　村長！　こりゃどうしたんだい？　祭りの時期とはズレ……て……ぇえっ⁉　黒い！」

そして帰ってきた村人は、俺を見るなり騒ぎ出した。

「こりゃ、ベイル。みっともない声を出すな。神子《みこ》様とダリウス様の御前だぞ？」

「みっ、神子《みこ》様？　噂の？　それに、ダリウス様まで！」

俺の護衛をしているダリウスを見て、彼はパニック寸前だ。

「落ち着かんか、ばか者。失礼いたしました、これは村の若い衆のまとめ役をしているベイルと申します。ほれ、ご挨拶せんか」

「俺、わ、私は、ベイルと申します！」

「ベイルさん。私はジュンヤ・ミナトです。どうぞよろしく。勝手にすみませんが、配給の支度をさせてもらいました」

「わわっ、神子《みこ》様、こちらこそよろしくお願いします！」

俺が頭を下げるとベイルさんも下げ、頭を上げては下げるを繰り返してしまい、お辞儀の応酬になってしまう。ようやくエルビスが止めてくれて、やっとお辞儀合戦は終わった。

「皆さんが戻ったら始めるので、声かけをお願いしても良いですか？」

「もちろん！　ひとっ走りして知らせてきますから、お任せくださいっ！」

ベイルさんはビシッと姿勢を正してから猛然と駆け出していった。その背中を俺達は見送る。

「あんなに急がなくても良いのに、頼んで悪かったな」

「そりゃあ、張り切るだろ。あんな顔でお願いされたらよぉ」

隣にいつの間にかダリウスが立っていた。配給をする会場の準備が終わったらしい。

「普通にしてたつもりだけど」

「こんな美人に微笑まれたら張り切るに決まってるっての」

ちょっと拗《す》ねてるな。俺にとっては営業スマイルなんだが、ダリウスは心配らしい。

「でもさ、本当に笑う時の顔は違うだろ？」

「そうだけどよ。絶対惚れる奴がいるから見せたくねぇんだ」

「困った団長様だな。耳貸して」

俺はそう言うと、屈《かが》んだダリウスの耳元に口を寄せる。そして少しだけ色っぽく囁《ささや》いた。

「あんたしか知らない顔、あるだろ？　それで我慢しといてよ。な？」

「〜〜っ！　そ、そうだな。うん。へへっ……良いな、それ」

恥ずかしいこと言わせんな、バーカ。

「もうヤキモチ焼かないで、俺のこと手伝ってくれるか？」

「おう、任せとけっ！」

ダリウスは先程と一転してすごく機嫌のいい笑顔で頷くと、近くの作業台へと移った。ヤキモチ焼きのダリウス、エルビスも合流し支度を無事済ませる。

やがてベイルさんの知らせで村人が配給会場へと集まった。どうやら村人はティアに言葉をかけている。初めて王族に会う彼らは感無量といった面持ちだ。普段ここの村人は、領主代行くらいしか貴族と会う機会はないんだとか。

その時、白い肌の村人に混じり、ちらほらと山の民らしき姿が見えた。これはチャンスだ。山の民だけの村なら厳しいが、麓《ふもと》に下りてきている人なら率直に話してくれるかもしれない。山の民との出会いに、期待で心が躍った。

この村は四十人ほどの小さな集落なので、村人達はすぐに集まった。全員が広場に集まると、ティアが村人に注目を促した。

「これから浄化の儀を行う。まず、神官が村の水の現状を説明する」

ティアの言葉でマテリオが前に出ると、瓶に入れた井戸の水をかざした。

「この水には、緑色の瘴気《しょうき》が混じっている。他に水源がなく、これを飲むしかなかった現状はよく理解している。しかし、今日は神子《みこ》が皆に安全な水を与えてくれよう」

促され、俺はマテリオの隣に進み出る。それから、魔石を取り出しかざした。

「今日、この浄化の魔石を井戸に入れます。ですが、その前に魔石の効果を確認してください」

マナとソレスが大きな樽《たる》に入れた水を持ってきてくれる。そこに、糸をくくりつけた魔石を入れ、くるくる水をかき混ぜると水が光り始める。その光景に、村人達からどよめきが上がる。それから笑顔と拍手で、場が一斉に沸いた。

かなり緊張していた村人達だが、井戸の浄化を見て緊張がほぐれてきたらしい。一人ひとりにスープを渡すと、みんな笑顔で受け取ってくれた。

手渡した中に、先程見かけた山の民がいた。三人がどういう経緯でこの村にいるのか話を聞きたいと思った。彼らの服装は、山岳民族に多く見られるエスニックでカラフルな色合いの刺繍《ししゅう》があちこちに施されていた。生地の織り方も、他の村人達が着ているものと違って見える。

生活習慣も全く違うように見える彼らではあるが、村人とは打ち解けているようだ。それでも、食事は仲間同士で固まって食べていた。

「ダリウス。俺が近寄ると、あの人達は嫌がるかな」

「自分から山を降りてきた奴らだから大丈夫だろ。ただ、俺がいると怖がるかもしれん。マテリオを連れていけ。少なからず山の民の血が連なる者がいれば違うだろう。見守ってるから、何かあれば俺を呼べ」

そう言ってダリウスがマテリオを呼んでくれたので、マテリオと二人で山の民が集まる場所に近寄った。

「こんばんは。お口に合いましたか？」

「神子《みこ》様！　どうしてオレらのところなんかに……？」

「お話がしたかったんです。ご一緒しても良いですか？」

三人は少しの間相談していたが、了承してくれたので隣に座る。

「あの……オレらみたいな奴の傍に座るのは、良くないのでは？」

「何が良くないんですか」

慌てて席を立つ彼らだが、焦っている理由がよく分からない。

「オレらを蛮族だって嫌う連中がいるんですよ。この村は平気だけど、レナッソーに近くなると嫌がられるんです。だからレナッソーじゃ働けなくて、この村まで働きに来てて……」

「そうでしたか。でも、俺は全然気にしないんで敬語も使わなくて良いです。……俺も敬語をやめるよ。それなら良いだろ？」

　彼らにはもっと気軽に話しかけたほうが良いと思い言葉を崩したが、マテリオには睨まれた。神《み》子《こ》の権威が落ちるって思っているのだろう。でも、そんなの初めから求めてないし。

「で、でも、神子《みこ》様ですよね？」

「浄化できるだけの同じ人間だよ。さぁ、座って座って！」

　椅子を叩くと、彼らは恐縮しながら再び隣に座った。

「あの、オレはトパルと言います。右がアジェンで、左がキィスです」

　敬語なのは変わらないが、会話をする気になってくれたので良しとする。先程から俺と話してくれているトパルさんは四十代くらいで、他の二人は若そうだ。

「よろしく。三人はなぜここで仕事をしてるんだ？」

「それはですね、山をご覧になりましたか？」

　キィスさんに聞かれ頷く。

「ところどころ木が枯れてるのは見た」

「それで困ってんだ！　特にオラの村は酷《ひど》くて……こっちの二人は別の村から来てんだけど、やっぱり山の収穫が減ってるんだ。稼がないと家族を食わせらんねぇべ？　ある程度稼いだら食料とか買い込んで帰るんだぁ」

　どうもアジェンさん村は他の村より状態が良くないらしく、困り果てているらしい。

「そうなんだ……」

三人とも家族の大黒柱で、家族を養うため、村を出る山の民は近年特に増えているらしい。だから王都やケローガでも、山の民を見かけたのかもしれない。

「この辺りで一番酷《ひど》い状況の場所は分かるか？」

きっとそこが呪《しゅ》に近い場所なのかもしれない。そう思い三人に尋ねると、キィスさんとアジェンさんは顔を見合わせて考えている。だが、トパルさんが手を上げた。

「……基本的に他の村と連絡取り合ったりしないので、他の村の状況はこの二人に会って知りました。ただ、オレの村はミハ・ジアンというんですが、その……うちの神様の宝物が盗まれまして。それ以来、村の衰退が酷《ひど》いんです」

「そこ！　その社の息子にレニドールっていない!?」

思わずトパルさんのほうに前のめりになってしまった。

「いますけど、宝物を探すって出ていってから消息不明です。……あいつに会ったんですか？　てか、あいつ、生きているんですか!?」

トパルさんがとっさに腕を掴んできて、強い力で握られ痛みが走る。

「痛っ！」

マテリオが素早く俺の腕からトパルさんの手を払う。

「トパル殿、神子《みこ》が痛がっている」

「あっ!!　すみませんすみませんすみませんっ！」

再び立ち上がり今度は土下座しそうなトパルさんを止め、お茶を飲ませて落ち着かせた。

「いや、大丈夫。レニドールの知り合い？」

「すみません……自分の子供みたいに思っていたので、消えちまって心配で」

「生きていますよ。大丈夫。彼は神器を取り戻そうと頑張っています」

――安心させてやりたいが、全部話せないのが辛いな。

「そうですか。もしもまた会ったら、村に戻るように伝えてください。このまま収穫が減り続けるのなら、村を捨てるかもしれません。あいつが帰ってきた時、誰もいなかったら可哀想なので」

「村を捨てる……そこまで追い詰められているんですね」

「今すぐではないんですけど。社の一族は残る覚悟らしいので説得中です」

トパルさんは大きなため息をついた。

「あいつの親兄弟も、ラジート様に命を捧げるからって、誰もいない村になっても残るって言うんです。ここら一帯じゃ、家族だけでは冬なんて越せないし、生きていけないですよ」

「トパルさんの村に行きたいんだけど、場所を教えてくれないか？」

そうと決まったらそこに行くしかない。俺が三人にお願いすると、全員なぜか考え込んでしまった。

「う〜ん。オレ達は外の世界を知ってるから平気ですけど、大抵の村人はよそ者を嫌がるんです。特にミハ・ジアンは大社があるので拒絶感が強いです。神子《みこ》様だけなら大丈夫だと思いますけど、他の方も当然いますよね？」

「あんたらだけで行くのは無理だべなぁ」

「私がいてもダメか？」

しばらく沈黙を守っていたマテリオが口を開いた。

「……神官様は混血ですね」

「祖母が山の民だ。だが、祖母は早くに亡くなったので、習慣などはあまり知らない」

「そうかぁ。二人ともどう思う？　あんたらの村なら入れるか？　オレとしては、ミハ・ジアンに今すぐ行って浄化してほしいが、いきなり行ったら拒絶されそうだ。オレ達の習慣とか、知ってもらってからがいいと思うんだが」

アジェンさんとキィスさんはどちらも違う村出身だという。

「んだなぁ。オラんとこは麓《ふもと》に近くて、野の民とよく交流してるからマシかもしれんけど……でも嫌がる奴らもいるからなぁ」

そう返事をしたのはアジェンさんだった。

「野の民？」

「オラ達は平地で暮らす人間を野の民って呼んでいるんだぁ。オラの村は割と積極的に野の民と仕事をして稼いでる。つーか、そうしねぇとちょっと生活が厳しくなってきて。ほんでも、いきなりこんなキラキラした人達連れていって大丈夫だべかなぁ」

三人の心配そうな顔を見て俺も悩んでいたが、ふとサージュラさんから借りたあれを思い出した。

「これをある人に借りてるんだ。山の民に見せればいいって言われたんだけど、使えないかな？」

俺はお守りを見せた。その瞬間、悩んでいた三人が一気に可哀想なものを見るような目つきになり、じっとお守りを見た。

「これ、その人が神子《みこ》様に貸してくれたんですか？」

「そう」

「ああ～、見事に振られたっすね」

「気の毒だべ……」

やはり、サージュラさんに気がある人が彼に贈ったものだった。贈った彼は振られたことは知らないほうがいいだろう。

サージュラさんは入手経路の説明をしなかったが、どんな意味を持つか教えられなかったんだろうか。

いや、あの人のことだ。単純にいらなかっただけかもしれない。でもそれは言わずに心に仕舞った。

「あなた自身に託されたのなら受け入れてくれるんですが、難しいですね」

俺のものだと嘘はつきたくない。使えそうにないとがっかりした。

「誠実に話をするしかないか……」

「そうですね、アジェンの住む村で作法を教えてもらってください。触れてはいけない物や話もありますし、うちの村は宝物がなくても聖地には変わりがないので、ジジイ達が厳しいんです」

「分かった。ところでアジェンさんに一緒に来てもらうのは無理かな？　必要なら案内人としての報酬は出すし、村に浄化が必要なら治癒と浄化をする。手に入れた食料も一緒に運ぶよ」

「報酬……ど、どのくらいですか？」

ガイドとしての賃金と、村に帰る前に仕入れる食糧の代金も支払うと提示する。さすがに俺一人では判断できないので、希望額を聞いて、ティアに相談するため彼の座るテーブルに向かった。

俺の説明を聞いて、ティアは首肯した。

「確かに私達は山の民について知らなすぎる。無礼を働けば聖地には入れないだろう。少し遠回りとなっても行く価値がある。金額は問題ない。ケーリー、これくらい上乗せしておけ」

「お任せください」

ケーリーさんもすぐさま対応の準備に入った。

俺が三人の座るテーブルに戻り報酬のことを話すと、アジェンさんも了承してくれた。

最初はこの村での収穫作業が残っているのですぐには行けない、と言っていたが、井戸の浄化を目にした村人が、アジェンさんの村も早く浄化してもらったほうがいいと勧めたこともあり、すぐに行くことになった。

「あのキラキラした光、それに、このスープ。本当に奇跡のお力だ！　これでオラの村も救われるべ！　明日にでも発ちたいくらいだ。あ、すんません。オラ訛ってるし、敬語ってのも苦手で……」

「大丈夫だよ」

アジェンさんが早く出発したいとソワソワし始め、あんなに躊躇《ため》っていたのが嘘みたいだとトパルさんとキィスさんに笑われていた。

その時、ふいにトパルさんが腕に嵌《は》めていたバングルを外し、緑色の紐をそこに結びつけた。

ていますす」

「神子《みこ》様の誠実さがよく分かったので、これを託します。このバングルはオレの一族の紋様が入っています」

トパルさんはそう言いながら、その紐のついたバングルを俺の左手首に嵌《は》める。

「アジェンの村で、『トパルに託された』と言ってこれを村人に見せてください。そして、ミハ・ジアンに行った時は、うちの親父に預けてもらいたいんです」

「でも、大事な物じゃないのか？」

「目的のため、お守りを自分のものだと嘘をつく選択もあったのに話し合いを選んだでしょう？この紐の結びは、オレが信用した人の証です。これを身につけていればアジェンの村でも、ミハ・ジアンでも通用します。どうか、オレ達の村も助けてください」

テーブルに頭をぶつけそうな勢いで頭を下げるトパルさんに、彼の村もかなり追い詰められているのかもしれないと思った。

「分かった。そうだ、ラジート神について教えてくれないか？」

「ラジート様についてですか？」

「そう。知っておいたほうが失礼なことを言わないで済むと思うんだ。基本的にどういう神様なんだ？」

俺は山の民の信仰している神、としか知らない。知らないまま喋《しゃべ》って、向こうの地雷を踏むのはごめんだ。

「マテリオにも聞いたことなかったよなぁ？」

「祖母は私が生まれる前に亡くなっていたし、両親は私に信仰を押しつけなかった。それに、二人ともメイリル神を信仰していたから、そんな話はしたことがないんだ」

「そうか……ごめん」

「何がだ？」

「お祖母さんのこと、不躾《ぶしつけ》に聞いたから」

「ふっ……気にするな」

マテリオは優しく笑うようになったなぁ。どうしよう、可愛いって思ってしまう。そんなことを思っていると、トパルさんが口を開いた。

「なるほど。それじゃあ神官様は知りませんね。オレ達が山に住んでいるのは、山神であるラジート様がいると信じているからです」

「山全体が信仰の対象って意味かな」

「はい。この山脈全ての守り手、それがラジート様です。オレ達に恵みを分けてくださっている豊《ほう》穣《じょう》の神です」

続けて、トパルさんが村に伝わるおとぎ話を話してくれた。

遥か昔、山の民の先祖が差別から逃れ山へ辿り着いた。しかし慣れない生活で餓死しかけた時、彼らの前にラジート神が現れた。迫害に苦しむ彼らを憐れみ、社を建立しラジート神を祀《まつ》れば恵みを与えると告げた。

ラジート神がメイリル神を呼び寄せると山に泉が湧き、木の実などの山の恵みが増えたことで先祖は生き延びた。ラジート神は水を操れない代わりに、妻であるメイリル神が一族に慈悲を与えた。

……なんだか日本の自然信仰に似ているかも。

「ですから、オレ達は基本的に山で暮らしラジート様を祀《まつ》っています。さらに開拓も最小限にして、自然を守りながら暮らしています」

トパルさんの話によると、ミハ・ジアンには一番高い位置に社と泉があって、ラジート神が降臨した地と伝えられているらしい。山の民はラジート神の恵みをもらい、信仰によってラジート神の力が強くなると信じられている。

「ですが、その泉がおかしいんです。水が濁《にご》ってしまい、清らかな水の入手が難しい。それに、水が濁《にご》れば濁《にご》るほど、病人が増えていくんです」

「水が濁《にご》り始めたのはいつだ？」

「う〜ん……多分、十四、五年前かな？　宝物が盗まれたことに気を取られていたけど、思い返すと事件の直後から濁《にご》り始めたような……」

想像だが、宝物を盗む時、泉に呪《しゅ》を投げ込んだんじゃないんだろうか。

「そうか、いや助かったよ、ありがとう」

トパルさんは、巡行については山の民の間でも噂になっていると話した。

「村の人に神子《みこ》様達を信じてもらうため、オレのバングルを託します。ラジート様とメイリル神は夫婦神《めおとがみ》。メイリル神のこともラジート様の妻として信じていますんで、村の連中はオレも含めメイリルの化身たる神子《みこ》様のお力を疑う者も多かったんです。――でも」

トパルさんが椅子から降り土下座した。

「どうか、我らラジ・フィンにも恩寵《おんちょう》をくださいませ」

「ト、トパルさん！　そんなことしなくて良いって！」

「オレ、実は村長の二番目の息子です。どうか、助けてください。お願いします！」

「えっ？　息子っ？　というかあの、ラジ・フィンとは？」

「ラジ・フィンはラジート神の子孫という意味です。ラジはラジート様、フィンは子供という意味です。実際にラジート神の子供という話ではなくて、子供のつもりでお仕えするってことです」

ラジ・フィン。俺はその名前に、彼らの誇りが込められていると感じた。

「教えてくれてありがとう。ラジート神の奪われた宝物を取り戻せるよう、俺達も全力を尽くすよ」

実は一つは俺のもとにあるなんて決して言えない。ラジート様を理解したら、この宝物の消えない瘴気《しょうき》を取り除く方法が見つかると信じたい。

また一つラジート様に近づいた気がした。何度呼んでも現れない神の苦しみを癒《いや》してやりたい。

俺はそう強く願った。


次の日、テンションの高いアジェンさんが、この村で買える穀物を山ほど荷馬車に積んでいた。

「神子《みこ》様っ！　お、王子殿下が、目ん玉飛び出るような額を前払いしてくれた！　ほら、これっ！　これでオラの村、当分は金に困らないです！」

　この村を出発した後は、ちょっと遠回りになるが隣町で干し肉を仕入れる。というのも、アジェンさんの村では、鹿や猪が獲りにくくなっているそうなんだ。鹿や猪が獲れないのは、山に穢《けが》れがあって、別の地域にこぞって逃げてしまったからなのかもしれない。

　隣町のミルオルはそんなに離れていないので、二時間くらいの移動で済んだ。

　しかし、突然王子が訪問したことでミルオルは大騒ぎになってしまい、浄化や奉仕をしなくては熱狂が収まりそうにない。そのため急遽《きゅうきょ》今夜は宿泊になり、早く帰りたいはずのアジェンさんを待たせることになってしまった。

「アジェンさん、悪いけど俺は治癒の奉仕をしなきゃいけない。だから今のうちにアジェンさんは仕入れをしてきてくれ。それと、泊まりになってごめん」

「いや！　元から予定より早い帰郷だし大丈夫だぁ。それに、神子《みこ》様の尊いお仕事の邪魔したくねぇ」

「そう言ってもらえて助かる」

「そりゃあもう！　あんな奇跡のお力を持つ生き神様みてーな人のお邪魔はできねぇです。じゃ、オラの心配はしなくて良いですから」

　アジェンさんはそう言って頭をぺこぺこ下げると、ミルオルの商店街に歩いていった。彼は村を養うために頑張っているんだ。俺も自分ができることを精一杯頑張らなきゃ。

「ティアは町長に用があるんだよな？　途中まで一緒に行こう」

アジェンさんを見送って、俺はティアと一緒に治療院に向かう。

途中、何やら音楽が耳に入った。

「吟遊詩人《ぎんゆう》だな」

ティアがポツリと呟く。マテリオもマナも気になったらしく、みんなで耳を澄ましてみる。この楽器は……リュート？

神樹の花咲き乱れし時
麗しの双黒は来たれり
癒《いや》しの御手は民を愛し
慈悲の心で大地を癒《いや》す

またしてもあの歌が聴こえた。ちょっと遭遇する確率が高すぎないか。アントラで出会った吟遊《ぎんゆう》詩人かと思ったが、声が違う。しかしどことなく聴いたことがある声だった。

「ジュンヤ、行ってみようぜ。この声に聴き覚えないか？」

「俺もそんな気がする」

ダリウスは興味津々で声のするほうへ向かう。俺達もダリウスを追って早足で向かうと、少し開けたスペースに人だかりができているのが見えた。次に流れてきた歌声で確信する。

「やっぱり、ケローガで会った吟遊《ぎんゆう》詩人だな」

「ちょっと、俺は見えないんだけど！」

みんなデカすぎるんだよ。俺は人だかりの頭しか見えてないんだけど!!

苦心している間に歌が終わり、彼はリクエストを受け始めた。

「よぉ！　奇遇だな」

ダリウスが声をかけると、民が一斉に道を開けて頭を下げる。それを自然な仕草で受けるダリウス。

それでようやく顔を確認できた。歌っていたのはダリウスの言う通り、ケローガで会った吟遊《ぎんゆう》詩人、スフォラさんだった。

「ダリウス様、神子《みこ》様。再び御目通りできるとは、メイリル様の思《おぼ》し召《め》しでございましょう」

「今の歌はお前が作ったのか？」

「はい。ケローガで皆様とお会いした後、神子《みこ》の偉業を民に知らしめたいと思い、歌を作り各地を回っております」

「ほう。だが南部方面で巡行していた俺達とは会わなかったな」

「思うところがあり、王都に戻ってから、北部の各地を回っております」

なるほど、だから出会わなかったのか。俺達も色々な街を回っているからな。

「ふむ。そなた、時間があるか？　他の街の様子を知りたい。夜にでも宿へ来てくれ。仕事の邪魔をすることになるから賃金は払おう」

「恐れ多いことです。是非伺わせていただきます」

「では、あとでよろしくお願いします。確か、スフォラさんでしたよね」

「名前を覚えていてくださったんですね！　いくらでも協力いたします」

突然の申し出なのに、スフォラさんは笑顔で了承してくれた。俺達はこれから治療院へ行かなければならない。あとで会う約束をし一度その場を離れた。ティアとも一旦お別れだ。町長宅に向かうため、馬車に乗るのを見送った。


治療院に辿り着くと、やはり結構な数の人がそこにいた。山の民の姿もちらほらとあった。レナッソーでは迫害されているらしいが、この辺りはまだ大丈夫そうだ。

「神官さん。お手伝いをさせてください」

俺達は治療をしながら、どの地域の人なのかも聞いて回る。瘴気《しょうき》の根源を確定させなくてはいけない。本当に山の民の地にあるのか、それともそれとは無関係の別の水源にあるのか。

「マテリオ殿もマナ殿も、実に魔力の高い神官様ですね」

治療院の神官が尊敬の眼差しで二人を見た。

「神子《みこ》様に随行する方は一味違いますね。私も精一杯修行します。それに神子《みこ》様の加護でしょうか。美しい光が皆様を覆っておられますね」

「俺には見えないんですが、同行しているみんなに、ですか？」

「ええ。護衛の方も同じですね。ダリウス様、マテリオ殿、侍従殿は一際輝いておられます」

「そ、そうですか」

多分その三人には大きな魔石を持たせているからだと思う。無意識だけど、贔屓《ひいき》が目に見えてバレて恥ずかしい。

「守られるだけじゃなく、守れているのなら嬉しいですね」

「神子《みこ》様……その、当初、神子《みこ》様の悪評を信じてしまいました。お許しください」

「許すも何も、怒っていませんよ。俺だって力があると知ったのは最近ですからね」

「噂に違わず慈悲深いお言葉に感謝します。旅の無事をお祈りいたします」

結局、ミルオルにも重症者はおらず、彼らを治療してから治療院を後にした。みんなで歩きながらティアとの合流地点である宿に向かう。

「ジュンヤ。民の話を聞いてやりたいし、町の情報も集めたいんだが、いいか？」

「分かった」

移動しながら、ダリウスは民の訴えに耳を傾けていた。

その時、とある男が必死の形相で俺達の前へ進み出てきた。

「俺は牧場を運営しています。ロドリゴ様は領地を隈なく視察し、いつも気にかけてくださいますが、最近は牛に食べさせる牧草が枯れてしまい、税の負担が重く感じております。領主様に掛け合ってくださっているのですが、領主様に嘘をついていると思われているらしいのです」

ロドリゴ様とは、トーラント領主の親族だろう。

「レナッソーで殿下が面談する予定だ。訴えは俺が伝えておこう」

「神子《みこ》様が浄化してくだされば、この苦境も乗り越えられるのでしょうか」

彼は必死で食い下がる。きっと彼は決死の思いで俺達の前にやってきたのだろう。ダリウスは俺の前に立つと、男に言葉を返した。

「浄化は命がけだ。良いか、皆もよく覚えておいてくれ。神子《みこ》は突然見知らぬ国に降りてきて、名も知らぬ民へ向ける慈悲の心でこの長旅を耐えているのだ。だからこそ、民の支えが必要だ」

ダリウスは俺を気遣って、俺にかけられるプレッシャーを少しでも軽くしようとしてくれている。

俺もそれに応えたいと、口を開いた。

「できるだけのことはします」

俺が言うと、歓声が上がり、場は落ち着いた。

周囲が落ち着いたところで、俺はダリウスに声をかけた。

「ありがとう、あんな風に言ってくれて嬉しい」

「もう十分頑張っているんだ。やる時はやるが、手を抜ける時は温存しろよ」

「うん……ありがとう」

宿に行くと、安全を確保するために貸し切りになってしまい、先に宿を予約していた人に大迷惑をかけてしまった。だが、町の人達が民泊を申し出てくれ、宿に泊まっていた旅人は、全員無事に別の宿泊先を見つけることができた。皆さんに感謝だ。

警護のためだから仕方ないってみんなは言うけど……予定外の行動で一般市民に迷惑をかけてしまったのは不本意だ。

「ジュンヤ、疲れていないか?」

「大丈夫。ティアはずっと仕事してたのか」

「ああ。町長や町の顔役達から聞き取りをしていた」

俺達が牧場主から聞いた話を伝えると、ティアは静かに聞いていた。

ティアとの話も統合すると、宰相の息子が領主代理であり、視察に来るのはその息子……つまり、宰相の孫にあたる。ロドリゴ様という人物は、民に人望があるみたいだ。

「ロドリゴ様は、お若い時から父上の名代として各地を回っておられるのです」

ケーリーさんが答えた。

「お父上のピエトロ様が領主代行ではありますが、ご本人が視察に出ることはあまりないそうです。ロドリゴ様と弟のオネスト様、ご兄弟が尽力している様子です」

「だが、その二人に報告しても改善していないのか。でも、税額はコロコロ変えられないから迷うのは分かるな。一度安くして元に戻したとしても、安いほうが民としては都合が良いからその時に不満は出るしな」

「そうだな。とはいえ、現当主はあの宰相の息子だ。何か企んでいるかもしれん」

「ん……」

今日の報告をして悩んでいるうちに、吟遊《ぎんゆう》詩人のスフォラさんが到着したと知らせが入った。

「うむ、通せ」

スフォラさんは一礼して宿に入ってくる。俺達は食堂を集会所として借りて、みんなで集まってスフォラさんの話を聞くことにした。

「エリアス殿下に拝謁《はいえつ》が叶い、望外の喜びでございます。何なりとお尋ねくださいませ」

「うむ。まず、そなたはケローガの前は王都にいたと聞いた。通常なら同じ街へ戻らず、他の街を巡るだろう？　なぜ同じ街へ舞い戻ったのだ」

一つの街で一定期間仕事をし、客の集まりが減った頃に新しい街へ移動する。その手順なら、確かに王都からケローガに来たスフォラさんは、それまでいた王都ではなく、違う街へ行くほうが吟《ぎん》遊《ゆう》詩人としては儲《もう》けやすい。

スフォラさんはそれに頷き、話し始めた。

「はい。最初はユーフォーンへ向かう予定でした」

彼によると、こういうことだ。

王都で初めて街に出た日、フードで顔を隠していた俺は、まだおまけだった。そしてケローガで再会した際、王都でおまけとされていた男と俺が同一人物だと知った。そして、ケローガでの浄化、奉仕を続ける姿や、民の喜ぶ様子に心打たれたそうだ。

スフォラさんはケローガの祭りで一緒に歌った後、しばらくケローガに滞在したそうだ。話を聞いていたダリウスは、納得したように頷いた。

「確かに、あの場にいた吟遊《ぎんゆう》詩人はお前だけだったな。だから、吟遊《ぎんゆう》詩人として、民が神子《みこ》を讃《たた》える言葉を伝聞することが使命だと感じたのか」

「はい。王都でよくない扱いをされていても必死に職務を全うする、美しくも慈悲深い、勇敢な神《み》子《こ》の物語を伝えたいと、心から思ったのです。すぐに曲を作り、ケローガで歌いました。民は口々に神子《みこ》様の偉業を讃《たた》え、この歌を各地に伝えてほしいと頼まれたのです。神子《みこ》の苦境を知るからこそ出た言葉です。皆は金銭を投じ、私を支援してくれました」

ケローガのみんなが俺のために……ヤバイ、ちょっと泣きそう。

「ケローガを後にし、王都に戻る道中は神子《みこ》様が立ち寄っていない町村を回りこの歌を広めました。そして私が王都に到着すると、神子《みこ》様への悪評はより過激になっておりました」

「その噂はどのようなものだ？」

ティアの目が鋭くなった。

「神子《みこ》様がアユム様のお力を奪ったとか、数多《あまた》の男をたぶらかしているなどです」

スフォラさんは必死に讃《たた》える歌を歌ったが、王都では石を投げられ追い払われてしまったという。

「なぜこんなにもケローガと噂の内容が違うのか大変驚きました。幸い路銀は十分ありましたので、少々調べましたが……」

彼の目が鋭くなる。きっと根拠のない悪評の数々が、色々な思惑と共にあったのかもしれない。

すると、ティアが黙るスフォラさんに声をかけた。

「続けよ。情報料が必要ならケーリーに希望を伝えると良い」

「いえ、殿下と神子《みこ》様からいただくつもりはありません」

「でも危険を冒したんじゃないですか？　あまり無理はしないでください」

「ありがとうございます、神子《みこ》様。ですが、吟遊《ぎんゆう》詩人は時に情報屋の仕事もいたしますので、慣れております。お気遣いありがとうございます」

ぺこりと一礼をしてスフォラさんは話を続けた。

スフォラさんは王都で噂を煽《あお》る集団を見かけ、男達を尾行した。その男達は服装を変えながらあちこちで俺の悪評をばら撒《ま》いたそうだ。彼らは同じ家に住み、それぞれが違う場所へ出かけ民を煽《あお》り続けたそうだ。

なるほど。俺の悪評をわざと広めている一団がいた、という訳か。

「一人がいつもと違う方向へ行くので後をつけました。その先は貴族街で私は入れませんでしたが、貴族が関わっているのは間違いありません。それでも神子《みこ》様の汚名返上のため、王都で歌い続けておりましたら、命を狙われるようになりまして」

「えっ！」

「ああ、無事に逃げ切りましたのでご心配なく。私は逃げ足が速いのです」

いや、心配するだろう。だが、事もなげに返事をするスフォラさんは慣れている風だった。情報屋の仕事で危険な目に遭っているのかもしれない。

「それに、そうしているうちに、神子《みこ》様が各町村で浄化をした噂も王都へ流れてきました。ユーフォーンで襲撃され、民や騎士を癒《いや》したとか。それで、王都の住民もさすがに噂を疑い始めたのです。その頃からでしょうか。王都に病人が増え始めました」

「その報告は来ている。そなたは場所を特定しているか？」

「いえ、はっきりとは。ですが、監獄塔付近だと思います。ですから近隣の民は恐れおののいていました」

どうやら神子《みこ》を罵《ののし》っていた罰ではないかと考え、許しを得たい信者が神殿や教会で礼拝する回数が増えたそうだ。

「私の歌を聞きたがるので、殉死した神兵を見送った話や、奉仕の様子を歌にのせて語りました。徐々に神子《みこ》様への誤解が解け始めましたが、人々が歌を覚え口にし始めた頃、妨害が激しくなり、やむなく王都を離れることになりました」

「それは噂を煽《あお》っていた人達でしたか？」

「顔を隠していたので定かではありません。ですが、それで心に決めました。神子《みこ》様が通るであろう道に、真実を伝えようと。ですからテッサを中継し、レナッソーを目指しました」

レナッソーは今から俺達が向かおうとしている街だ。道中の様々な噂や、これから行く街の状況……もっと知りたい。

ティアも真摯《しんし》に聞き入っている。ティアだけでなく、その場にいる全員の視線が、スフォラさんに注がれていた。

スフォラさんは仕事柄、あちこちを気の向くままに巡るという。特に小さな町や村は娯楽が少ないので大歓迎されるそうだ。

「悪い噂というのは、面白おかしく誇張され広まり、良い噂は疑いをもって囁《ささや》かれます。人の悪口というのは、いっときの優越感を己に与えるのでしょうね」

どこの世の中も同じ。良い話や正しい話より、刺激的なゴシップのほうが流行《はや》るんだ。

「しかしながら、王都を離れた民の話と商人の証言が一致し始め、ジュンヤ様が真の神子《みこ》であると認識されつつあります」

一度は俺を悪とした人達が考えを改め、やっと商人の話が依怙贔屓《えこひいき》じゃないと気づいたんだろう。

「もちろん、アユム様の様々なアイデアや、創作物によってもたらされる仕事の依頼や、新たなる商売のきっかけについても、多くの職人が感謝しています。ですから、お二人が特別な方であるとして、どちらの神子《みこ》も崇《あが》められ始めています」

ふむふむ、聞く限り思ったより状況は悪くなさそうだな。

「ただ、レナッソー近辺では言論統制されておりました。この辺りは問題ないようですが……」

眉間に皺《しわ》を寄せて話すスフォラさんに、ティアがもっと詳しくと促す。

「領主である宰相様が神子《みこ》様を疎《うと》ましく思っているのか、あまりにも賞賛する商人を街から追い出したとか、神官を叱責したとか……噂の域ですが」

「ここまでも十分苦労させられたし、あり得る話だ」

ティアは、領主……宰相をよく知ってるせいか、全く驚かない。宰相は敵側だし、俺を酷《ひど》い目に遭わせた筆頭らしい。謁見《えっけん》の際に会ったはずだけど、王様に集中していたから顔はとくに覚えていない。

「ですが、民は私の歌を受け入れてくれました。その分、身の危険も増えたので、レナッソーを脱出し今に至ります」

「それは……すみません。俺に関わったせいですよね」

「とんでもありません！　民は神子《みこ》様がレナッソーに入られるのを心待ちにしております。堂々と讃《たた》えられることはないでしょうが、疎《うと》んでいるのではありません。どうか、民を信じてやってください」

「それを聞いて安心しました。それにしても、そこまで言論統制されているんですね」

自領に不都合な話をされたら困るということは、企みがあると自白しているも同然だ。

「スフォラ、非常に参考になった。もしもこの先新しい情報があったら知らせてくれるか？　情報屋として契約を交わそう」

「殿下と神子《みこ》様のため、力を尽くします」

「いや、身は危険に晒《さら》すな。ジュンヤが悲しむからな」

ティアは口端を上げて俺を見る。俺は嬉しくなって、笑顔で頷いた。

こうして俺達は、スフォラさんから情報を提供してもらう契約を交わした。


夕食を挟んで、会議は続いた。ダリウスはアジェンさんに村への道のりを確認し、今後の予定を報告してきた。

「ひとまず、クードラみてえな状況にはならなそうだ。明日向かう村は、山道の道幅が途中から狭くなるから、大きい馬車は通れない。ミルオルで馬車を乗り換えよう。使えるのは小さな荷馬車だから、乗り心地はあまり良くないかもしれん。ジュンヤ、クッションがわりを敷くが、尻が痛くなるかもしれない。痛い時はちゃんと知らせろよ。尻は大事だからな！」

「なんで一言多いかな……」

ダリウスの爽やかな笑顔に、苦笑いしてしまう。でも確かに、今までの馬車はサスペンションの効いた貴族用の馬車だったが、この先乗るのは庶民用の馬車。ダリウスからはかなり揺れるかもしれないとしつこく釘を刺された。

「馬に二人乗りも良いが、乗馬練習していないと危険だからな」

「長時間乗れる自信はないから、大人しく馬車に乗るよ」

「私もご一緒しますからね」

エルビスも一緒に乗ってくれるなら安心だ。

「ティアは？」

「私は馬で行く」

「それは良いけど……身辺の安全は大丈夫なのか？」

俺の心配は、馬車と違って身を隠せないことだ。森の中に入ったとしても、地の利を知る敵のほうが絶対有利だし。

「アナトリーが新しい道具で防御してくれる。──敵のためにも、使わないで済むと良いのだが」

「え……？　それはかなりヤバい奴……？」

俺の質問に、ティアは返事をしなかった。ということは多分エグい仕返しがあるんだと思う。あの人には俺の作ったクッキーや飴《あめ》を渡しているんだが、魔力が増幅して絶好調らしい。移動中も馬車に籠《こも》って新作を日々考案中だとか。

「ま、まぁ、とりあえず追っ手はいないし、大丈夫だろうさ」

「ダリウスは見たのか？」

「……お前は見ないほうが良い」

めちゃくちゃ嫌そうな顔だ。ダリウスにこんな顔をさせるマッドな魔道士怖い！


明朝。俺達は村へ向かうこととなった。予定通りに行けば、アジェンさんの村には昼過ぎに到着する予定だ。ダリウスの言った通り馬車は本当に小さく、両サイドに木のベンチがあって全部で八人乗れるらしいが、実際に八人乗ったらかなり窮屈《きゅうくつ》だろう。

今回俺が乗っている馬車には、ノーマとヴァインとエルビスの侍従と、マテリオ、ソレスが乗っている。別に平気だろと高を括《くく》っていたが、これまでの贅沢《ぜいたく》のせいか、狭いし揺れが酷《ひど》く感じてしまう。

「尻よりも車酔いがヤバいかも」

「ジュンヤ様、お辛いでしょうが頑張ってください」

「うん。俺だってあのままならこういう生活になってたんだ。今までが贅沢《ぜいたく》だったんだよな」

召喚された時は酷《ひど》い扱いをされたけど、今は甘やかされ贅沢《ぜいたく》に暮らしている。庶民だった頃の原点に戻る良い機会だと思おう。でも、車酔いは辛い。どうしても途中で気分が悪くなってしまい、休みを度々入れてもらったせいで予定より時間がかかってしまった。

治癒をかけても良いが、何度もかけすぎると効きが悪くなるという。そうなるとキスですが……

道端なのでちょっと躊躇《ためら》っていた。

「迷惑かけてごめん……うう……」

村までもう少しだが、あまりにも酷《ひど》い吐き気に朦朧《もうろう》としてしまい途中で降ろしてもらった。草むらに倒れ込み深呼吸する。

「休んだら俺の後ろに乗ってみるか？」

深呼吸している俺の傍に、ダリウスが心配そうにやってくる。ダリウスの愛馬キュリオには前に乗せてもらったし、景色も良く見える分、体調はそんなに悪くならないかも。

「うん……そうしてみる。ダリウス、情けなくてごめん」

「気にすんなよ。慣れない馬車だし、山道は横揺れも酷《ひど》いから仕方ない。ちょっとチューしてやろうか？」

俺のことを元気づけるように、にたりと笑って茶化してきた。しかし、今の俺は本当にやってもらおうかと考えていた。

「……してもらおうかな。これ以上足を引っ張りたくない」

「そんなにキツイか」

バカってツッこまれる予定だったんだろうな。ダリウスはため息をついて隣に座り、俺の頭を撫でた。まだグラグラと揺れているような感覚に襲われながらも、心地よくて目を閉じる。

「俺、庶民だって言いながら、すげー大事にされてたよな。痛感した」

「最初が酷《ひど》かったろうが」

「でもさ、離宮の外に放り出されていてもおかしくなかっただろ」

「そうかもしれないが……」

「庶民の生活をするつもりだったのに、税金で贅沢《ぜいたく》してる。だからガンガン浄化して還元しなきゃ」

「本当にお前は……いつだって俺達を驚かせるな」

ふと影が降りてきて、唇に柔らかいものが触れて舌が滑り込んできた。そのまま受け入れて、コクリと与えられたものを飲み干すと、温かい力が体を流れ始める。ちゅっちゅっと音を立てて陶然と舌を絡め合うと、力がゆっくりと俺を癒《いや》し始める。

めまいはまだあったが、それよりも今はもっとしたい……そんな情欲が自分の中で勝っていた。

でも、これ以上はダメだ。

「ありがと……ダリウス。楽になったよ」

「こっちは楽そうじゃないけどな」

彼の手があらぬ所を掠《かす》める。ほんの少しだけ反応してしまっていた。

「今度、シよ」

耳元で囁《ささや》く。みんながキスを見ていたかもしれないけど、どうでも良く思えた。

「ん。邪魔のいないところでな」

起き上がって水を飲み、反応していたモノが収まるのを待ってから馬に乗る。鐙に足をかけるのも一苦労で、ラドクルトの補助があってようやく乗れた。俺に合わせた鐙《あぶみ》に足をかけ、ダリウスの大きな背中にしがみつく。

「揺れに合わせて体を揺らすと良いぞ。内股で馬の胴を挟む感じでな？」

「うん」

初めはゆっくりと進んでくれて、慣れてきたら徐々に普通のスピードになってきた。足は筋肉痛になりそうだが、馬車よりはかなり楽だった。

「こっちのほうが楽だと思う。帰りも後ろに乗せてよ」

「良いぜ。最初からそうすれば良かったな」

「ううん。俺も馬は不安だったし。乗馬の練習をちゃんとしようかな」

「俺はこうしてるほうが良いけどなぁ」

ようやく、周囲の景色を見る余裕が出てきた。確かに山道は町の近くよりも細くて、あの八人乗りの小さな馬車でさえギリギリすれ違えるくらいに狭かった。

そして、進むほど、木々の色が褪せていく。ユーフォーンの穢《けが》れのない森と比べると酷《ひど》い有様だ。

「皆さん、あれがオラの村の入り口だ！」

先導していたアジェンさんが、トーテムポールそっくりな二本の柱を指差した。顔を彫り、色とりどりにペイントされている。

「こっちにあるのが村の入り口っていう意味の紋で、もう片方がこの村の紋だべ。オラ達村人は、自分の村の紋をネックレスや服のどこかに刺繍《ししゅう》して身につけるんだ。そんで、どこに行っても、どこの村の奴って分かる仕組みになってんだ」

「ほう。このまま入っても大丈夫なのか？」

「あ、殿下！　待ってください！　みんなに話してこないと。この中央にぶら下がったベルを鳴らすと、村の人間が出迎えに来るんです。あと、オラが話すので許可が出るまでは黙っててもらえると助かるなぁ。実は、村にこんなにいっぱい野の民が来るのが初めてだから、なるべく、オラに従ってほしいべ……」

アジェンさんは申し訳なさそうに言う。ティアは笑みを浮かべて首を横に振った。

「いや、そなた達の作法に合わせよう。では頼む」

ティアの返事に頷き、アジェンさんは緊張した面持ちでガラガラとベルを鳴らして待つ。すぐに二人の村人がやってきたが、門の手前で立ち止まって、こちらをじろりと睨みつけた。

「アジェン。なぜなんの知らせもなくこんなに大勢連れてきた！」

あからさまに警戒されている。この村は野の民と交流があるんじゃなかったのか？　平和に進むと思っていたのが甘かったと気づき、固唾を呑んで彼らの会話を見守る。

アジェンさんが気さくだったので、村人もウェルカムなんだと勝手に思っていたよ。

「この方達は、エリアス第一王子殿下と神子《みこ》様だ。オラ達の村で知りたいことがあるって言うんでお連れしたんだべ」

「王子？　神子《みこ》？　そんな奴がこんな山奥までわざわざ来るか！　騙《だま》して村を襲う気かもしれないべ」

「本物だって！　実際オラは神子《みこ》様のスープで浄化してもらったべ！　それに、この人達のおかげでいっぱいキールの実も仕入れられた。とにかく村長と話したいんだ。呼んできてくれよ」

「そこまで言うんなら……」

二人の村人はアジェンさんの言葉に押され、一人の青年はそのまま門の前で立ちはだかり、もう一人の少年が村の中に戻っていく。すぐに少年はおじいさんを連れてやってきた。

「アジェン、村に他所者を突然連れてくるとは何事だ。……後ろの方は、もしや」

おじいさんは最初こそアジェンさんを叱っていたが、すぐに俺とティアに気がついて目を剥《む》いた。

「村長、髪を染めてるかもしれねーっすよ?」

「いや。あんなに黒くは染められん。それに、隣にいる方の金の瞳は本物じゃろう。アジェン、入ってもらいなさい」

村長は一礼して俺達を村の中に入るよう促す。とはいえ二人の村人は村長と違い警戒心を隠さずに俺達を見ていた。まぁでも、見知らぬ武装した騎士が大勢来たら仕方ないだろう。

という訳で、まずはこの村の人達の信頼を勝ち取らないといけない。俺達が広場へ案内されると、村人が集まってきて遠巻きに俺達を囲んだ。その視線は、やはり信頼とは程遠い。

するとアジェンさんが前に出て、口を開いた。

「村長、この方達は正真正銘本物の王子殿下御一行だよ。出稼ぎ先で浄化をなさってて、オラも浄化してもらったんだべ。ミハ・ジアンのトパルもだよ。神子《みこ》様、アレ見せて」

自身の腕を指差すアジェンさんを見て、ああ、と合点《がてん》がいく。アレとはトパルさんからもらったバングルか。腕につけておいたそれを見せ、加えてサージュラさんから借りたネックレスも見せる。

するとと村長は再び目を見開いて、軽く頭を下げた。

「なるほど。少なからずラジ・フィンとゆかりのある御仁とお見受けします。それに、王子殿下は間違いなくカルタス王族の色をお持ちだ。唯一無二の色を持つ方が揃っているのを疑いようもありません。ワシの家へお入りください。狭い所ですから護衛の皆様は全員入れませんが……」

「問題ない。急に押しかけて無礼をしているのだ。村長に従おう」

村長はティアの気遣う言葉に驚いていた。貴族の横柄さを経験しているんだろうな。まぁ、ティアは特別だから。


木造二階建てのシンプルな造りの家に入り、案内された木製の椅子に着席する。代表としてティアが村長に挨拶した。

「突然の訪問を受け入れてくれたこと、心より感謝する。私は第一王子エリアスだ。神子《みこ》と共に浄化の巡行の途中にアジェンと出会い、山の民……ラジ・フィンについて理解を深めるため訪問した」

村長さんはティアの言葉に目を丸くしている。そうだよな。王子様が自分から村に来るなんて思わないだろう。

「そなたらの風習を知らぬ故、武装したまま訪問し驚かせてすまないと思っている。武力で脅《おど》すつもりは毛頭ない。浄化の成功はラジ・フィンにとっても有益であると考えている。互いに協力し、今後は交流も深めていきたいと思っている」

「恐れ多いことでございます。ワシはこの村、ナワ・ファアンの村長、ドラールでございます。村の若い者のしでかした無礼を謝罪いたします。貴族の方々には少々辛い記憶がありまして、警戒をしてしまうのです」

深々と頭を下げる村長さん。いつか嫌がらせでもされたのかな。

「良い。私も聞き及んでいる。王都ではそなた達を差別していないが、一部の地域での問題を解決できないのは統治者の責任だ。解決に向け力を尽くそう。こちらは神子《みこ》のジュンヤ・ミナトだ。トーラント領内にある瘴気《しょうき》の原因を探している」

「ジュンヤと呼んでください。よろしくお願いします」

「お噂はかねがね。本当に漆黒の髪をお持ちなのですね」

村長は目をまん丸に大きくして、俺を見る。そんなにまじまじと見られると緊張してしまう。

「それで、この村でお知りになりたいこととは？」

「いずれミハ・ジアンに向かいたいんです。ですが、トパルさんからは入村が厳しいと言われまして、なるべく粗相のないよう作法を教えてもらいたいんです。その代わり、この村で治癒と浄化をさせていただければと」

「我らは野の民ではありませんし、メイリル神の信徒でもありません。それでも奉仕してくださるのですか？」

「そんなの関係ありませんよ。困っている人がいて、助けが必要ならやります」

「村長。ジュンヤには身分も信仰も関係ないのだ。真心を受け取ってくれないか」

「なんと慈悲深い……」

「そんな！　やりたいと思っているだけですから。それに、ラジート神にはご縁がありますしね」

山の民を救うことが、瘴気《しょうき》に侵《おか》された宝珠を完全浄化するきっかけになってくれたら良いな。

「左様でございますか。では、できる限り協力をさせていただきます」

村長はそう言うと、まずは山の民が住む村のルールを教えてくれた。

一、村民以外が入村する際は、顔見知りであっても、門内に入らず許可を得る。
二、村人以外が許可なく山で狩りをしてはいけない。こちらも許可を得る。
三、木の伐採は不許可。
四、村民の同行なしで管理地の森を歩いてはいけない。

——結構厳しい。

「森にはラジート神が宿るとされています。各村の範囲には、門と同じ色の目印の杭が立ててあります。その範囲を出れば管轄外ですが、あまりに狼藉《ろうぜき》が過ぎると、近隣の者に罰せられる可能性があります」

「なるほど。村によって色が違うのだな。万が一違う色の杭を見つけたら、そこから先へ入らず、門へまわるという解釈で良いか」

「左様でございます。さすが殿下。ご理解が早い」

なるほど……国境的な印があるんだな。知らずに踏み込んだら猛反発されるだろう。先に知っておけて良かった。

「それで、ジュンヤの預かったバングルとお守りの意味はなんだ？」

「お守りは愛する相手に渡す物で、入村を希望する際に示せば、その村の村人が同行していなくとも大抵は許可されます。そちらのミハ・ジアンのバングルは意味合いこそ違いますが、村人の信頼を示します。効果は絶大となるでしょう」

「そうなんですか？」

村長は力強く頷いた。

「ミハ・ジアンは大社があるラジ・フィンの聖地。とはいえ、大社はワシらでさえなかなか参拝できぬ奥地にあるのです。ミハ・ジアンの者に認められたというだけで、神子《みこ》様には大きな加護となるでしょう。その色はトパルの組紐ですよね。村長の血族で、仕事の傍《かたわ》ら各村を巡っている御仁です」

あのおじさん、そんなに有名な人だったのか。村長の次男とは言ったが、思った以上に影響力のある人物だったんだな。

「いつも気にかけてくださってありがたいです。この十年ほどで山が突然荒れ始めたので、宝物を奪われたラジート神の怒りではと、皆口々に噂をしております」

「では、里に下り始めたのは最近なのか？」

村長によると、町や村に病人が増え、労働力が減ってしまった。仲が良かった山の民が手伝いに行くようになったが、こちらにも病人が増え始めたそうだ。

「山より平地のほうが先に問題が起きたのか」

山中の水源が穢《けが》れ、下流の土地に瘴気《しょうき》が溜まったのかもしれない。山の民も町や村で瘴気《しょうき》に触れるだろうし、こちらでも病人が増えるのは当然だ。穢《けが》れは水の流れとは逆で、平地から標高の高い山へと広がり始めている……？

やはり、大社に何か問題がありそうだと感じていた。そうでなければ、トパルさんはあんなに必死にならないと思う。

「村は何か問題はないですか？　狩りの成果も良くないと聞いたのですが」

「病人は増えましたね。今のところ病状が重いのは数人です。あとは病なのかは分からないですが……倦怠感がある者が多いです。それも瘴気《しょうき》というやつが原因ですか？」

「恐らく。協力していただいたので、浄化と治癒をします。原因を浄化しなければ解決しないので、その場しのぎでしかありませんが、それでも良ければ」

「もちろんですとも！　少しでも皆が元気になるのなら十分です！」

浄化をするのはこの村の人と打ち解けるきっかけになると思う。

「ジュンヤ様、どうなさいますか？　飴《あめ》かクッキーをお使いになりますか？」

「そうだな……村人は何人ですか？」

「今は狩りに行っている者がいますので少ないですが、全員で四十五人住んでいます」

「そうですか。では、今いない人には飴《あめ》を置いていきます。そうだ、まずは村長が食べてください」

「年寄りなので、あまり効果がないとは思いますがねぇ」

「村長！　待ってくれ！　そんな得体の知れねぇもん食わねぇでくれ」

門で会った少年が止めるが、村長は恐る恐る口に入れた。大丈夫だ少年、毒は入ってないよ。

「おお……これは……！　体が軽くなりました！　自覚がありませんでしたが、何かしら影響を受けていたんでしょうなぁ」

「ホントかよ？」

まだ胡散臭《うさんくさ》そうにしているので、少年にもやっておくか。無自覚の村長が効いたんだから彼にも効果があるかも。

「手を出してみてくれないか」

「なぜ？」

「治癒と浄化をするんだ」

「ふん。そんなもん必要ねぇ！　村長は年寄りだからだ。オレはなんともねぇし」

「うーん。ダリウス、頼んで良い？」

「おう、任せとけ」

ダリウスが良い笑顔で返事し、一瞬で少年の後ろに回り羽交《はが》い締《じ》めにした。

「えっ？　はっ？　なんだべ！　離せっ！　この馬鹿力！」

早すぎて残像見えたわ、怖っ！

「怪我させちゃダメだよ？」

「こいつが大人しくしてれば痛くないんだがなぁ」

「くそっ！」

手を握ろうとしたが暴れるので、仕方なく肩に触れた。一見元気そうだが、体内に瘴気《しょうき》があった。若いから影響が小さいだけで、放置していたら症状が出てくるだろう。体に浄化を流し始めると、暴れていた彼が突然動かなくなった。

「あれ？　大丈夫？」

「体ん中があったかい……なんだべ、これ」

「それが神子《みこ》の浄化の力だ。症状がないだけで、お前の中にも瘴気《しょうき》が溜まってたんだ」

ダリウスは羽交《はが》い締《じ》めにしていた手を緩めて、彼の頭をぽんと軽く叩いた。

「これが浄化……」

「悪かったな。知らない奴に触られるのは怖かったろう？」

「こ、怖くなんかないべ！　俺はラジ・フィンの戦士だぞ！」

「そうか。それは悪かった」

男には意地を張らねばいけない時があるもんな。分かるぜ。

「それで、信じてくれる気になったかな？」

「……良いべ。そんなに浄化したいならさせてやる」

謎の上から目線は、自尊心を維持しようとしているからだろう。生意気というより、逆に可愛く感じた。

「おい、クソガキ。生意気言ってんじゃねーぞ？」

「いだだだっ！」

ダリウスに両こめかみを拳でゴリゴリやられ悲鳴を上げている。

「ミイパ、今のはお前が悪い。神子《みこ》様に謝れ」

村長に叱られ、少年――ミイパはしゅんとしている。

「うぅ……すみません、でした」

「ああ、こういうのは慣れてるから平気だ」

「えっ？　慣れてんの？」

「うん。君なんか可愛いもんだよ」

「慣れちゃダメだろ……」

散々な目に遭ったから、俺もメンタル強くなったなぁ。呆気にとられる少年に、俺はニヤッと笑った。

「さぁ、経験者の言葉が一番信用できるんだから、君も村人の説得に手を貸してくれ。君もみんなに元気になってほしいよな？」

「もちろん！　あの、うちのばぁちゃんも……診てくれるか？」

「みんなを診るよ。だから連れていってくれ」

「ありがとう！」

やっと笑ったミイパは、我先にと村長の家から出ると、俺達を先導して村を案内してくれた。村の中央が円形の広場になっていて、囲むように家がある。体は大きいが、顔立ちには少年らしい幼さが残っているし、感情の起伏も激しくて可愛い。

「オレ、もう少し大人になったらって言われて、まだ村の外に働きに行けねぇんだ。だから門番してるんだ！」

「ミイパ、神子《みこ》様方にそんな言葉遣いはやめんか」

「村長。公式な訪問ではないから気にせずとも良い。だが、将来のためにマナーは覚えておくべきだ」

珍しくティアが注意を促した。

「オレは王子様とかお貴族様と違うもん」

「身分がどうという話ではない。そなたが大人になり村を出た時、そなたの行動はナワ・ファアンの代表として見られる。責任のある行動を求められるのだぞ」

その通りだ。ミイパは村を大事にしているけど、誰にでも尖《とが》った態度では問題が起きるだろう。そしてそれで割を食うのは、ミイパだけでなく、ナワ・ファアンの村人全員だ。

ティアは彼を気遣って言ってくれたんだなぁ。

「な、なんだよ、偉そうに！」

しかし、本人は口を尖《とが》らせて不満顔だ。反抗期の年頃だから仕方ない。でも、いつか今の言葉を理解するだろう。

「なぁ、あんたらあんなチビまで連れ歩いてるのかよ。長旅だし、あんたらの旅は危ないって噂だべ？　酷《ひど》くねぇか？」

ふとミイパが視線を俺達から逸らす。彼の視線の先にいたのは、広場の隅でせっせと馬の世話をするアランデルだった。アズィトで襲われた話を誰かから聞いたのかな。

「アランは自分の意思で騎士を目指していて、危険は承知の上で来ると決めたんだ」

「ふぅん……オレよりチビなのに」

比較的年齢が近いから仲良くなってほしいんだけど、すぐに出発するから別れが辛くなるかな。アランは大人ばかりの中にいるから、本当は同じ年代の子達と仲良くなりたいんじゃないかって心配しているんだ。

「ミイパ、ちょっと村の人に声かけてくれるか？　おばあちゃんも連れておいで。動けないならこっちから行くから、無理させるなよ！

「その話し方やめろよ！」　赤ん坊に話してるみたいだ！」

「分かった分かった」

大人ぶりたい気持ちも分かるが、いちいち突っかかってくるなぁ、と思わず苦笑してしまう。しかし、行ってくる、と言ったかと思うと、すごいスピードで自分の家に走っていってしまった。その動きはラジート様を思わせるものがあった。いや、体はレニドールだから山の民の動きなのかな？

「早いな。山の民は足腰が強そうだ」

隣でダリウスも感心していた。

「うん、俺もびっくりしたよ。じゃあ、準備しよう。と言ってもテーブルを出してもらうだけなんだけど」

「実は、一人だけ特に病の重い子供がいまして、見ていただけますか？」

「分かった」

村長が言うので、俺達はその子の家へ向かった。怖がらせないように、俺とマテリオ、少し離れてウォーベルト達だ。子供だと言うので、アランデルにも来てもらった。

「ここです。おーい、邪魔するぞ。ピアト、ワシだ。ノアンの具合はどうだ？」

「村長……あまり良くなくて……って、後ろにいるのは誰ですか！」

「こちらは神子《みこ》のジュンヤ様だ。ノアンを治癒してもらおうと思ってな」

「神子《みこ》……？　確かに黒いけど、本物ですか？　詐欺師なんじゃないですか？」

「ワシとミイパが体験した。ジュンヤ様のお力は本物だ」

住人は信じ難いという表情で見ていたが、村長を信用して俺達を家に招き入れてくれた。

「ノアン君はいつから具合が悪いんですか？」

「二ヶ月くらい前かな」

ピアトさんは俺の質問に答えながら、奥の部屋に連れていってくれる。案内されたのは、ベッドのある小さな部屋。そこで一人の少年が寝ていた。

「ノアン、起きてるかい？」

「ゔぅ……ん、かぁ、さん……？」

「まだ気持ち悪いのか？　お前を治癒してくれるという人が来たんだ」

「うん……でも、前に来た術師さん、ダメだった……でしょ？」

術師についてマテリオに聞くと、神官と同じような役割をしているそうだ。でも、どんなに頑張っても瘴気《しょうき》は治癒することはできない。ノアン君はアランと同じくらいの年齢だし、見過ごせない。

「ノアン君。はじめまして。俺はジュンヤ。病気を治すから、手を触っても良いかな」

「治るの……？」

「うん、治せる。じゃあ、触るよ」

小さな手を握る。冷え切った手からは強い瘴気《しょうき》を感じた。いつものように浄化し治癒も流す。

「かぁさん……なんか、あったかい」

「大丈夫か？　気分は悪くないか!?」

「ううん。すごく、安心する……」

ノアン君がリラックスした表情になったのを見て、ピアトさんも落ち着いてくれた。

「具合が悪くなった時期、いつもと違うことをしましたか？　こんなに酷《ひど》い症状の人は他にいないと村長が言っていたので気になって」

「倒れたのは二週間ほど前だ。その前から腹が痛いって言うから術師に来てもらったけど、治らなかった」

「体調が悪くなったきっかけに思い当たる節はありますか？」

「誕生日のお祝いでミルオルに泊まって、パーティーをしたけど……」

「ミルオル？　俺達がさっきまでいた町だ。あの町にも穢《けが》れがあったんです。食べ物に瘴気《しょうき》が含まれていたのかもしれないですね」

「そんなっ！　町の物が食えなくなったら困るよ！」

ピアトさんが焦るのは当然だ。肉や果物といった村で採れないものの多くは、ミルオルなどの大きな町で買っているらしい。

「ミルオルは浄化してきたので大丈夫です。でも、念のため泊まった場所や食べた物を詳しく教えてもらえませんか？」

俺が詳しく聞くと、ピアトさんは記憶を思い起こして宿泊地や食事内容を教えてくれる。見逃した瘴気《しょうき》があるかもと思ったが、全て浄化した場所だったから問題ないはず。

ノアン君の浄化と治療を終えた俺はひと安心して、広場へと戻った。すると村人を呼びに行っていたミイパが既に戻ってきていた。

「神子《みこ》さん、何してたんだ？」

「ノアン君の治療だよ」

「ノアン？　あいつ、大丈夫か？」

「うん。治癒したから、元気になると思うよ」

「そっか……あ、ありがと……」

もじもじとお礼を言う姿は子供らしくて可愛い。

「力になれて良かったよ。ミイパのおばあさんは？」

聞くと、また暗い顔に戻ってしまう。

「めまいがして歩けねぇって。だから……うちにも来てくれるか？」

「もちろんだよ。まずは集まってもらった人が先でも良いか？　必ず行くから安心しろ」

「ミイパさん。ジュンヤ様はやくそくを必ず守るから大丈夫ですよ。やくそくしてなくても、助けてくれるけど」

ミイパと話していると、背後で控えていたアランデルが珍しく前に出てきた。

「……お前、騎士見習いなんだべ？　名前は？」

「アランデルだよ」

「チビだし、見習いになんのは早いんでないの？」

「チビじゃない！　もうすぐ十歳になるんだ！」

「ヘェ～？　それで十歳か？　弱そう～！」

アランデルは、ケローガの収穫事情が良くなかったせいで体の発達が遅れている。それが彼の強いコンプレックスになっているので、顔を真っ赤にして怒り始めた。

俺は二人が取っ組み合いになる前に間に入り、物理的に距離を取らせる。そしてミイパに向かって諭《さと》すように口を開いた。

「ミイパ、外見で判断するのは間違っている。俺だって、この世界に来た時みんなに小さいって言われて腹が立ったんだぞ」

「確かに神子《みこ》さんもちっさいよな。成人してんの？　十八歳くらい？」

「俺は二十八歳だ！」

ムカついて叫ぶと周囲がどよめいた。

「なんてことだ……可哀想に……」

「やめろ、苦労したんだべ」

「でも、あんなに小さいなんて子供みたいじゃねぇか……」

村人にいたく憐れまれていますが、れっきとした成人です。そして、俺の国ではチビではない！

「ジュンヤ。お前の世界の常識とは違うのだから仕方ない。元気を出せ」

「マテリオ、傷口に塩を塗るな」

全く慰めになってないんだよ。

「そんなつもりでは」

「この世界では小さくたって、負けねーぞ！　くそ、ガンガン浄化してストレス発散するか～」

やけくそでも良い。人間気合いが大事！

村人達が集まったのを確認して、いつもの浄化を始めることにする。

たとえ何かストレスが溜まっていたとして、笑顔を絶やさないのが接客のプロというものだ。意識しなくてもとっさにスイッチが切り替わる。

村人の憐れむような視線に耐えつつ笑顔で浄化をしたが、それが彼らの警戒を和らげたようだ。

俺は大人なのに、頭を撫でてくる爺さんとかいたのさ……

本当に大人だと言えば言うほど、優しく微笑まれて逆効果だった。不本意だが、今後は反発する相手を絆《ほだ》す武器にしてみるか。俺はただでは転ばない男だ！

その場にいる全員を浄化した後は、体調が悪すぎて家から出られない人のもとへ向かった。もちろん、ミイパの家にも寄って、ミイパのおばあちゃんを浄化した。

「ばぁちゃん！　もうグラグラしないのか？　大丈夫か？」

「ああ、もう大丈夫だべさぁ。神子《みこ》様、わざわざ家まで来てくださりありがとうございます。それにしても、見事な双黒でございますねぇ。長生きして良かったべ」

ばぁちゃんという名のおじいさん。いや、本当に複雑～！

「やはり、ラジート様とメイリル神はご縁があるのでしょうね。こんな風に助けていただけるとは」

「そうかもしれませんね」

ラジート様は宝珠を通じて俺を探せるらしいから、縁があると言えばある。宝珠や宝物が納められていた大社に行けば、浄化なしでも解放する方法が見つかるかもしれない。

先に浄化をした村人達の協力もあり、大きな揉《も》め事もなく残りの浄化を終えた。そして井戸に魔石を投げ入れて、この村での浄化は終わりだ。また瘴気《しょうき》を受けても、この水さえ飲めばしばらくは大丈夫だろう。

浄化が終わった頃には、既に日はだいぶ傾いていた。今日は村長のお願いもあって、この村に泊まることになった。

アジェンさんが持ち込んだキールの実や干し肉を使った素朴な料理でのもてなしを受けたり、さらに村の人達と親交を深めるためにおしゃべりをしたりして、夜はふけていった。

その日の夜。村の空いた敷地にテントを張り、エルビス、ノーマ、ヴァインと眠っていた俺は、誰かに呼ばれた気がして目を覚めした。

「エルビス……じゃないな」

エルビスは傍で寝息を立てている。なんなら、普段俺が起きたら飛び起きる侍従達が全員眠っている。

――なんだか、おかしくないか？　天幕の外に立っているはずの護衛の影も見えない。

恐る恐る天幕を出ると、天幕のすぐ横で護衛二人が座り込んで眠っている。いや、見渡せば周囲を警戒しているはずの騎士全てが眠りこけていた。俺が動けばどこのテントにいようと起きてくるダリウスさえやってこない。

……何が起きている？

「ラジート様……？」

試しに名前を呼んでみる。それでも誰も起きてこない。

「ラジート様、いるんですか？」

もう一度名前を呼ぶと、びゅうっと強い風が吹き、堪《たま》らずに目を閉じる。

「神子《みこ》」

声がして目を開けると、ラジート様が離れた場所に立っていた。

「ラジート様。何度も呼んだんですよ」

「我は……今は会えぬ……」

「なぜですか？」

「また囚《とら》われた。動けぬ……神子《みこ》……」

彼の瞳の中に、また強い瘴気《しょうき》が蠢《うごめ》いている。俺と距離を取り、フラフラしながら立っている。

「正気を保てぬ。そなたに乱暴をしかねない。それでも……そなたの香りに誘われた。これを見よ」

ラジート様が服をまくり上げると、心臓の位置に荊《いばら》の紋が浮かび上がっていた。

「あれの胸にもあるはずだ。我らは繋がっている……日々我を苛《さいな》み、痛むのだ……」

あれ、というのはナトルのことだろう。ラジート様は俺に負担をかけないよう離れてくれている。会ってはいけないと思いつつも、必死に助けを求めている……そんな気持ちが痛いほど伝わった。

「意識を、時折、失うのだ。そなたを……連れてこいと声がする。小僧の心も闇に染まりかけている。だが、我は……」

俺は距離を取ろうとするラジート様に駆け寄って手を握り、焼け石に水でもいいと浄化を流した。

「俺やみんなを守ろうとしてくれているんですよね。もう少しで最後の浄化ができます。だから、頑張ってください」

「もう行く。会ってはいけなかった。そなたに、もっと触れたい……」

ラジート様は俺のことを一瞥《いちべつ》して弱々しく呟くと、強風が吹くと共に消えてしまった。

「……ラジート様？　ラジート様ー！」

俺の声は、闇夜に揺れる木々のざわめきに吸い込まれていった。


ナワ・ファアンを後にし、俺達はミルオルの町へ戻った。乗馬で移動したが、途中で内股が擦《こす》れて痛くてクッションを増やしてもらったり、馬車を乗り換えてまた酔ったりと、色々大迷惑をかけながらもどうにか元の宿へ帰ってきたのだった。

しかも、車酔いのせいでベッドの住人になってしまい、昨夜会ったラジート様のことを話す機会を失ってしまった。タイミングを見計らって話さなければいけない。

「ジュンヤ様、冷たい果実水をお持ちしましたよ」

「ありがとう……大迷惑かけた……」

「いいえ、あの揺れは私も酔ってしまいました。今度、乗馬の練習をしておくと良いかもしれませんね」

「うん。二人乗りにしても、ただ乗ってるだけじゃダメだって分かったし」

とにかくケツが痛いし、足も変な所が筋肉痛だ。しかも内腿《うちもも》は擦《こす》れて真っ赤になってしまい、マテリオに治癒してもらおうとしたらエロい展開になりかけ、色々ヤバかったのだ。治療の度にエロは勘弁してほしい。それに、あまり魔法に依存してしまうと自然治癒力が落ちるらしい。

「もう少し休んでから調査に行こうかな」

「聞き取り調査は進んでいますよ。井戸も浄化してから発ちましたし、殿下達は町の中には問題はなくなったと考えています」

「そうか。素早いなぁ」

元々ミルオルに戻る旅程だったので、宿も手配できていた。

「ここまでは順調だけど、レナッソーが不安だなぁ。揉《も》めるかもしれないよな？」

「スフォラの話ではそうですね。状況が変わっていれば良いのですが」

そんな風に話しながら休憩していると大分気分も良くなってくる。歩ける元気も出てきたので少し外に出ようと宿を出た時、聞き覚えのある声が耳に入った。

「いたーーーっ！　神子《みこ》さんっ！」

「え？　ミイパ？」

ミルオルの町を馬に乗って駆けてきたのは、別れを告げたはずの少年、ミイパだった。

「どうした？」

「これ、村長から」

馬から下りたミイパは手紙を差し出してきた。

緊急の伝令かと思い、俺は急いで手紙を開き、エルビスと一緒に読む。

「「ええ〜〜!?」」

そして街中であることも忘れて叫んでしまった。

『エリアス王子殿下、ジュンヤ様。

昨日は村をお助けくださり、村民全員が感謝をしております。ミイパですが、ジュンヤ様のお力とアランデル君に感化され、どうしてもお伴をしたいと説得を聞き入れません。

まだ十二歳ですが、狩人としての才能は秀でております。勝手に出ていってご迷惑をかけるよりはマシと思い、手紙をしたためた次第です。

誠にご迷惑とお手数をおかけしますが、どうぞ連れていってやってください。両親の許可も得ております。

ナワ・ファアン村長　ドラール』

俺は手紙から視線を上げる。目の前の少年はなんてやんちゃ小僧だ……村長は根負けしたに違いない。

「ミイパ君。ちょっと聞きたいことがあるんだけど、良いかな？」

怒りを抑えつつにっこり微笑みかけたが、ミイパはそれを見て硬直した。うん、俺の怒りは伝わってるね？

「な、何？　村長は行っても良いって言ってくれた！　オレは読んでないけど、そこに書いてあるんだべ？」

「どうせ、許可をもらえなくても出ていくとか言ってゴネたんだろ」

「うぐっ……だって……オレも強くなりたくて！　それで！」

強くなりたい気持ちは分かるけど、俺達の旅は甘くない。どうしたものかと悩んでいると、大きな人影がこちらに向かってくるのが見えた。

「あ、ダリウスが来た」

「えっ⁉」

俺の言葉を聞いて、ミイパが素早く俺の後ろに隠れた。いや、なんで俺の後ろ？

「おう、ジュンヤ。そのガキ、ナワ・ファアンの奴じゃねぇか。どうした？」

エルビスが代わりに説明すると、ダリウスの眉間に皺《しわ》が寄った。

「お前未成年だろうが。一人で出歩くのは危ねーぞ」

「もうすぐ成人だ！　十四、だし……」

「嘘をつくな。手紙に書いてあったぞ。自分の口で白状しろ」

「十二……」

俺が問いただすと、ミイパは俯《うつむ》いて小さな声で白状した。同時に、俺とダリウスはため息が漏れる。

「ミイパ、村に帰るんだ。俺達の旅は本当に危険なんだぞ？」

「だって、あのチビだっているじゃないか」

アランデルがどんな困難を乗り越えて見習いになったのか知らない癖に、どうして張り合うんだ。

「厳しいことを言うけど、君とアランデルでは覚悟が違うぞ。あの子は素養があるから認められたんだ」

「でも！　オレだって！　オレだって……」

ミイパは唇を噛んで泣きそうな顔をしているが、子供を連れ歩けない。

どう言ったものか、と悩んでいると、俺の前にダリウスがぬっと出てきた。

「おい。お前は騎士になりたいのか？　それともただ強くなりたいのか？　なぜ強くなりたい？　目標はなんだ」

「も、目標？」

ダリウスの矢継ぎ早の質問に、ミイパは慌てている。

「目標がない者は強くなれない。覚悟がない者もだ。アランデルには覚悟があったから認めたんだ。我儘《わがまま》を言うだけなら、はやく村に帰れ」

ダリウスは真剣な声音でミイパを諭《さと》す。ミイパは言い返すことができずほっぺたを膨らませると、そのまま走り去ってしまった。

ミイパの後ろ姿が見えなくなると、俺はふうとため息をついた。

「子供にキツく言いすぎたかな。でも、この旅は甘くないし……巻き込みたくないよ」

「ジュンヤは正しい。なんでバカな真似をしたのか知らんが、大人しく帰るだろう」

少し距離があるから、日が高いうちに帰れるといいんだが。

「さて、俺からは報告がある。エリアスと一緒に聞くか？」

「うん」

ダリウスの問いかけに頷き、俺とエルビスはダリウスと共にティアのいる部屋へと向かった。

部屋に入ると、ティアは心配そうに聞いてきた。

「馬車酔いは治ったのか？」

「もう大丈夫。俺もダリウスの報告が聞きたいんだ」

俺は頷いて、ティアが勧めてくれた椅子に腰を掛けると、ダリウスの報告を聞き始めた。

騎士が集めた情報によると、ミルオルでも酷《ひど》い腹痛の患者が増えていたらしい。食後に痛むので、食べすぎが原因だと思っていたようだ。だが、ダリウスに渡した魔石が反応して、原因の食べ物が見つかったのだそう。

「原因は何だったの？」

「ヤギだ。正確にはヤギの乳だな。魔石に垂らしたら光ったんだ」

「ヤギ……？」

「ふむ。瘴気《しょうき》に侵《おか》された穀物などを餌《えさ》として食べ、ヤギの体自体には影響はなかったものの、乳に瘴気《しょうき》が集約して被害が出たのかもしれないな。それに、ヤギの乳はチーズにもなる」

ヤギ乳はこの辺りではよく飲まれているそうだ。水を吸収する草、その草を食べるヤギと、生物濃縮が起きて、より強い瘴気《しょうき》が集まってしまったんだな。

「村の子供もヤギの乳を飲んだらしいじゃないか」

「そうだね。じゃあ、ヤギの水飲み場を浄化しよう」

ヤギだけでなく、牧場にある全部の水飲み場を浄化する。これでしばらくはヤギの乳や酪農製品を口にしても、何も起きないだろう。

全ての浄化を終わらせて宿に戻ると既に夜も深かった。

ミルオルに一泊して、再び旅が始まる。目指す先はレナッソーだ。

……だが、困ったことが起きた。

俺は馬車の中からちらりと外を見る。俺にも分かるくらい、尾行されている。

「ウォーベルト、なぁ。ついてきてる……よな？」

「来てるっすねぇ。とっ捕まえます？」

「うーん……その前にティアに報告してくれる？」

「はいっす」

ウォーベルトがティアのいる馬車に向かう間、再び後方を確認した。やはり、荷物を背負ったミイパが俺達と距離を取ってついてきているのが見える。

「マズイよなぁ」

「困りましたね。子供を放り出す訳にはいきません。でも、大人しく戻りそうもないですし」

エルビスと二人で大きなため息をついた。少し開けた場所で馬車が停まったので、俺とエルビスはティアのところに向かった。

「ティア、どうしよう」

「困ったものだな。あの子供に危害が及んだら村長に顔向けできない。安全な場所まで連れていくしかあるまい」

「諦めそうにないもんな。怪我したり、事故に遭ったりしたら大変だ」

ミイパを呼び寄せてティア達と話し合い、最終的にミイパの同行を許可することになった。ミイパは喜んでいたが、その様子をアランデルが冷たい目で見ていた。

アランデルの冷たい視線に視線に気づいたミイパが対抗心むき出しで噛みついた。

「なんだよ、チビ！」

「確かに君より背は低いけど、せいしん的には君のほうが子供だね。俺はジュンヤ様の騎士になるためにしゅぎょうしているんだ。ムリを言ってあちこちに迷惑をかけるなんて、君は本っ当にバカだね」

「なっ!?」

アランデルはツンとそっぽを向くと、ミイパの言葉を聞くこともなく馬車に戻っていった。

……大人になったなぁ。しみじみと思ってしまう。

「言うようになった。あの子は騎士として有望だ」

「本当だね。立派になったなぁ」

隣に立つティアの声が優しい。

俺もアランデルを弟のように思っているから成長が嬉しいし、可愛くて仕方がない。ミイパは図星を指されたせいか気落ちしているようだったが、それでもついてくる意志は固いようだ。

「この隊の指揮を執《と》っているのはダリウスだ。奴に大人しく従うのだぞ」

「うん……」

ティアの厳しい口調に、ミイパはしょぼくれながら返事をする。ミイパがダリウスに指示された位置に入って、俺達は再び進み始めた。

「はぁ。仕方ないよなぁ。無事に村に帰せるように頑張らなくちゃ」

「そうですね。それにしても無茶な子です」

経緯はどうあれ引き受けてしまったからには仕方がない。心配なのは、ミイパのような山の民がレナッソーであまり良い扱いをされないらしいことだ。

俺達は彼を守りきれるだろうか。

沸き出てくる不安を打ち消すように頭を横に振って、俺は向かう前方の景色を見据えた。


レナッソーは湖の中央にあった島を利用して造られた城塞都市なので、まるで湖の真ん中に街が浮いているみたいだ。モンサンミッシェルと言えば一番イメージに近いかもしれない。

馬車は小気味いい音を立てて橋を渡り終え、ようやく目的地のレナッソーに着いた。敵地とも言える街へ入るため、警護の都合上、今の俺はティアと同じ馬車に乗っている。

噂ではレナッソーは宰相のお膝元で、俺を邪魔者だと思っているはずだ。

「ジュンヤ。行くぞ」

覚悟を決め、強く拳を握る。街へ入り、固唾を呑んで周囲を見回していた。

王族の馬車は一目で分かるので、立ち止まりこちらを窺《うかが》う人々、小さく手を振る人々……様々な反応だった。微笑みを絶やさずティアと手を振っていると、馬で並走していたケーリーさんが声をかけてきた。

「殿下。神殿の者が来ております」

「神殿だと？」

「殿下に謁見《えっけん》するため待ち構えていたらしいです」

「ふむ……対応しなくてはいけないな」

わざわざ通りに出て待っていたと言われれば、素通りできない。馬車は方向を変えて広場へと向かうことになった。

「大丈夫かなぁ」

「既に浄化の実績がある。邪険にはしないだろうが、護衛から離れるな」

少しして、目の前に壮麗な広場が現れた。広場に司教と神官が数人並び、俺達を待ち受けている。

「エリアス殿下、神子《みこ》様。泉の浄化を成功したと聞き及んでおります。誠におめでとうございます。御二方をお出迎えでき、我ら一同、喜びに心震える思いです。長旅でお疲れのところへ拝謁《はいえつ》の許可をいただき、感謝申し上げます」

神官達は拝礼をして、もう一度俺達に向かい合う。とりあえず敵意はないみたいだ。

「私は当神殿の司教、グスタフでございます。ご領主と会われる前に、殿下と神子《みこ》にお話ししたい議がございます。それと……」

グスタフ司教はマテリオを見ている。

「我が弟子も一緒でよろしいですか？」

「マテリオは弟子なんですか！」

「この子は無口ですから聞いておられなかったのですね。殿下に重要なお話がありまして、少しだけお時間をよろしいですか？」

「良いだろう。マテリオも来い」

俺と庇護者《ひごしゃ》四人は、グスタフ司教に案内されて広場から離れる。近くに広い場所がないので、門番が休憩するというスペースを借りて遮音を張った。ここで俺達とグスタフ司教、そしてもう一人の司教だけの話し合いだ。

「こちらはウルス司教です。彼も仔細を知っております。お話ししたい件とは、トーラントの領主代行であるピエトロ様のことです。つい先日まで、神子《みこ》様にお聞かせするのは憚《はばか》られるような暴言を吐いていましたが、急に変心したのです」

身構えた俺に、グスタフ司教は笑顔を向けた。

「ジェイコブ大司教より連絡がありましたので、神殿は神子《みこ》様の味方です。ご安心ください」

「変心したのはなぜだ」

「はっきりとは分かりませんが、領主様が考えを変えたのでしょう」

トーラントの領主は宰相だ。俺を貶《おとし》めていたのに、作戦を変えたのか。

「当初は神子《みこ》様を悪の権化かの如く罵《ののし》っていました。ですが突然、神子《みこ》を歓待せよ、神子《みこ》の心を射止めた者には報奨金を出すと言い始めたのです」

報奨金目当てで俺に近寄る人間がいる、とグスタフ司教は俺達に警告してくれた。それから、バルバロイ領での浄化が終わった後、王都からの避難民が激増して困っている、とも話した。

「避難民は、王都で聞いたという歌を歌って広めています」

「もしかして、それ」

「神樹の花咲き乱れし時、麗しの双黒は来たれり……と始まる歌です。ある吟遊詩人《ぎんゆう》もその歌や、神子《みこ》様から授かったという歌を歌っておりました。民は、見知らぬ地へ舞い降りた神子《みこ》の孤独と慈悲を知ったのです」

この話に出てくる吟遊詩人《ぎんゆう》はスフォラさんだろう。

王都で初めて街へ出た日、食堂で「いつまでも傍にいられると思ったのに」という趣旨の歌を歌ったが、聴かせた吟遊詩人《ぎんゆう》は彼しかいない。

孤独に耐えていたのは事実だが、思ったより重く受け取られていたようだ。吟遊詩人《ぎんゆう》の歌は、影響力が強いんだな。

グスタフ司教の報告はさらに続いた。

商人の大多数は、他の場所同様、俺を支持している。だが、これまで領主代行であるピエトロはそれに反して神子《みこ》に暴言を吐いていた。しかし突然、神子《みこ》を崇《あが》めろと言い始めたそう。

領民は一気にピエトロへの不信感が強くなったようだ。ただ、公共の場で非難すると逮捕されるらしく、みんな口を噤んでいるのだとか……

「という訳で、王都から命からがらやってきたお金のない人々が、報奨金目当てでジュンヤ様を狙ったり、領主代行様に近い方々が暴力を以て襲う可能性は高いかもしれません。その、暴力といいますか、別な意味でも危険かと」

言葉を濁《にご》してくれてありがとうございます。性的にも危険なんですね。

「警護を強めよう。知らせてくれた礼がいるな」

「対価を求めた訳ではございませんが、何かいただけるというのなら……しばらくの間、マテリオを神殿にお貸しいただけませんか？　ジュンヤ様のお供をしていない時間、神殿に滞在してほしいのです」

「マテリオの意見を聞こう。そなたはどうしたい」

「……私は命に従うだけです」

……実は行きたくないと言ってほしかった。でも、私情を挟まないのもマテリオらしい。

「夜間でも彼の手が必要な時は貸せない。それで良いな？」

「はい、もちろんでございます」

「対応は明日以降とする」

——それにしても、マテリオに一体何の用だろう。

グスタフ司教はにこやかだけど内心を簡単に読める人ではないし、マテリオの考えていることも読めない。ほんの少しだけ、心に棘《とげ》が刺さったような心地になった。

グスタフ司教との密会を終えた俺達は、ピエトロが待ち受けている領主館へ向かった。可能なら他の街に宿泊したいが、それはピエトロを信用していないと公言するようなものだ。ティアや俺がそうする訳にはいかない。

領主館の壮麗な外門をくぐると、手入れの行き届いた美しい芝生の庭が視界に入った。攻撃に備えるユーフォーンと違い、レナッソーは穏やかな造りになっている。樹木が目隠しになる高さで丁寧に剪定されていて、綺麗だ。

「あれは迷路だ。先代の領主が作ったらしい」

「へぇ、テレビで見たなぁ」

「てれび？」

「うん。動いている画像を見られるんだ。通信機に絵がついてる感じかな。録画する機器もあるよ」

ティアは絵が動くという言葉に驚いていた。

「それがあれば便利だな。アユムは作れるだろうか」

「アナトリーに言えばやる気出すんじゃないかな？　好きそう」

「うむ。是非開発させよう。――録画か」

「ん？　なんか言った？」

「何でもない」

ティアが何か言った気がするけど、もう領主館の玄関に着いてしまったし話は終わりだ。

俺達が馬車を降りると、よく言えばぽっちゃり、率直に言えば肥満で、ド派手な衣装を身につけた五十代くらいの男性と、三十代くらいの落ち着いた雰囲気の男性二人が待ち構えていた。全員の髪は明るい茶色、瞳はパープルで、一目で血が繋がっていると分かる。使用人や私兵らしき騎士もズラリと整列し、壮観な眺めだ。

これまでの話から、派手男がピエトロと簡単に推測できたが、パッと見る限り好感は持てなかった。見た目のせいではなく、笑顔が胡散臭《うさんくさ》いのだ。それに、民が食料確保に苦しんでいるのにその体型はどうなんだ、という思いもある。

「エリアス殿下、神子《みこ》様！　お待ち申しておりました。私はトーラント領領主代行のピエトロでございます。隣にいるのは長子のロドリゴです。皆様のご活躍は聞き及んでいます。長旅の疲れを当家で癒《いや》してくださいませ！」

いやぁ、グスタフ司教に聞いていなかったら動揺するレベルのゴマすりですね。

正直なところ、歓迎されてしまったのは問題なのだ。できれば俺達は領主館への滞在を避けて、別の安全な宿に滞在するつもりだった。本気で歓迎しているかはともかく、表向きは歓待されているので、誘われたら断れないだろう。

ティアを見ると、眉が片方上がっている。一見穏やかに対応しているように見えるが、俺と同じでやっかいだと思っているはずだ。

「ピエトロ殿、出迎えご苦労。私達は神殿に滞在しても構わないぞ」

「とんでもない！　是非当家にご滞在ください。騎士の皆様には別棟もご用意しています。さぁさぁ、お茶でもご用意しましょう！　その後、当家の息子達をご紹介しましょう！」

ピエトロは大げさな仕草で歓迎の意を示す。屋敷の中に入り案内されたサロンは煌《きら》びやかで、派手好きな家系みたいだ。

ピエトロに促されて俺達が豪奢《ごうしゃ》なソファに座ると、ピエトロと二人の男性はテーブルを挟んで向かい側に座る。ピエトロはにたにたと笑みを浮かべながら口を開いた。

「改めて当家の息子達をご紹介いたします。長子のロドリゴ、次男のオネストです。ロドリゴは後継者となるべく各地を視察する日々を送っております。オネストは騎士団長として街を守っており、どちらも自慢の息子達です」

「お初にお目にかかります。ロドリゴ・ミスラ・トーラントでございます。殿下と神子《みこ》様に拝謁《はいえつ》できる日を心待ちにしておりました」

「弟のオネスト・トルバ・トーラントでございます。当家に滞在していただける栄誉を賜《たまわ》り、心よりおもてなしをさせていただきたく存じます」

ロドリゴ様は村でも良い評判を聞いた人だ。たしか三十五歳と言ってたな。子供も三人いるそうだ。オネスト様も既婚だそうだ。

「殿下達のご活躍の噂は、今やこのトーラント領まで届いておりますよ」

彼のことはピエトロ様と呼ばなくてはいけないのだろうが、胡散臭《うさんくさ》いしなんか嫌だな……。とはいえ、ティアも表向きは穏やかに対応するつもりらしいので、俺も表向きは歓迎を素直に受けている体にしておこう。

ピエトロの言葉に、ティアは軽く頷き口を開いた。

「それはジュンヤの力のおかげだ。私は浄化の補佐をしているに過ぎない」

「とんでもない！　神子《みこ》を補佐できるのは選ばれし者だけというではありませんか。是非とも当家の息子も列に加えていただきたいですな、ははははっ」

まさか、こんなどストレートを投げてくるとは思わなかった。口がぽかんと開いてしまうのをなんとか我慢する。

「父上。不敬ですよ」

オネスト様が父親を諌《いさ》める。村では話を聞いてなかったが、次男もまともなようだ。

「おっと、気が早かったですなぁ。まぁ、滞在中は二人がご案内をいたしますから、どうぞ存分に使ってください」

「何なりとお申し付けください。街に出られる際は当家の騎士も護衛いたします」

ロドリゴ様がピエトロの隣で深々と頭を下げる。和やかな雰囲気で席を立とうとしたその時、ピエトロが眉を顰《ひそ》めてどこかを指差した。

「ところで、アレは下男でございますか？」

ピエトロが指したのはミイパだった。この場にいるのは確かに不自然かもしれないが、下男という言葉に腹が立った。ティアも同じだったようで、顔から笑みが消えた。

「この先の道案内だ。彼は我らにとっても客人故、騎士と行動を共にさせる。トーラント家の使用人にも周知させよ」

「ええっ⁉」

ティアが言うと、ピエトロは大袈裟《おおげさ》な仕草で驚く。しかしティアがそれ以上何も言わないでいると、訝《いぶか》しげにミイパを見て、再びティアに視線を戻した。

「……はい。承りました」

渋々といった具合で了承したピエトロだが、なぜそんなに山の民を嫌がるんだろう。ただ、ティアのおかげでミイパの安全が守られたのは確かだろう。

「もしよろしければ、旅のお話など聞かせてくださいませ。また、我らになんでもお言いつけくださいい。入り用なものなどございませんか？」

「必要な時は声をかけるとしよう。だが、今日は疲れているジュンヤを休ませたい」

「はい、お部屋の準備が済んでおります。ロドリゴ、ご案内しなさい」

ピエトロがロドリゴ様に言うと、彼は俺達を先導してくれた。

「父が興奮状態で、失礼をして申し訳ありません」

サロンを出るなり、ロドリゴ様は先導しながら謝罪してきた。

「随分と……お幸せそうなお父上だな」

……食料が不足しているというわりには太ってますね、って意味かな？

「民が苦しんでいるのに、父があのような姿になりお恥ずかしい。父達の世代は、それが富の象徴と考えているので、なかなか聞く耳を持ってくれません」

気まずい空気が流れてしまった。そのまま無言で進む。

「殿下のお部屋はこちらです。神子《みこ》様はお隣のお部屋をご利用ください」

「ありがとうございます」

「ご苦労、ロドリゴ殿。そなたの名は立ち寄った村々で聞き及んだ。是非とも話がしたいので、時間を作ってくれ」

「は、もちろんでございます。では何かございましたら、当家の使用人に何なりとお申し付けください。今夜は晩餐をご用意いたします。それまではどうぞごゆるりとお休みになってくださいませ」

ロドリゴ様が下がっていき、廊下は俺達だけになる。

とりあえずこれからの計画のために、ティアの部屋に護衛も含めて集合することにした。この屋敷以外に宿泊するという目論見《もくろみ》は完全に頓挫してしまい、今後の対策が必要だからだ。

「あいつ、いつも俺に……というか、バルバロイへの敵愾心《てきがいしん》を隠さなかったのに気持ち悪いぜ」

ティアの部屋にみんなで入るなり、ダリウスが気味悪そうに肩を竦《すく》めた。

ティアはみんなが席に着いたのを確認すると、ぐるりと見回した。

「この屋敷以外に滞在するには相応の理由が必要だ。だが未だ瘴気《しょうき》の源が確定できない今、滞在が長くなってしまう。先程グスタフ司教から聞いた情報を皆に伝えておく」

ピエトロは身内や領内の人間が俺の庇護者《ひごしゃ》になれるよう、報奨金まで出し俺に接触するよう推奨している……と先程グスタフ司教から教えてもらった情報を、いなかった他の人にも共有する。

命の危険はなくなったが、貞操の危機が高まった。無理やり……なんて想像も付かないと言いたいけれど、ナトルの事件を思えば可能性はある。

だが、ピエトロが配置した護衛を邪険にする訳にもいかない。ふと、ナトルがのしかかってきた瞬間を思い出して体が震えた。それに気づいたエルビスがそっと肩を抱いてくれた。

言葉なんて必要ない。阿吽《あうん》の呼吸で与えられる温もりに包まれて、俺には心強い守りがいるんだと改めて感じた。

翌日は、ティアはぽっちゃり領主の相手をするので別行動になった。

ロドリゴ様が街を案内してくれることになり、今日の俺はレナッソー観光だ。ちなみにトーラントの騎士が護衛として二名ついてきた。元々の護衛もいるけど、トーラント側にもメンツがあると言われては断れない。

国の騎士は国に、領の騎士は当然領主に忠誠を誓っている訳で、万が一命じられれば、自分の意思にかかわらず従うんだろうな。疑うのは嫌だが注意しておこう。現地でなければ分からないことがあるのはどこでも同じだ。

ひとまず俺達は神殿に向かうことにした。ユーフォーンでは色々あって神殿へ行くのが後回しになったが、メイリリル神を熱心に信仰しているこの国では、それが礼儀だと思うんだ。

神殿まではトーラント家の馬車を借りた。客人用の専用馬車とかで、やたらと豪華だ。俺はロドリゴ様と同乗しているんだが、なんというか……ピエトロの意図が透けて見える。

「神子《みこ》様、父が申し訳ありません」

「いいえ、ご長子自らご案内いただくなんて申し訳ないと思っていただけです」

そんな俺の心の中を見透かしたのか、何も言っていないのにロドリゴ様が謝罪してきた。

俺は営業スマイルを浮かべて、社交辞令を返しておいた。とはいえ庶民ならこれで誤魔化せるが、彼は公爵家の長子、こんな腹の探り合いはお手のものだろうな。

「父が私と神子《みこ》様を引き合わせようと必死でしてね。お若い神子《みこ》様に年増の私がお相手などつまらないでしょうに」

苦笑しながら彼は肩を竦《すく》めた。ピエトロは呼び捨てにしてしまいたいのに、ロドリゴ様は様付けで呼んでしまうのは人徳なのかもしれない。

「とんでもありません。領地内で民からの信頼を受けるロドリゴ様とお話しできて光栄ですよ。それに、俺も決して若いとはいえませんからね」

「失礼ですが、神子《みこ》様のお年は？」

「聞いていませんか？　二十八歳ですよ。それと、神子《みこ》ではなく、ジュンヤとお呼びください」

「えっ？　随分とお若く見えます！　驚きました」

宰相は余計な情報だと思って教えてないのかな。

「よく言われます。そういえば、お子さんがいらっしゃるんですよね」

「子供は三人いて、敷地内の別邸で暮らしています。当家は妻が表に出ない習いのため、ご挨拶もせず申し訳ありません。オネストも結婚しており子がおります。息子達は祝宴の際ご挨拶に参りますので、お騒がせするかもしれません」

「そうなんですか。家によって慣習が違うんですね。お子さん達に会えるのが楽しみです」

「子供達も待ち遠しいようです。ああ、到着しました」

見えてきた神殿は、すっかり見慣れた様式だ。

それにしても、グスタフ司教はマテリオに何の用事なんだろう。ざわつく心を抑え馬車を降りて、神殿へと向かった。

　昨日、先に司教に会ったことはロドリゴ様も知っている。単純に出迎えたという形になっていて、事情をリークしてきたことは秘密だ。

　ちなみにミイパも俺達のほうに連れてきた。ピエトロだけでなくトーラント騎士のミイパへの視線も厳しかったから、領主館に置いておくのは不安だったのだ。アランデルがミイパを制御すると自信満々なので二人を一緒に行動させている。年下の子に負けたくない意地が、ミイパの軽はずみな言動を抑えさせているらしかった。

「神子《みこ》様、神殿へのご来訪を一同心待ちにしておりました。どうぞお入りくださいませ」

　グスタフ司教に案内された中央の礼拝堂には、巨大なメイリル神像が安置されている。そこで拝礼をし、その後奥の部屋に案内された。

「巡行での苦難は聞き及んでおります。同様に、浄化の奇跡に歓喜する声も北の大地にも響き渡っております。この地での浄化は、当神殿が全力をもってご支援をさせていただきます」

　グスタフ司教はトーラントの穢《けが》れを相当憂《うれ》いているらしく、全面支援を約束してくれた。

「ありがとうございます。その言葉、心強いです」

「グスタフ様は民に寄り添っておられるので、各地の様子にも詳しいのです。我々も各地に配置した騎士から情報を集めておりますので、何なりとお聞きください」

　ロドリゴ様は彼を信頼しているようだ。

「瘴気《しょうき》の原因は山頂の泉かと思っているのですが、司教様はどうお考えですか？」

「ミハ・ジアンにある山の民の社が荒らされた事件はこの辺りでは有名な話です。確かに、異常が出始めた時期と重なります」

「グスタフ司教、私が話してもよろしいか？」

ロドリゴ様が横から入ってくる。どうやら彼は何か知っているらしい。

「確かに、社が荒らされた話は山の民の知人から聞いております。盗難の後に周辺が荒れ始めたのは事実ですが、病人となると話は変わります。実はレナッソー付近で一気に病人が増加したのは、ここ数ヶ月の話なのです」

「レナッソーに集中しているんですか」

「はい。もし、街が穢《けが》れていたとしても急すぎると思いませんか。ですから病人の増加は、山の荒廃と別の理由のせいかもしれないと考えています」

山が荒れた時期はラジート様が捕らわれた時期と重なっている。街で急激に病人が増えた原因は、先日会ったラジート様が苦しんでいる理由と連動しているんだろうか……

「この街は湖の真ん中にありますが、川もありますよね？　水源はどこですか？」

「地図をお持ちしましょう」

グスタフ司教が少しだけ離席して地図を持ってきて、机の上に広げた。

「ダリウス殿はレナッソーに来るのは初めてですよね？　この、山中の砦《とりで》に赴任されていた時期があったのは存じ上げておりますが……」

ロドリゴ様が地図の一箇所を指差しながら、ダリウスに問いかける。

「ああ、そうだ。ジュンヤ、ここは、カルタス王国もトラージェ皇国も見下ろせる、山のてっぺんの砦《とりで》だ」

指し示されているのは、レナッソーの真北にある山だ。

「ミハ・ジアンはどこですか？」

「それは、恐らく……この辺り」

ロドリゴ様が、砦《とりで》より少し東寄りの山中を指差す。

「山の民がはっきり位置を示さないので分からないのです。聞くところによれば、ミハ・ジアンというのは彼らの聖地らしいですね」

「入るにはしきたりがあるそうですよ」

「そうみたいですね。話は戻りますが、レナッソーの真北にあるこの砦《とりで》に水源があります」

「そんな所に泉が？」

「いや。そこは谷に水が溜まりできた湖だ。そこから水路を引き、下流の畑に使用しているんだ」

「なるほど」

天然のダムみたいなものだろう。ミハ・ジアンの周辺にも川が複数あり、湖に繋がっているものもある。

「砦《とりで》の湖はトラージェとカルタスが共同で管理しています」

そこが汚染されていたら、トラージェも汚染されているという可能性は高くなる。

「木々が枯れているのは、ここと、麓《ふもと》にある穀倉地帯です。このままでは収穫量が減り、生活が厳しくなります。既に野菜などは生育が悪く、実入りが悪くなっているのです」

ロドリゴ様は影響が出ている地域に石を置いて示した。それによると、印はミハ・ジアン周辺のほうが多い。砦《とりで》の湖は、ミハ・ジアンより標高が高い位置にあるので、下流に影響が強く出てもおかしくない。

しかし地図を見るに、山の麓《ふもと》にある穀倉地帯には、砦《とりで》からの水路は通っていない。となると……

「この穀倉地帯に張り巡らされた水路の水源は、もしかして……」

「ええ。この、レナッソーの湖です」

ロドリゴ様は眉を顰《ひそ》めて答える。つまり、レナッソーにも問題がありそうだ。

「それでも王都よりはマシと、多くの民がやってくるのです」

「まずは街から調べましょう」

「お手伝いいたします」

地図を使って早速街の調査を始める。ロドリゴ様も独自で調査を進めていたらしいが、確固たる証拠は出てこなかったそうだ。

「考えられるのは、誰かが意図的に湖に呪《しゅ》を仕掛けたか、偶然持ち込んだか……ダリウス、船を出して調べられるかな？」

勝手な憶測だが、偶然じゃないと思う。俺が行けば、瘴気《しょうき》が薄くても見つかるんじゃないかな。

「手配はするが、いかんせん湖が大きすぎる。調べるとなると骨が折れるな」

「それに、重症者がいないってことは瘴気《しょうき》が薄いんだ。となると瘴気《しょうき》の元自体もかなり小さいだろうから、見つけるのは至難の業だよ」

「そうなのですか？」

ダリウスの言葉に、ロドリゴ様が不思議そうな顔をする。どんな風に浄化するか知らないから当然か。どう説明したら良いものかと悩んでいると、エルビスが助け舟を出してくれた。

「ジュンヤ様、もしかしたら、神殿の水にも瘴気《しょうき》が混じっているかもしれません。試しに浄化をしてみては？」

「そうだね。司教、水をもらえますか？　池などあれば、そこでも良いですよ」

「では、中庭に池がありますので、そちらへご案内します」

「その池の水はどこから引いているんですか？」

「湖からです。この街の生活用水は全部湖から引いているんですよ」

そう言われて連れていってもらったのは、木々が美しく剪定され、シンメトリーに配置された庭だった。中央に池があり、ベンチが置かれている。手入れはしっかりされているが、咲いている花や植物に勢いがない。それを見た瞬間に、あるな、と感じた。

「では、やってみますね」

池の水に触れると、見慣れた虹色の光がキラキラと揺らめいて消えていく。

「おお……！」

その声に振り向くと、同席していたグスタフ司教や神官、ロドリゴ様が膝をついていた。

「神子《みこ》の浄化をこの目で見る日が来ようとは。いつメイリル様のもとに召されても後悔はございません！」

　グスタフ司教は感極まり、震える声で拝礼していた。

「グスタフ司教、まだまだ司教様のお力が必要ですよ。ですから元気でいてくださらないと」

「もちろん！　神子《みこ》様に全力でお仕えします！」

　俺の言葉ですぐにシャキッとなったグスタフ司教は、どう考えても長生きしそうだ。

「それにしても……今の光は、庇護者《ひごしゃ》様と護衛の皆様に見える光と同じですね」

「みんなに魔石を持たせているからです」

「ほほぅ。マテリオ、見せておくれ」

　マテリオが首からかけた魔石のネックレスを見せると、穴が空きそうなほど凝視《ぎょうし》していた。

「これは素晴らしい。手に触れると力が湧き上がってくるようだ。これが王都に下賜《かし》された魔石と同じ物だね？」

「はい。ジュンヤは日々魔石に浄化を込めてくれています。瘴気《しょうき》の原因が分からずとも、これがあれば人々を救えます」

「欲しがる者が多いのも良く分かる。マテリオよ、必ずや神子《みこ》様をお守りするのだぞ？」

「分かっております」

「それから、今日は手が空いたら神殿に来ておくれ。随分と魔力が上がったな。神殿の力になってくれるかい？」

　そう言うと、マテリオの手を握った。……その触り方は気に入らない。

「――はい。後程参ります」

言い淀《よど》んだ姿を見て、マテリオは神殿に行きたくないんだと感じた。馬車で聞いた、神官同士が行う交歓《こうかん》が原因だろう。相性のいい相手同士で性的な行為をすることで、力を循環して魔力をアップする……だよな？　相手はお爺さんだぞ？　それとも、俺の知らない神官を相手に……？

「じゃあ、すぐ湖を調べに行きます！　マテリオも来るよな？」

考えるだけで嫌になって、グスタフ司教とマテリオの間に強引に割って入る。

「もちろんだ」

「どうぞお願いいたします」

頭を下げたグスタフ司教や神官さんには、俺は熱心に見えたのかもしれない。

でも、それは違う。ここにいたくなかったのだ。

「俺……嫌な奴」

「え？　何か仰いましたか？」

「なんでもないよ」

思わず口をついて出た呟きをエルビスに聞かれずに済んだけど、今日が終わらないで、マテリオが神殿になんか行かなきゃ良いのにと思っていた。

しかしそんな考えも、湖を見た瞬間に全て吹っ飛んでしまった。城壁の物見台に登り周囲を見回した俺は絶望感に襲われていた。

「広すぎる……こんなの見つからないよ。もう全部浄化しちゃえばいいんじゃないかぁ……？」

「こんな規模の湖を浄化したら、ジュンヤ様が倒れてしまいます！」

エルビスと二人で、ぐるりと周囲を囲む湖にため息をついた。

「落ち着け。私も初めて全体を見たが、このサイズの湖を瘴気《しょうき》で汚染するには、相当な規模の呪《しゅ》が必要なはずだ。だが、湖の異常は最近……となれば、別な仕掛けに違いないだろう」

狼狽《うろた》える俺達とは対照的に、マテリオは冷静に周囲を見回している。

言われてみれば、異次元の強さの呪《しゅ》がない限り、湖全体が汚染されるには何年もかかるはずだ。そんなものがないにもかかわらず急に変化があったということは、湖全体というよりは、生活用水に近しいところに穢《けが》れがあるはず。

「ありがとう。ちょっと気が動転してた」

「いや、当然だ。だが、それも可能性に過ぎない」

「ジュンヤ様、瘴気《しょうき》の濃さが分かるのですか？」

再び湖を見下ろしていると、後ろからロドリゴ様が不思議そうに聞いてきた。

「確実にとはいきません。薄すぎて目視できない穢《けが》れもあります。池の水も見た目では分かりませんでしたよね？　そういう時は、光がどれくらいの時間で消えるかで測ります。長く光る場合は、かなり穢《けが》れが濃いんですよ」

「なるほど。そして、街に害をなすために仕掛けた程度のものならば、湖ほどの水量では影響が出にくいということですね」

「多分……マテリオ、そうだよな？」

あまり自信がないので、マテリオに振ってみる。

「そうですね。この湖なら何年もかかるでしょう。ですから、取水口が怪しいと思うのです」

「城内と農業用水路への取水口を合わせると、十箇所はあります」

「そんなに？」

でも、街の規模を考えたら当然だな。

「農業用水路の取水口は二箇所ですが、農地へ引くので壁の外にあります」

「それは時間がかかりそうですね。マテリオ、どうしよう。街の穢《けが》れと呪《しゅ》の行方《ゆくえ》……どちらも放ってはおけない」

「……ロドリゴ様には申し訳ないのですが」

眉を八の字にしてマテリオを見ると、彼は一瞬考え込んで、ロドリゴ様に向き合い姿勢を正した。

「瘴気《しょうき》の濃さで言えばレナッソーは後に回す案件です。しかし、主要都市で既に神子《みこ》が訪問したと知れ渡っています。ですから、まずは調査をして、後に回せると判断すれば魔石で対処をしようと思います」

毅然《きぜん》とした態度のマテリオは、言葉を切って俺を見た。

「きっと、民が色々訴えてくると思う。それでも、原因が分からぬまま無闇に浄化をするのは命に関わる」

「ああ……」

穢《けが》れや瘴気《しょうき》、病人など全部は浄化しきれない。それはよく分かっているつもりだ。魔石を使うにも限度があるし、目標がはっきりしない今、多くの魔石を消費できないのも分かっている。ただ、断るのが辛い。

「であれば、まずはここから一番近い取水口へご案内しましょう」

俺達はロドリゴ様の案内で、壁の内側にある取水口の一つへ向かった。衛兵も立っているそこは、厳重に管理されているように見えた。取水口は水量が調整できる石造りの水門で、清潔に保たれていた。メイリル神像も安置されている。水の神だけあって、水場ではよく見かけるな。

「こんなに警備は厳重なんですね」

「まずないと思いますが、ここから侵入されては大ごとですからね。過去に湖から潜水で間諜が入り込もうとした事件があったそうです。私も父も生まれていませんが」

酸素ボンベみたいな物があれば可能だ。俺達が知らないだけで、はるか昔には開発されていたのかもしれない。

「物騒な時代もあったんですね。では、水を調べます」

水をコップで掬《すく》い、指先を入れる。だが、ほとんど光を発しない。湖に近い上流には全く穢《けが》れはないようだ。

「ここはそれほど酷《ひど》くないですね」

「それは良かった！」

ロドリゴ様が満面の笑みで無邪気に喜んだ。この人は本当に、宰相の策謀には無関係かもしれない。怪しいのはピエトロか。でも、いくら目的のためとはいえ、自領を穢《けが》すかな。

「マテリオ……これって、街の内部の穢《けが》れが逆流していると思うんだけど」

「ああ。取水口の様子から見て、その疑いが強いな」

中央広場には噴水があるという。水場は全部チェックしたほうが良さそうだ。

「そういえば、ロドリゴ様は各地を視察しているんですよね？　現地の物を飲み食いされますか？」

「それはもちろん」

「では、手を出してみてくれますか？　もしかしたら瘴気《しょうき》が入り込んでいるかもしれないので」

「浄化をしていただけるのですか！」

嬉しそうに差し出された手は、貴族にしてはゴツゴツしていた。村々で聞いた、各地を視察で駆け巡り、親身に話を聞くロドリゴ様の話は真実だろう。

この人が当主になったら民も安泰だ。そう思いながら瘴気《しょうき》を探ると、思った以上に彼の中には瘴《しょう》気《き》が溜まっていた。どういうことだ？　村人より多くないか？

「どうなさいました？　何か問題が？」

「いいえ。なんでもありません。浄化しますね」

まず、ティアに相談だ。俺はゆっくりとロドリゴ様から瘴気《しょうき》を引き出し、浄化していく。

「ジュンヤ様……温かくて……良い香りが……」

ロドリゴ様がそう呟いた瞬間、突然、彼に抱きしめられた。

「ロドリゴ様、困ります」

「ジュンヤ様をお離しください」

「ロドリゴ殿、不躾《ぶしつけ》に触れないでいただきたい」

ダリウスとエルビスが慌てて割って入り、どうにか放してもらえた。ロドリゴ様は一瞬だけぼうっとしていたが、すぐに何度も瞬《まばた》きして頭を下げ始めた。

「とんだ失礼を！　申し訳ありません。神子《みこ》様の香りが強くなり我を失ってしまいました。怖い思いをさせてしまったでしょうか……明日からはオネストに代わったほうが良いかもしれません」

「いいえっ！　大丈夫です！　この香りは時々そうなってしまう人がいるそうなので、あなたのせいではないと思います」

「それでも貴族としてはしたない真似をいたしました。どうかお許しください」

「もちろん！　さぁ、もう良いですから」

恐縮するロドリゴ様をどうにか宥《なだ》める。やっぱり根は良い人なのかもしれない。

その後、守りを固める衛兵達も診てみると、当然のように瘴気《しょうき》に侵《おか》されていた。彼らを浄化してから、彼らの生活圏での食事など聞き取り調査をする。こうして少しでも無駄な時間を減らして、原因を突き止めたい。

「ご領主やオネスト様も瘴気《しょうき》を取り込んでいる可能性がありますね。浄化をしたほうが良いのかもしれません。本当なら治療院も回りたいし、それから」

でも、正直に言うとピエトロには触りたくないなぁ。

「ジュンヤ。無理するなと言っているだろう。命を削っているのを忘れるな」

マテリオは厳しい声で俺を諫《いさ》める。マテリオに何度こうやって心配されただろう。

「分かっているけど、できるのにやらないのは罪悪感があるんだよなぁ」

「ジュンヤ様は高潔なお心の持ち主なのですね。民があなたを信奉するはずです。しかしながら、あなたが倒れては多くの者が嘆きます。御身お大事にしてくださいませ」

「ロドリゴ様……そうですね。自分も大切にすると仲間に誓ったはずなのに……」

ふと、俺を見つめるダリウスとエルビスと視線が合った。こんな時、静かに見守りながらいつでも一番の味方でいてくれる。俺は彼らに向かって軽く頷いて、心配するなと伝える。

「俺を守る人達のためにも、気をつけます」

そう言うと、みんなが微笑んでくれた。

「今日はあと一箇所行けそうです。ご案内しましょうか」

「はい。お願いします」

だが、次の場所も最初の取水口と同じ状況だった。仕方なく衛兵の浄化だけに留める。

「そう簡単にはいかないか」

「ですが、こうして少しずつ絞られていくではありませんか。ジュンヤ様に負担をお掛けして申し訳ないと思いますが、確実に進んでおります」

「明日もご一緒してくださるんですか？」

「はい。滞在中は案内を任されております」

ロドリゴ様は、胸に手を当ててにこりと微笑む。

改めて見ると彼は男前だ。美形というより、男らしく骨ばった骨格の持ち主で、服の上からでも屈強な体躯の持ち主だと分かる。あちこち視察に行くから鍛《きた》えているのかな。さっきもかなりの力で引き寄せられて逃げられなかった。

「それは心強いです」

素直に答えると、ほんのりと彼の頬が赤くなった。

「お任せくださ――」

「うわっ？」

その時突然、俺の体が後ろに引っ張られ、声を上げてしまった。振り返ると、ダリウスが不服そうな表情で俺の服を掴んでいた。

「ダリウス、何？」

「近いんだよ……我慢してたのに」

ヤキモチクマさんの発動か。

「うーん。近くにいる人をみんな引き離す気？」

「できればそうしたい」

もはや、やきもちを一切隠す気がない。困るけど嬉しいのがさらに困るところだ。

「これはこれは！　ダリウス殿がこんなに振り回されているとは、良いものを見ました」

ロドリゴ様は声を上げて、心底楽しそうに笑う。

「ジュンヤ様はこの方のお噂をご存知ですよね？　その方にこんな顔をさせるのは、後にも先にもあなただけでしょう」

「ロドリゴ殿。俺は真実の愛を見つけたんだ。貴族に生まれてそんな相手が見つかるとは思わなかった。とても幸運だと思っている」

ダリウスは恥ずかしいところを見られたというのに、涼しい顔をしてそんなことを宣う。

は、恥ずかしいことを堂々と！　顔に熱が集まるのを抑えられない。

「ええ、本当ですね。あなたは本当にお幸せな方です」

「ああ……そういえば、貴公とこんな風に話すのは初めてだったな」

「はい。夜会には警備として出られていて、会話はされませんでしたからね。こんな機会があり嬉しく思います。父と祖父があんなですからね……」

苦笑するロドリゴ様は、特にバルバロイに反感は抱いていないらしい。

「古い体質を一新したいのですが、祖父の力が未だ絶大で、私など虫ケラ同然です」

「かの方はいずれ引退なさるだろう。その時に貴公の力も必要となろう。……本気で改革したければ、刃を磨《みが》いてお待ちになるといい」

「ダリウス殿……それはどういう意味でしょう」

確かに企みはいずれ暴露され、宰相の地位は失墜《しっつい》するだろう。その時にこの人がいれば、トーラントは大丈夫だと思う。

「まぁ、覚えておいてくれ。それより、ジュンヤの顔色が悪い。今日は終わりにして休もう」

そう言うと、ダリウスは俺を抱き上げた。

「歩けるよ」

「いいえ、いけません。ジュンヤ様、顔色が白いです」

エルビスにそう言われて驚いた。

「そうか？　自分では平気なつもりなんだけど」

「疲れが出たのだろう。ダリウス殿の言う通りにしておけ」

マテリオにまで言われてしまえば仕方ない。俺は大人しく分厚い胸板に身を委《ゆだ》ねることにした。

ダリウスの体温が布越しでも熱く感じる。思ったより体が冷えていたのか……

「ジュンヤ様に無理をさせてしまいましたね。神殿の池と、取水口での浄化……考えてみれば規模が大きい。屋敷に戻りましょう。夜会を予定していましたが、ご無理なら欠席してくださって構いません」

「いいえ……出ます……」

答えながらも、ダリウスの腕の中で香りと温もりが心地よく、瞼《まぶた》が閉じるのを止められなかった。


あったかい……

うつらうつらしながら、前後にある温もりに安心する。誰かが顔を撫でてくれてる？

でも、もっと触ってほしい。

「んっ……」

手の感触に身を委《ゆだ》ねていると、柔らかな唇と熱い舌が口腔《こうこう》に滑り込んでくる。甘い雫《しずく》を飲み込むと、力が流れ込んできた。

「んんっ……はぁ、あ……もっと……」

離れてしまって寂しい。顔を撫でる手とは別に、後ろから体を優しく撫でてくれる手を感じる。

目を開けたいのに開けられない。必死でそちらに向かって手を伸ばすと、優しく握ってくれた。

「もっと……」

「ええ、もちろん」

これ、エルビスの声だ。

俺の願いに応え、甘い雫《しずく》を流し込んでくれた。

「もっと欲しいか？」

耳元で低くてセクシーな声が囁《ささや》き、体の奥が疼《うず》いた。

「うん。ダリウス……？　エル、ビス……？」

二人の香りと、手のひらの感触で分かる。

「ああ、そうだ」

「私ですよ」

そうか……俺、また力を使いすぎたのか。

「ジュンヤ、抱くぞ」

きっと俺の目覚めを待ってくれていたんだな。

「うん……抱いて……二人が、好きだ……」

「ジュンヤ様、愛しています」

二人がかりで全身を愛撫される。心地よさに背中がゾクゾクするし、触れている場所全てが熱く感じる。

交互に唾液を飲まされると、ようやく目を開けられるようになった。横向きで寝ている俺を挟み、前にいたのはダリウス、後ろはエルビスだ。二人は裸になっていて、俺もどうやら何も着ていないようだ。

「やっと、目を開いたな」

「体が冷えていたので、キスしながら温めていました。目覚めて良かった……」

エルビスの声が切なげだった。

「二人とも……起こしてくれて、ありがとう……」

笑ってみせると、二人は嬉しそうにキスしてくれた。そしてエルビスが耳を食み、舐《な》めしゃぶりながら左の乳首を捏《こ》ね、軽く引っ掻く。わずかな痛みが快感を増幅し、自分から胸を突き出していた。

「あ、んん……はぁ……ん。あっ」

ダリウスの頭が俺の胸のほうへ下りたと思ったら、右の乳首を甘噛みしながら舌で転がされた。

「同時は……まっ、あうっ！　ん、あっ、やぁ」

「嫌か？」

動きを止めてダリウスは俺を見上げる。本当は嫌じゃないって分かってる癖に。言わせたいんだよな。

「嫌じゃない……嫌って言っても、シて、いい。あっ」

許可を得たとばかりに、ダリウスの分厚くて器用に動く舌は容赦なく刺激を与えてくる。先端の窪みを舌先でグリグリと捏《こ》ね、時折噛みついてくる。ピリッと走る痛みさえ気持ち良い。

「はぁん……あっ！」

「いい時はちゃんと言え」

唇で潰しながら先端を舐《な》められ、堪《たま》らなく気持ち良くてダリウスの口に胸を押しつけてしまう。

「きもちぃ。ダリウス、きもちいい……ひゃうっ！　エルビス、そんなとこ、舐《な》めちゃ汚い！」

ダリウスの与えてくれる快感に浸っていると、耳の中をエルビスが舐《な》め始め、ピチャピチャと水音が直接鼓膜に響く。

「汚くなんかありませんよ」

舐《な》めながら舌先で中を抉《えぐ》られ、ゾクゾクと甘い痺《しび》れが体中に走った。

「はぅぅ〜〜」

「ね？　気持ちいいでしょう？」

「俺ばっかり、恥ずかしい……」

二人からの愛撫で俺の中心は勃《た》ち上がっている。

「お前だけじゃないぞ」

俺が自分自身を見たのに気づいたのか、ダリウスが俺の脚に臨戦態勢のモノを押しつけてきた。

「あ……もう、こんな？」

すごい……もうガチガチだ。

「私もですよ」

ぐいっと尻の狭間に熱い塊《かたまり》が押しつけられた。エルビスが俺に欲情している証。二人の興奮を感じられて嬉しい。

「ん。熱い」

「ジュンヤ様……可愛い」

エルビスがうなじにちゅっちゅと吸い付いてきてくすぐったい。

「ふふ……エルビス、んんっ！　ダリウスッ！」

両方の乳首にヒヤリとした物を当てられた。驚いてそこを見ると、金色のリング状の器具が乳輪に吸い付いている。乳首の先端は露出していて、全部隠れるよりいやらしさが増している。

「何これ？　なんでくっついてんだ？　落ちると危ないから、取れよ！」

「吸い付いて落ちないから、安心して動いて良いぞ」

「何言って……あぁっ、やっ」

すると器具が急に動き始める。不規則な力加減で窄《すぼ》まっては緩み、まるで指で揉《も》まれているようだ。それなのに、一番敏感な先端は放置され、刺激が足りなくて焦れったい。

「ダリウス、その怪しげなものはなんだ。ジュンヤ様に害はないのか」

どうやらエルビスも知らなかった道具らしい。

「これ、変な動きして嫌だ」

自分で取ろうとしたが、ダリウスに阻まれた。

「手が足りない時にここを可愛がりたくて、わざわざアナトリーに作らせたんだぞ。ちょっとで良いから試してみろよ」

「あっあっ、なんか、吸い付いてくる、やだって、バカ～！」

身を捩《よじ》る俺を見上げるダリウスは「イタズラ成功」って感じでニヤニヤしている。

「可愛い……エロい……恥じらいが堪《たま》らん」

「バカバカっ！　エログマ！」

そうして、二人はリングから突出している乳首を攻め始めた。

「このド変態め……」

エルビスはそう言って、ダリウスのことを睨む。

だったら、そんなこと言いながら弄《いじ》るのやめろよ！

「なんだよ。可愛いだろう～？」

「うっ……そうだが、目の毒だ」

「エルビス、お願いだからこれ取って」

「ええと、もう少しだけ、エッチなジュンヤ様を鑑賞したいです」

結局、エルビスまでエロ団長の味方か。

二人して話をする余裕があるなんて狡《ずる》い！　そう思うと、反撃したくなった。

「いっぱい気持ち良くしてくれたほうが、先に挿《い》れて良いよ」

「ほほう、なるほど」

「受けて立ちましょう」

——反撃は失敗だったかもしれない。俺の言葉を聞いた二人の目がライバル心剥《む》き出しになってギラギラし始めた。

ダリウスの指で交玉《こうぎょく》が奥深くに挿入された時には、俺は既に後悔していた。身を快楽に震わせながら二人を止めようとするが、既に遅かった。

「今の、なしで、ひゃうっ、あ、急に、だ、あぅっ」

「煽《あお》った責任は取ってもらうぞ」

「大丈夫です。私は優しくしますからね？　このエロ団長は部屋から追い出しましょう」

「ふざけんな」

リングで敏感になった先端をダリウスにカリカリと引っ掻かれ、ビクビクと体が跳ねる。

「あぁ、んっ」

いつもより感じやすくなってる⁉　女の子みたいな声出ちゃったじゃないか！

アナトリー、恨むぞ……

「やだやだ、こういうのはなんか違うって」

「でも良さそうだな。そのうち別のおもちゃも試そう」

「バカバカ～！　あっ、あ」

変な道具を使われて怒っているのに、舌で刺激されると気持ち良くなってしまう。

「あ、あぅん……エルビス……助けて」

「私を忘れないでくださいね？」

「んっ、んん」

エルビスの指もナカに潜り込んできた。二人の指がバラバラに動き、それぞれが俺のいいところを攻め立てる。ダリウスは前立腺を捏《こ》ね、エルビスは抜き差しを繰り返す。

エルビスはさらに、再び耳を愛撫し始めた。耳朶を口に含み味わった後、耳孔に舌を差し入れ舐《な》める。何度も何度も繰り返され、理性が飛ぶ寸前まで追い込まれる。

蕩然とエルビスの愛撫に合わせ腰を振っていると、ダリウスに陰茎を捕らえられた。先走りでドロドロになったそこを、クチュクチュと音を立てながら扱《しご》かれて、俺は体を仰《の》け反《ぞ》らせた。

既に意識が蕩《とろ》けている俺だが、二人の指は減るどころか増やされてしまい、圧迫感が強くなる。

でも、もっとでかいので擦《こす》られたい……

「まって、ぜんぶ、はぁ……ぁあんっ、おかしく、な、るぅ……」

このままでは、一人でイッてしまいそうだった。

「良いぜ。よがり狂うところを見せろ」

「もっと声を聞かせて、求めてください」

「あっ、あっ！」

交玉《こうぎょく》でドロドロに濡れたナカを二人の指が攻め続ける。潤滑液が脚を伝ってシーツを濡らしているが、その伝っている感覚ですら気持ち良い。

「ジュンヤ様、もう……四本飲み込んでいますよ。お上手です」

「どっちに先にしてほしいんだ？　ん？」

「あっ、ん、どっちも、欲しい……」

あんなことを言ったけど、どっちも気持ち良い。俺はなんて欲張りなんだ。

「きてよ……」

「どっちか決めてもらわないとなぁ」

「ごめ……むり……」

「煽《あお》っておいて、酷《ひど》い奴だな、くくっ」

ダリウスが笑う。でも決められない……

「お前のここ、才能あるから二本いけると思うんだよなぁ」

「ダリウス、まさか……」

「エルビスもそう思わないか？　なぁ、ジュンヤ。試してみないか？」

「何を？」

「これ、同時に、な？」

ダリウスが硬いものを押しつけて笑う。けど。

「こんな大きいの、無理だ……」

二人同時に挿《い》れるつもりか？　絶対無理だよ！

「治癒もあるし大丈夫だと思うぜ？　ほら、こんなに柔らかい」

「ジュンヤ様を怖がらせるな」

「あんなこと言って、ごめん……決められない……でも、はやく、欲しい」

なんでもいいから早くナカに直接力を流してほしい。でも、同時に受け入れたら壊れそうで怖い。

その時、快楽でぼやけていた頭で、良い方法を思いついた。

「ちょっと、体起こしたい」

二人に挟まって寝ていたが、体を起こして四つん這いになる。

「後ろに同時は怖いけど、口と後ろなら……」

それなら二人とも気持ち良くなれるんじゃないかな。

「力をもらったから動けるし、頑張れそう。交代でシていいよ」

「マジか。俺、先に口に突っ込んでいいか」

ダリウスが嬉しそうに前に回ってきた。

「クソエロ団長、ジュンヤ様のお口を穢《けが》すな」

「散々フェラしてもらってるっての。なぁ、ジュンヤ？」

ダリウスの言葉に、周囲にキラッと氷の粒が舞った。

「俺、エルビスのも舐《な》めたいな……ダリウスの次にさせてくれるか？」

ダリウスが氷像になる前に宥《なだ》めないと……

「ジュンヤ様……無理してはダメですよ？」

「エルビスはシなくていいのか」

「私はジュンヤ様のお気持ちが一番です」

遠慮しつつも、エルビスは喜んでいるって分かる。

「じゃあ、俺が先でいいか？」

反対に遠慮のないダリウスのでかいものが口元に突きつけられる。俺は迷いなく陰茎を口に含んだ。

「んっ、んん」

亀頭で口蓋《こうがい》を擦《こす》られ、甘い雫《しずく》が口内に広がる。どうしても上向きになり首が辛いが、やめたくない。

「ジュンヤ様、本当に無理はしなくて良いんですよ？　私は後でも良いですからね？」

優しい声で囁《ささや》くエルビス。だから、腰を突き上げて挿入をねだった。

「ああ、ジュンヤ様……いけない人だ」

俺の誘いは成功し、エルビスはバックで挿入してくれた。

前後から串刺しにされ揺さぶられる。手加減なんかされたくない。ダリウスを咥《くわ》えているせいで飲み込み切れない唾液が、口端から喉《のど》を伝っていく。

「ん、ふ」

正直に言えば、怖いのと同時に余裕ぶる二人がどうなるか見たい気持ちもあった。はしたない格好で誘ったのは成功したみたいだ。

「ダリウス、お前が座るとジュンヤ様が奉仕しやすいと思うが、どうだ」

「おう、いいぜ」

「ん、んぁ」

ダリウスが口から出ていってしまう。ベッドに座ったダリウスは脚を開き、俺が咥《くわ》えやすい位置に誘ってきた。

「これで少しは楽か？」

二人共首が辛いのに気がついていたみたいだ。もう一度ダリウスを咥《くわ》え、頭を上下に動かし奉仕を再開する。それから、ナカにいるエルビスを締め付けた。

「く……ジュンヤ様、それは反則ですよ」

「だって、動いてくれないから」

「お誘いがお上手ですね」

エルビスはゆっくりと感触を楽しむように尻を撫でる。なんだかまだ余裕があるようだ。

「二人共、もっと俺で気持ち良くなっていいよ」

「甘やかすと、図に乗ってしまいますよ」

「俺は遠慮なく楽しませてもらうぜ」

「お前は少し遠慮しろ」

ダリウスの遠慮のなさは、エルビスがもっと大胆になれるきっかけになるかもしれない。

「なぁ、話してないで、シてよ」

ダリウスを喉《のど》の奥まで受け入れ舌を這わせる。同時に、腰を揺すって、早く動けと催促する。

「では……私も」

動きを止めていたエルビスだったが、ふうと一息ついてゆっくりと抽送《ちゅうそう》を再開した。

「ふ、ん、く、けほっ」

「無理して奥まで咥《くわ》えなくていいぞ」

ダリウスのはデカすぎて先端しか咥《くわ》えてやれない。だから頑張って喉《のど》の奥まで咥《くわ》えたが、むせてしまった。仕方なく右手で茎を擦《こす》る。

ダリウスの手が伸び、リングに刺激され尖《とが》り切った乳首を弄《いじ》られた。エルビスは俺の陰茎を握り、自分のリズムに合わせて擦《こす》る。

敏感な場所を一度に刺激されたら、このままじゃおかしくなってしまう……

「んーん！　んん、ん～」

待って、さすがにもう少しゆっくりがいい……と伝えたくても、ダリウスが口の中を犯し続けていて、くぐもった音しか出ない。ナカを締めてエルビスに言おうとしても、逆効果だったらしい。

「ジュンヤ様、気持ち良さそうですね……素敵ですよ」

過ぎた快楽を逃そうとしても、無駄な抵抗だった。

「ふぅっ……んぐ」

「ジュンヤ様、そんなに締めたら、保ちません」

「ぷぁ、げほっ、ごめ、ん」

息が苦しくなりダリウスを離してしまった。

「だから無理すんなって。手でいいぞ。その代わり、次に挿《い》れて良いか？」

「良いよ……」

体格差のせいで満足させてやれないのが悔しいな。

「ごめん……」

「何言ってんだ。このほうが可愛い声が聞けるじゃねぇか」

「そうですね。ダリウスに、私に突かれて乱れる声をたっぷり聞かせてやりましょう」

「あ、あ、エル、あぁっ」

エルビスの声音が少しだけ変わったかと思ったら、優しかった動きが激しくなる。もう抑える余裕すらなくなり、嬌声が止まらない。

「お前、腹たつなぁ」

苦笑するダリウスは俺の手を取り、滾《たぎ》っている肉茎を握らせ頬に擦《こす》り付けてきた。先走りが俺の顔を濡らし、やけに興奮した。これなら俺でもできると、肉茎に口づけ、手で刺激し続ける。

「これなら息が苦しくねぇだろ？　力、足りるか？」

浄化によって力を消耗《しょうもう》していたのは確かだが、フェラとエルビスが挿入《はい》っていることでとっくに回復していた。

「これ、は、補充なんかじゃ、ない……二人に、愛されたいだけだ」

「嬉しいです、ジュンヤ様」

どうしよう、腰が勝手に揺れて止まんない……！

腹の奥に、エルビスの精液を注がれたのを感じた。

「あー、あー……」

奥がカッと熱くなり、体がガクガク震えた。でも、射精はしてない。ナカだけで達してしまった。

「ヤベェ……エロい……もっと可愛がってやるからな？」

横たえられ、ダリウスとエルビスが入れ替わる。

「私にもお口でしてくださいますか？」

「うん……」

精液で濡れたエルビスの陰茎に頬擦《ほおず》りしていると、ダリウスに腰を持ち上げられた。

「俺、もうこの体勢無理……」

「悪りぃ。もう我慢の限界だ」

体に力が入らず、四つん這いの体勢を保てそうにない。

「俺が支えるから心配すんな」

「でも、まだ、イッてる、待っ、あ……！」

ダリウスの逞《たくま》しい腕が俺の体を支え、容赦なくダリウスの陰茎が奥深くまで侵入する。あまりに激しく動くものだから、エルビスが放った精液と交玉《こうぎょく》の潤滑液が大量に溢れ、太ももを伝い落ちていく。

力を入れなくても落とされないと信用し、エルビスを口に含む。刺激で感じたのか口の中でぴくんと跳ねた。教え込まれた動きを再現し、精一杯奉仕すると、口中に甘い雫《しずく》が広がる。

「すみません、ジュンヤ様……」

エルビスも我慢できないのか、下から突き上げてきた。ダリウスにもイイところを何度も突かれて、理性は完全にぶっ飛んだ。羞恥心を忘れて腰を振り、二人のものを本能のままに貪《むさぼ》る。

「はぁ……ん、イイぃ……」

きもちいい……すき……もっと……

「やめないで……」

抜いちゃ、やだ……このままとけあいたい。ドロドロになって一つになりたい……

俺は、まだまだ衰えない二人の滴《したた》る汗を舐《な》め味わいながら、俺の望む通りに繰り返し注がれる喜びに震えていた。


「ジュンヤ、起きろ」

優しく揺さぶられ目が覚めた。

「ん……ダリウス？」

目を覚ますと、ふわふわの毛布で包《くる》まれ抱きしめられていた。俺はダリウスのほうを向いて抱きつく。

「起こして悪りぃ。でも、そろそろ支度しねぇとダメなんだ」

「大丈夫。俺こそごめんな。もう大丈夫だよ。でも……満足、できたか？」

途中から理性がぶっ飛んで、奉仕どころじゃなかった。絶倫男には物足りなかったんじゃないだろうか。

「不思議なんだが……お前といるだけで満足できるんだ。昔はバカみたいに腰振って発散してたのにな」

それは分かる気がする。心はこうして触れ合っているだけでも十分に満たされているように感じる。

「あのよ、今更だけど、兄貴のこと……ありがとうな」

ユーフォーンで俺がでしゃばった時の話かな？　そういえば、色々あってさらっと流した感じになっていた。

「どういたしまして……と言いたいけど、動く間に相談すれば良かったなと反省した」

「いや、知ってたらやめさせてた。だから、あれが正解だった」

「そっか。お兄さんと仲直りできて本当に良かった。ええっと、将来、俺の兄さんにもなるし」

「ジュンヤと俺の……」

そう遠くない未来の話だと思っている、と言うと、俺の騎士様はデレデレの顔で笑い始めた。

「その顔、部下に見せられないな」

「見せる気ねーし」

鼻先にキスされる。口にされるより雰囲気が甘くて、なんだか照れくさい。

「なんつうか、お前は本っ当にすごい男だよな。俺は腕力と魔力の大きさが強さだと思って生きてきた。でもジュンヤは、腕力は赤ん坊並みなのに度胸は一級品だもんな」

「こら～、赤ん坊は酷《ひど》いぞ」

「あははっ」

ダリウスは、過去に騎士団宿舎に逃げていた時、ザンド団長に散々窘《たしな》められたんだと話してくれた。

「叔父上も心配してくれたのに聞く耳を持たなかった。母上だって、忠告したり、相談に乗ろうとしたりしてくれていたはずだ。俺は問題から逃げてた臆病者なんだ」

過去を思い出してしゅんとするダリウスの頭をそっと撫でる。

「まぁ、俺も人間関係が拗《こじ》れてどうにもならない時はあったから分かるよ。臆病になるのも人間らしいってことでさ」

そんな時、相談できる相手になりたいし、俺も相談していこうと思う。

ダリウスは「ありがとう」と言って、俺の頬をそっと撫でる。その温かくて優しい感覚を少しの間、堪能していた。

言葉は交わさずとも良い雰囲気が続いていたが、そういえば、と言って口を開いた。

「今日の夜会だが、どうしても出なきゃまずいらしい。歩けなければ俺が抱いて参加する。浄化をして倒れたのはピエトロも知っているから文句は言わんだろ」

「うう、カッコ悪い」

俺は頭を彼の胸に押しつけた。

「俺らのせいだが、色気がやべーから本当は欠席させたい。……何度嗅《か》いでもエロい香りだ。虫除けが大変だな」

「でも、守ってくれるんだろ？」

「もちろん。俺は着替えるが、お前はもう少し休んでろ」

「あ、待って」

ベッドを出ていこうとするのを引き止める。実は意識が戻ってからずっと気になっていたことがある。でも最中に聞くのはちょっと恥ずかしいし、とはいえ、みんながいる場で聞く話題でもない。ここで聞いておかないと。

「どうした？」

「……ってない？」

「ん？　声が小さくてよく聞こえない。もう一回良いか？」

だって、恥ずかしくて聞きにくい。顔を見て聞く勇気はなくて、再びダリウスの胸に顔を埋めて、俺は口を開いた。

「もしかして……俺、ゆ、緩くなってない……？」

返事がない。まさかやっぱり……と思って顔を上げて彼の顔を見ると、荒々しいキスが降り注いできた。

「ダリウ、んむっ！　んんっ、ん～、はぁ……な、に？」

「せっかく治ったのに、また抱きたくなっちまう」

でも、あんなでかいのが挿入《はい》っても痛くないんだ、不安になるだろ。

「緩いどころか、キツキツだぜ。治癒の影響かもな。それなのにちんこ咥《くわ》えるのはすっかり上手くなって、中出ししてからが本番だ。エロエロに腰振って喘《あえ》いでおねだりして、こんな体初めてだぜ。毎回最高すぎる。どんだけ夢中にさせる気だ」

「わーっ！　もう良い！　言わなくて良いっ！」

恥ずかしい～！　ぶっ飛んだ後の痴態《ちたい》を暴露されて顔が熱い。

「安心したか？」

「うん、だって、でっかいからさ……」

「エロくなってくれて、俺はすげー嬉しい」

「ん……」

「なぁ、シたのはエリアスに報告するぞ。あいつ、黙ってたら絶対拗《す》ねるからな」

それもそうだ。さすがに内容は報告しない……よな。

そうだ、エルビスはどこにいるんだろう。

「エルビスは先に起きて、食事の準備をしてるぞ」

キョロキョロしていると、俺の聞きたいことを察して教えてくれた。

「俺はさすがに仕事をしなきゃまずい。侍従に声をかけていくから、エルビスもすぐ戻るだろう」

名残惜しそうにダリウスが仕事に向かうと、入れ替わりにエルビスが食事を手に戻ってきた。

「ジュンヤ様、お食事の用意ができましたが、食べられますか」

エルビスが心配そうに声をかけてきた。

「ありがとう。ちょうどおなかが空いたところだったんだ」

良かったです、と言ってエルビスは食事の用意をし始める。食事を摂ると体も意識もシャキッとしてきた。食べ終えると、エルビスはまたも心配そうな表情でベッドの傍に立った。

「ジュンヤ様、お体はもう大丈夫ですか」

「もう大丈夫！　数は多かったけど一回の浄化が軽かったから気づかなくて、力を使いすぎちゃったみたいだ」

レナッソー全体があんな感じなら、これからは気をつけなくちゃいけない。それよりも目下の課題は夜会だ。

「ところで、夜会はあとどれくらいで始まるんだ？」

「まだもう少し時間があります。本当は今のジュンヤ様を誰にも見せたくありませんが、ピエトロ様がどうあっても出てほしいとうるさいので仕方ありません」

そこからは、いつものように念入りに風呂で洗われ、衣装を着付けてもらう。

「エルビス様、ジュンヤ様の香りが心配です。それだけではありませんが」

俺の衣装を着付けていたヴァインが、心配そうにエルビスに言う。

「分かっている。今夜は近衛に、一瞬たりとも目を離さないように通達している」

「そんなに香りがする？」

「香りだけではありません。肌も御髪《おぐし》も輝いてキラキラで美しくて可愛くて眩《まばゆ》いです！　いつも美しいですが私のジュンヤ様は本当に特別で最高に」

「エルビス、ストップ～！」

息継ぎなしに捲《まく》し立てるエルビス。肌や髪が輝いてるというのはエッチの直後のせいだろう。夜会を上手く乗り切れるだろうか。


しばらくして、迎えに来たのはダリウス、ウォーベルト、ラドクルト、神兵さんだ。

「こいつらならジュンヤの香りに慣れてるし、惑わされないからな。お二人も頼むぞ」

「ダリウス様に格別の信頼をいただきましたのは栄誉でございます。必ずや勤め上げます」

神兵さんも正装をし、凛々《りり》しい姿で敬礼した。

「よろしくお願いします」

結局歩けないからダリウスに抱かれて屋敷を進み、夜会の開かれる大広間へ向かう前にティアと合流した。

「今夜はたくさんの貴族が招待されている。必死になってジュンヤの気を引こうとしてくるだろう。ダリウスがいれば大丈夫だと思うが、今のお前はとても色っぽいから気をつけろ」

ティアは俺の頬を撫でた。

「私も特別な時間を期待して良いか？」

「もちろん……」

答えれば満足そうに笑った。

「さぁ、化かし合いに行くぞ」

覚悟を決めて入場する。敬遠されるのか、それともゴマすりされるのか。さて、どっちだ。

大きな扉が開かれた先にある大広間では、招待された貴族が大勢ひしめいていた。ティアの登場に、全員が一礼する。それから、皆一斉に視線を俺に移し、値踏みするみたいに眺めている。何度も同じ経験をしたが、毎回嫌な気分だ。

「これはこれは殿下と神子《みこ》様！　さぁ、皆お待ちしておりましたよ」

ピエトロがでかい腹を揺らしながらやってきて、俺達のために用意された席に案内した。無遠慮に大きな声で笑顔で話し始めた。

「神子《みこ》様は早速街の浄化をしてくださっていると聞きます。皆には話しておりますから、そのままご対応くださって構いませんよ！　それにしても、今夜は格段に美しい！　憂《うれ》いを帯びたご様子がまた堪《たま》りませんな。ハッハッハッ」

「……では、失礼ですが、座らせていただいてもいいですか」

「ええもちろん構いませんよ！」

椅子に座らせてもらい、ピエトロの合図と共に夜会が始まる。そこからは、俺の気を引けと命令されているらしいお貴族様達の挨拶と秋波を必死で躱《かわ》す羽目になった。

背後でダリウスが仁王像の如く睨みつけているおかげか、嫌がらせはされてない。だが、何とか会話を長引かせようと、あの手この手で話題を引き出そうとしてきた。

「神子《みこ》様の麗しさと香りに、一目で恋に落ちてしまいました……」

そんな芝居がかった台詞《せりふ》まで飛び出し、一周回っておかしくて笑いを堪《こら》えたが、全員の挨拶から解放された時には、すっかり疲れ果てていた。

しかし、挨拶後もひっきりなしに色んな人がやってきて、なんとか二人きりになろうとしたり、俺の興味を惹こうとしたりしてきて、ダリウスが何度も助けてくれた。

「ジュンヤ様、お疲れではないですか？　治癒をしましょうか？」

精神的に削られ続けていたそんな時、真面目な神官モードのマナがやってきた。

「ありがとう。少し頼めるかな？」

「もちろん。お疲れが和らぐといいのですが」

マナが俺の手を握って癒《いや》してくれる。こんな時は真っ先にマテリオが来そうなんだけど。

「マテリオはどこにいるんだ？」

「あ……神殿に行っています」

「そういえば、グスタフ司教に呼ばれていたな。何の用なのか知ってるか？」

「――少しは楽になりましたか？」

マナはにこりとしたまま俺の問いに答えない。嫌な感じがして、そのまま去ろうとする彼を引き止めた。

「マナ、待って。ダリウス、ちょっとの間二人にしてもらえないかな？」

「ああ、良いぜ。ずっと客の相手をしていたし、休みも兼ねてな」

ダリウスが返事をすると、護衛が離れていった。

俺は微《かす》かに笑みを浮かべながらも俺から視線を逸らすマナを、じっと見つめた。

「マナ。なんで質問に答えてくれなかったんだ？」

「……何をですか？」

「グスタフ司教はマテリオに何の用があるんだ？　確か神殿のためにと言っていた。あいつ、無茶なこと命令されてないよな？」

「……神官なら誰でも行っている修行ですので、無茶なことではありません。マテリオ神官は力が増幅しているので、他の神官の指導もできると判断されたんだと思います」

「マナとソレスも命じられているのか？」

「えっと、僕達の力は、ここの方とは相性が合わないみたいです」

言いづらそうなマナの顔を見て、急に不安になった。力の相性？　それって、それって。

「交歓《こうかん》ってやつ？」

「――はい」

つまり、この瞬間、マテリオは誰かと一緒にいるってことか!?

「ジュンヤ様。あの、その、口づけとか、最後まで致さないこともあるので、ええと」

「それ、触れ合うだけで力が循環するやつ？」

「……えっ？」

「ん？」

マナはポカンとしながら首を傾げる。なんか変なことを言ったか？

「触れ合うだけでは無理ですねぇ」

そうなんだ。じゃあアレは俺達だけ？

「何かしら体液を交換しないと。えっと、口で致す、とか」

マナは俺に近づくと、声を潜《ひそ》めながら耳元で囁《ささや》いた。

つまり、マテリオはあのグスタフ司教と？　それとも他の神官？　俺の知らない誰かを抱いてる？　抱いていないとしても、あいつが俺以外に触れてる……？

でも、俺だってさっきまでエルビスとダリウスといやらしいことをしていた。あいつは庇護者《ひごしゃ》だけど、俺の気持ちは曖昧《あいまい》なままで、文句は言えない。マテリオに交歓《こうかん》をやめろという資格はないんだ……

「ジュンヤ様、マテリオ神官は、ジュンヤ様を忘れている訳ではありません！　上司に言われれば僕達は従わねばならないんです。ですから怒らないであげてください！」

焦っているマナを見てハッとした。俺、怒った顔をしてたのか。

「怒ってるんじゃなくて、……上手く言えないんだけど」

怒っていない、はず。ただ胸の奥がジクジクするように痛いだけ。なんて勝手なんだ。

「マテリオは、未来のある神官なんだよな」

そう。マテリオは司教になる運命だと歩夢君が言ってたじゃないか。きっとそのために必要なものなのだ。

「ジュンヤ様……」

「ごめん。大丈夫。うん。現実を突きつけられただけ。神官には必要な儀式なんだよな、うん」

「申し訳ありません」

「なんで謝るんだ？」

「僕は一神官で意見できる立場じゃありませんが、マテリオ神官にとって一番大事な人はジュンヤ様です！　これだけは間違いありません……」

見上げると、マナの瞳が潤《うる》んでいる。

「分かってる。俺の認識が甘かっただけだ」

頭を撫でると、マナの頬を光るものが伝っていった。

「俺は大丈夫。……マテリオは、今夜は帰ってこない？」

「――はい。滞在中は、屋敷の門や現地で合流することになりそうです」

「領主館には滞在しないってこと？」

「はい」

本当は大丈夫なんかじゃない。嫌な感情が自分の心で渦巻いている。

マテリオのあの手が、今この時に俺以外の誰かに触れているかもしれない。濁流に呑まれながら快楽を貪《むさぼ》るようなあの時間を、見知らぬ誰かと共有しているのかもしれない。

こんな状況になって初めて、過去にあいつに触れただろう知らない誰かに嫉妬している。ああ、認めるよ。俺は嫉妬している。自分でもコントロールできないほどの嫉妬心。

俺はバカだった――

どうにか夜会を切り抜けられた。自室に戻った俺は、ぐちゃぐちゃする頭の中を整理するので精一杯だった。

パーティーの後半は気もそぞろだったせいか、体調が悪いのではと心配させてしまった。表向きはそういうことにしたが、胸の奥深くで燻ぶる炎を消せず苦しんでいる。

これまでもティア達の過去の相手に嫉妬して、お互いに気持ちをぶつけてきたが、マテリオに儀式の話を聞いてもピンときていなかった。だから、そんな相手がいるなんて想像できなかった。

次の日になっても、思考がまとまらずぐちゃぐちゃだ。

何かしていないと落ち着かず、取水口の調査で街中を移動し、途中で住人の浄化もする。

「ジュンヤ様、予定を詰めすぎではありませんか？」

同行してくれているエルビスが心配そうに声をかけてきた。

「もう無理はしないよ。昨日はさ、池の浄化で思ったより力を使っちゃっただけだし大丈夫！」

でも、何かしていないと、ネガティブ思考に陥《おちい》りそうだ。

「昨夜、パーティーで何かあったんですか？」

察しの良い侍従は心の揺らぎにも気がつくらしい。でも、言えない。言う資格がないんだ。

「昨日は貴族の相手で疲れただけだよ。ベタベタ触ってくるしさぁ～」

「確かに、図々しい連中がたくさんいましたね」

騙《だま》すようになって心苦しいが、上手く誤魔化せたみたいだ。

「では出発しましょうか」

「うん！」

俺は元気良く声を出して、騎士達の案内でレナッソーの街へ繰り出した。

今日は城壁内の二つの取水口を調べ、そこから近い治療院に行く。領主館の門を出ると、一度馬車が停まった。窓から覗くとマテリオがいた。マテリオも取水口の調査に同行するため、俺達の後ろの馬車に乗ろうとしていた。

「おはよう」

「ああ、おはよう。すまないが、私はレナッソーでは神殿に滞在することになった」

「聞いてるよ」

理解のあるふりをしているが、本当は嫌だと言いたい。マテリオから俺の知らない香りがしたせいで余計イライラを募らせた。

「では」

いつもの仏頂面は変わらない。窓から背中を眺めていたが、あまり行儀の良い格好とはいえないから頭を引っ込めた。

「……浄化、頑張ろう」

あえて声に出して呟いてみる。黙っていると叫びたいような気持ちになるから。

「ジュンヤ様？」

「気合い入れたくて言ってみただけだよ」

早く終われば、マテリオもレナッソーを離れられる。そう気持ちを切り替え取水口に向かったのだが……今回の場所も瘴気《しょうき》の原因となる場所ではなかった。

正直かなりがっかりしている。わずかな穢《けが》れはあるので浄化を済ませる。

「よし！　次に行こう！」

「ジュンヤ様、本当にどうなさったんですか？」

「いや、ここはそんなに問題ないからさ」

「瘴気《しょうき》が少なくても休みを挟んだほうが良い」

マテリオの声も厳しい。

「ジュンヤ様。無理して夜会に参加していただきましたし、ご無理はいけません」

本当に疲れてないのだが、ロドリゴ様も心配して声をかけてくれる。

「……分かりました。少し休みます」

昨日倒れたせいで周囲が過保護になってしまっているのだろう。俺はその場で休息を取りながら、地図を見せてもらって詳しい事情を聞いた。

街の構造は円形で、周囲にある湖から中心に向かって水を引き各家庭へ流れていく。中央広場の噴水で合流させ、風魔法を仕込んだ噴水を動かしている。

飲料水に適さない水は家畜の飼育用に使われ、汚物は湖の外に運んで捨てているそうだ。

「水質を保つため、汚水が湖に流れないように管理されています」

そう言われ、取水口より近い噴水に向かったが、やはり原因は見つからなかった。浄化の魔石を投入したので家畜が飲む水の安全も確保できた。だが、今日も徒労に終わり焦燥感が募る。

このままじゃ、いつまでも街から出られない。その間、マテリオは……

頭を横に振って嫌な考えを振り払う。

「治療院に慰問《いもん》に行こう」

そのまま一番近い治療院を訪れて治癒をし、それから教会に寄った。

トーラントでは、教会に孤児院が併設されていた。苦しい状況に置かれている子供が教会にひしめいている。しかも、将来の働き口はあまり門戸が開かれていないので、未来は必ずしも明るい訳ではない。

教会の神官や子供達を癒《いや》し、たくさんの笑顔を見られたのは嬉しいが、どこに行っても孤児院がある状況は早く解決させたい。

「本来なら領民を保護するのは我々の役割なのですが、祖父は民を軽く見ており、そして祖父に逆らえません。私は権限が限られているので、なかなか先へ進められません」

宰相であり領主でもある祖父の権力は絶大で、領主代行のピエトロは操り人形ってことだ。

となると、ピエトロも俺達の暗殺計画を知っていたんじゃないだろうか。それが一転、歓迎してみせる面《つら》の皮の厚さには感心する。ロドリゴ様は暗殺計画を知っていたのかな。もし知っていてにこやかに話しているなら、相当の役者で食わせ者だ。

「この子達は皆、親が体調不良のため病院に預けられています。街中では死者は少ないですが、各村々では犠牲が出ています。子供達の未来を守らなければ……」

子供の未来を案じる表情を見ていると、信じても良い気もする。ダリウスを見ると、軽く首を横に振った。油断するなってことだよな。

「できる限りお手伝いします」

社交辞令で無難に対応した。

「治療院での浄化も取水口の浄化も無駄じゃないって分かってるけど、もっと手応えが欲しい。原因は街の中じゃないのかなぁ」

「どうした？　珍しく弱気だなぁ？」

ダリウスに頭を撫でられた。確かに、いつになく弱気になっている。

「浄化をいくつかしたし、帰って次に向けて休もうぜ」

でも、本当はまだ帰りたくない。だって仕事が終わってしまったら……

「ダリウス様、私はこのまま神殿に帰ります」

「ああ、ここからならそのほうが早いな」

「では」

「マテリオ！　ちょっと待って！」

とっさに呼び止めてしまった。でもその次が告げられなくて、しどろもどろになってしまう。

「どうした？　まだ何か仕事があったか？」

「……ない。ないけど。ごめん。また明日、会おうな」

マテリオは一瞬怪訝《けげん》そうな顔をしたが、神殿に向かって歩いていく。俺は振り向かない背中を見つめていた。

「俺も、帰る」

「ジュンヤ様、本当に何かあったのでは？」

「ううん。原因が見つからなくて焦っているだけだよ」

嘘はついていない。だから帰ろう。俺はもやもやを抱えたまま領主館へ戻った。

夕食後は一人になりたかったのと、少しだけ呑みたい気分だったのでエールを頼んだ。

「ジュンヤ様。普段お呑みにならないお酒を所望するなんて……絶対何か思うところがあるのだと思います。どうか話してください」

「エルビス……上手く言葉にできそうにないから、まだ待ってくれ。必ず話すって約束する」

「分かりました。お待ちしていますからね？」

エルビスは眉尻を下げて俺の表情を窺《うかが》っていたが、おでこに優しくキスをして下がっていった。


一人でバルコニーに出ると、風がひんやりと冷たい。でも、これくらい冷えているほうが頭も冴えそうな気がする。エールを一口呑み、遠くを見つめる。

「多分、神殿はあっちの方角だよな」

俺は独り言ちて、マテリオがいるだろう方向を見つめる。

空には星が瞬いている。街には小さな明かりが灯《とも》って、人々の生活が垣間見えた。東京みたいに、夜になってもどこもかしこも明るい場所は、この世界のどこにもない。元の世界の電気とは違う、柔らかで小さな灯り達。その灯りの一つに神殿も入っている……

この旅が始まってから、ずっとあいつは隣にいた。腹が立って喧嘩もした。それなのに、今この瞬間、あいつは呼んでも声が届かないところにいる。

――今夜、誰かを抱きしめているんだろうか。

そんなのは、嫌だ。

ぎゅっと自分を抱きしめる。あいつは、いつの間にか心の中に深く入り込んでいたらしい。泣きたくなったが、俺があいつの『愛している』の言葉に応えなかったからこうなっているんだ。

こんな形で気づくなんて……

俺をかばった背中も、狂おしく求められた体温も全部覚えているのに……

遠い。今、誰といるんだ？　もしも、断ってくれたなら……

「ふっ、バカだな。最低だ」

エールを一気飲みし、ベッドに潜り込む。

『この命かけて傍にいる。そして、決して死なない。最後までお前を守り抜く』

あいつの誓いを覚えている。

『ジュンヤ！　愛してるっ！　愛してる……！』

何度も囁《ささや》いてくれたこともしっかり覚えている。

あの時を思い出して、体の中心に熱が集まり始めた。

「んっ……はっ……」

一人でスるなんて久しぶりだった。

「んんっ……くそっ……」

全然足りない。みんなにされるように乳首を弄《いじ》るが、自分でシても全然気持ち良くなれない。でも、体の奥は疼《うず》き、楔《くさび》で穿《うが》たれたいと望んでいる。棚から香油を取り出し、指に垂らして奥の窄《すぼ》まりに触れてみた。

「う……ふっ、んっ」

この中に……何度も何度も繰り返し注がれて……

気持ち良さに支配され、いやらしく腰を振り続けた。

『ジュンヤ、好きだ……』

声が聞きたい。抱き合って、何度もキスしたい。マテリオの動きを思い出しながらナカを擦《こす》ったが、不完全燃焼で吐精した。満足できなかった体は、腹の奥が熱く疼《うず》いて苦しいくらいだ。

『なんて綺麗なんだ……私は、こんなにもお前を愛してしまった——もう離れられない』

たった今囁《ささや》かれたように、彼の言葉を思い出せるのに。

「マテリオ……会いたい……」

一人で迎えた虚しい絶頂に涙が溢れた。俺も、愛してしまった。いや、ずっと前から好きだったんだろう。もっと早く気がついていたら、離れることはなかったんだろうか。

ひとしきり泣いて、空虚な気持ちで処理をした。二杯目のエールをがぶ呑みすると、ようやく瞼《まぶた》が下りてきた。俺にああだこうだ言う権利はない。でも——素直になれたら、言いたい。

「他の人に触るな……触らないで……」

「ジュンヤ様っ!?　どうなさったんです？　泣いておられたんですね!?」

朝になり、部屋に入ってきたエルビスやヴァイン達は大騒ぎだった。氷水を作ってもらって目元を冷やすなど、朝からバタバタしてしまった。酒を呑んでそのまま寝たので、顔が浮腫んでいるのかもしれない。

そっか～。酷《ひど》い顔してるかぁ。

こっそり処理したから一人でシたのは気がついていないみたいだ。それより浮腫んだ顔が衝撃なんだろう。治癒のためにマナかソレスを呼ぼうかと言われたが、マナだと理由がバレそうな気がした。

「顔を見られないようにできるかな」

「今日はお休みしましょう」

「いや、ダメだ！　仕事はするよ」

冷やしてもだめだったのでフードを被った。

今日も神殿から手伝いに来るのかな。マテリオであんなことして、マテリオの顔をまともに見れそうにないや。

フードを被っていたから、ロドリゴ様にも心配され、現地で落ち合ったマテリオも同様だった。

「どうした、具合が悪いのか？」

「ん～？　遅くまで考え事してたら顔が浮腫んだだけ。大丈夫」

フードの中を覗き込まれ、気まずくて顔を背けた。

無理無理！　顔見れない！

腹の奥もじんとしてしまい、ロドリゴ様に駆け寄る。ごめんマテリオ、避けてるつもりじゃないんだ。ただ、近くにいると意識してしまうから。

「ロドリゴ様、今日はどこですか？」

「こちらですよ。ですが、ご無理はなさらないでくださいね？」

俺の手を取って歩き出すロドリゴ様。手を振り払う理由も見つからず、そのままエスコートされ、警備を抜けて取水口に着いた。

「おかしい……ここも内部から瘴気《しょうき》が来てる」

確実に瘴気《しょうき》のもとは街の中にある。内部犯なのは間違いないが、噴水のほうから湖側へ浄化が上ってきていてもおかしくないのに、ここも薄い瘴気《しょうき》が漂《ただよ》っている。

「これは、水路の途中に仕掛けられているようですね。少しお待ちください」

ロドリゴ様の地図と設計図を照合しながら可能性を探した。本来なら地図も設計図も秘匿《ひとく》情報なのだが、あまりにも改善しない現状に辟易《へきえき》して開示してもらった。そして、これまで回った所にチェックを入れている。

「ロドリゴ様。一度浄化した場所の水を汲《く》み、もう一度調べたいので、騎士をお借りしても良いですか」

「一度浄化した場所を再調査ですか？」

怪訝《けげん》そうな顔をしているが、ダリウスが前に進み出てきた。

「ロドリゴ殿。確かに、そのほうが良いかもしれない。これは妨害工作かもしれん」

ダリウスも俺と同じ考えみたいだ。というか、みんな薄々気づいているだろう。これまでの浄化を見てきたメンバーは、中央広場の噴水に魔石を入れたのに、瘴気《しょうき》が逆流し続けていることに疑いを強くした。

「噴水の魔石が無事かどうかも確認が必要だろう。チームを組んで派遣する。貴公の騎士の立ち会いも必要だ。ロドリゴ殿。どこか遮音をかけられる部屋を用意できないだろうか？」

「そうですね。この近くの食堂を貸し切りましょう」

話をする前に、トーラントの騎士とうちの騎士との合同編成で数チーム作り、取水口や噴水のチェックに向かった。うちの騎士はみんな魔石を持っているから、俺が行かなくても確認はできる。

でも、魔石を配置した噴水だけは神官としてマテリオが同行した。

「ダリウス、物騒だからミイパとアランを屋敷に戻そうと思う。護衛に頼んで送ってもらえないか」

俺の言葉に、ミイパは首を横に振った。

「神子《みこ》さん、オレ戻らないよ。あのさ……ずっと嫌な臭いがするやつが近くにいんだけど、誰も気がついてないんか？」

「嫌な臭いだとぉ？」

「うん。街に来た最初の日からず〜っとだ。ほれ、風に乗って緑の水と同じ臭いがするべ？」

つまり、瘴気《しょうき》の臭いということか？

濃い瘴気《しょうき》じゃないとそこまで臭わないから、誰も気がついていないみたいだ。

「街は色んな匂いが混ざってっけど、これはずっと神子《みこ》様の後をついてきてる。風下になると追えねえけど、気づくとまた近くに来てるべ」

「ダリウス殿、山の民の鼻は信用できます。すぐに移動しましょう。君、後で話を聞かせてくれ」

ロドリゴ様の提案で、手配された食堂に移動し、取水口などをチェックしに行った騎士達の帰りを待った。戻ってきた彼らから水の入った瓶を受け取り、瘴気《しょうき》の有無を調べる。

結果は……一度浄化したはずの取水口は、また瘴気《しょうき》が混ざり始めていた。噴水の魔石は分かりにくい場所に配置したが、なんと盗まれていた。

「ジュンヤ様がお倒れになるほど頑張ってくださったというのに、誰かが浄化をさせないつもりで妨害しているのか！」

ロドリゴ様は事実が発覚すると怒りを露わにした。

「ダリウス様、このままでは浄化が終わるどころか、イタチごっこでジュンヤが消耗《しょうもう》するだけです。先へ進んでしまうという手もありますが……」

マテリオがダリウスの表情を窺《うかが》う。ダリウスは眉根を寄せたまま腕を組み、少ししてロドリゴ様に視線を向けた。

「そいつらが、なぜこんな妨害をしているのか推測はできる。俺の考えを言っても良いか？　ただ、ロドリゴ殿には少々きつい話になる」

「どうぞお話しください」

ダリウスは、ショックで落ち着かない様子のみんなに座るように促してから、話し始めた。

「ロドリゴ殿、率直に伺う。ジュンヤをモノにしろという命令が来ているのではないか？」

「なぜそんなことを仰るのですか？」

「おかしいと思って当然だろう？　宰相はジュンヤを毛嫌いし、酷《ひど》い噂を流して浄化の妨害行為をしていた。ついでに言うと、バルバロイに入ってからは刺客まで送って寄越したぞ？」

敬語を使う気がなくなったらしく、挑発するような横柄な口調だ。

「我が家は刺客など送っておりません！」

「へぇ？　なら貴公は謀略の蚊帳の外ってことかもなぁ？　エリアス殿下とジュンヤが襲われた話は聞いていないか？」

「噂はお聞きしましたが、それが当家の仕業だと言うのですか」

ダリウスはニヤリと笑った。

「そうだぜ。証言なら取ってある」

「拷問の末の自白では信憑性に欠けますよ？」

「いいや。ラジート神に出会った連中がペラペラと喋《しゃべ》ってくれたぜぇ？」

「……ラジート神ですって？」

あ、それ言って良いのか？

エルビスに視線を送ると頷いた。反応を見るためわざと漏らしたのかな。

「なぁなぁ、騎士さん、ラジート様に会ったんか⁉　どんな方だった？　かっこいい？」

ミイパは緊迫した空気を一切読まず割って入ってきた。

「おっと、坊主、ちょっと待て。お前とは後で話す」

「ええ～っ？　良いべぇ～？」

「ミイパさん、団長のめいれいを聞くやくそくでしょう？」

アランデルがすかさずミイパを諫《いさ》める。

「うっ……うるさいな！　分かってるよ！」

彼は口を尖《とが》らせて拗《す》ね始めてしまった。

「二人はちょっと外してくれ。ノーマ、この子達を頼んで良いか？　話を聞く時に呼ぶから」

ちょっと子供に聞かせるには問題がある内容になりそうなので、隣の部屋に移動させて一安心だ。

「ダリウス殿。ラジートとは山の民の神ですよ？　発言には気をつけられたほうがいい」

「まぁ、普通はそう思うよなぁ。だがな、人の体を借りて現世にいるんだよ」

「そんなバカな」

「俺がその手の冗談を言うと思うかぁ？」

「……」

ロドリゴ様が無言になった。にわかには信じられない内容だとは思う。でも、ダリウスがそこまで神を信じるタイプかというと違うのは明らかだ。神を信じてはいるが、盲信はしていない。

「この度の件で、私は何もしていません」

「それは信じてるぜ。あんたは真面目な男だ。だがなぁ、多分、それじゃ足りねえんだ」

「どういう意味です？」

「あんたはお綺麗すぎる。もっとずる賢いか、民がひれ伏すような権威が必要だ。そのために、あんたの親父達はジュンヤが欲しいんだろう」

「それは……」

一瞬、ロドリゴ様が気まずそうにするのを見逃さなかった。

「確かにジュンヤ様と親密になれと命令を受けましたが、私はそんなつもりでは……」

「あんたが色仕掛けを使うタイプじゃないのは重々承知だ。怖〜い宰相様の命令に、領主代行様が従ってるんだろうさ」

「……」

部下もいる前でこんな話をされて困惑しているのが分かる。

ダリウス、どうするつもりなんだ？

「俺は、あんたを信じられると判断した。だが、他の連中は分からん。こうして浄化を邪魔する連中がいるからには、内部に敵がいる。ジュンヤを足止めしたいのか、それともある連中に引き渡すために時間稼ぎをしているのか……」

「ある連中とは？」

反応を見る限り、狂信者についても知らなそうだ。

「ロドリゴ殿、これを聞けばあんたは元の生活に戻れない。もしも俺達を裏切ろうとすれば、部下もあんたもこの手で八つ裂きにしてやる。たとえ逃げてもどこまでも追う。覚悟を決めて話を聞くか、何も聞かず帰るか決めろ」

ぞくりとする声音で冷たく微笑むダリウスに、初めて恐怖を感じた。

ロドリゴ様も身震いしていたが、首を横に振ってじっとダリウスを見つめた。

「良いでしょう。ジュンヤ様のお力をこの目で見て、間違いなく奇跡があると知りました。施政者の一族として一歩も引きません。そなた達、私に命を預けてくれ」

ロドリゴ様はきっぱりと宣言し、部下にも自分の覚悟を伝える。いつもの優しい微笑みと違い凛々《りり》しかった。彼の騎士達は主人に従う意思を示した。

そして……ダリウスは、俺が狂信者に狙われたこと、そしてまだ彼らの仲間がいて襲われる可能性があること、首謀者がナトル司教だったことを明かした。彼が瘴気《しょうき》を生む呪《しゅ》を生み出し、ラジート神を山の民の青年の体に降ろして操っている。

狂信者と手を組んで刺客を送ってきたのは、宰相とチェスター第三妃だったことも伝えた。

聞いているロドリゴ様の顔色が悪くなっていく。

「では、では……この領内の穢《けが》れは、祖父が狂信者と結託した結果なのですか……？　なんと恥知らずな……！」

怒りとショックからか、手が小刻みに震えている。

「父上は、全てを承知の上で私に命じたと言うのですね？」

「さぁ。それはご自身で探ると良いだろう。浄化で消耗《しょうもう》すると動けなくなるのは見ただろう。だから、今回の件はジュンヤを消耗《しょうもう》させ、弱らせてから攫《さら》うつもりではと思っている。恐らく、浄化を完了させたくないんだ。つまり、狂信者どもがいるかもしれない。マテリオはどう思う」

マテリオも頷いた。

「はい。ミイパが言っていた臭いは、恐らく瘴気《しょうき》の臭いでしょう。狂信者は、一般人より強い瘴気《しょうき》に侵《おか》されている可能性があります」

「首謀者のナトルは瘴気《しょうき》を纏《まと》った宝珠を身につけていました。そして、情報によれば、王都でも牢獄を中心に瘴気《しょうき》が深くなっているとか。呪詛《じゅそ》返しがその他の狂信者にも影響を及ぼしていてもおかしくありません」

「私は臭いを感じないのですが」

確かに、まだそこまで強い瘴気《しょうき》はないので信じられないかもしれない。

「強い瘴気《しょうき》でないと臭いがしないのですが、ミイパは山の民。彼らの持つ特殊能力と思われます」

マテリオは山の民の能力を信じている。山で暮らす彼らは、俺達より感覚が鋭いのかもしれない。

「なるほど。――ダリウス殿、私は領民を守りたい。山の民も、同じ地で暮らす者として保護したい。だが、このままでは全てが立ち行かない」

ロドリゴ様は俯《うつむ》いて思案していたが、顔を上げた。

「ジュンヤ様は責任を持って私が警護します。父と祖父の企みを暴き、平和を取り戻したい」

「ああ。ロドリゴ殿、手を出してくれ」

ダリウスが拳を握り前に突き出し、ロドリゴ様も拳を突き出した。

「ジュンヤもだ」

俺も拳を突き出し、三人で拳を突き合わせた。

「良いか、一蓮托生ってやつだ。トーラントの未来はあんたにかかってるんだぜ？」

「もとより覚悟の上」

「俺も、水だけじゃなく、この領地の腐敗も浄化してみせる」

俺も二人に宣言する。

「まったく、惚れ直すねぇ」

にんまり笑うダリウスに、俺も笑いかけた。


ロドリゴ様が味方と分かったものの、領主館はあまり信用できないので、安全に会議ができるスペースが必要だ。

「こんな時、兄上がいらっしゃれば……」

「ロドリゴ様がご長子でしょう？」

「いいえ、妾腹の兄がおります。庶子として生まれたせいで認知されておりませんが、お心が強い方なので、きっと力になってもらえると思うのです。実は、私の母がなかなか妊娠できず、父上に子種があると確認するため使用人に胎珠を使ったとか。しかも同意なしの行為だったらしいです」

ロドリゴ様は気まずそうだ。

「たとえ妾腹でも、胎珠を使って産ませた子だろう？　愛人相手に神殿は胎珠を渡さないはずだ」

ダリウスの疑問はもっともだ。

ロドリゴ様によると、彼の母のためにもらったものを愛人相手に使ったか、賄賂で胎珠をもらったのか、どちらかだという。どちらにしても、彼が生まれる前の話だから分からないよな。

「兄上の母君が妊娠した後は、屋敷から追い出して監視していたようです。しかし、兄上に偶然お会いした際、一目で血の繋がりを感じました。それにあの方は当家が憎いはずなのに、私に優しく接してくださったのです。今はどこにおられるのか……」

元々ピエトロへの好感度は低かったが、その話を聞いてマイナスに振り切れた。ロドリゴ様の兄に継承権がないのは庶子だからという。

マジで酷《ひど》いな。あの無駄肉が詰まった腹をぶん殴ってやりたくなる。

「いないもんを当てにしないほうがいい」

これほど重い話を聞いても、ダリウスはさっぱりとしたものだ。

「では、今夜は私の屋敷でくつろいでください。敷地内ではありますが棟が違うので安全です。ただ、子供が騒がしいかもしれません。夜会に参加できなかったので、お会いしたくて楽しみにしているのです」

「はい、俺も楽しみです」

「では、ミイパ君の話を聞きましょうか」

ロドリゴ様はそう言うと、部屋の外に出ていたミイパとアランデルを呼び寄せた。

「ミイパ。もう一度臭いについて話してくれるか？」

「良いよ。この地図、見ても良いんだべか」

地図の重要性は知っているのか、許可を求めるところはしっかりしている。許可を得たミイパはテーブルに近寄って、置かれた地図をざっと見回した。

「今いるのは、ここだべ？」

指差して現在地を確認する。

「レナッソーに来たことがあるのか？」

「ないよ。でも、このでっかいのが領主の屋敷だべ？　ここを起点にして、感覚で分かる」

「へぇ～！　すごいなぁ」

「山には目印がないから、自分の感覚と経験だけが頼りなんだぁっ！」

誇らしそうに胸を張っている。

「それでなぁ、今日は、この辺から臭いのがついてきてた。多分待ち伏せしてたんだべな。俺がこの街に来た日もあっちこっちで臭いがして、気持ち悪かったべ」

「やはり集団か。狂信者は簡単に諦めないとは思ったが、バルバロイでは不利だと踏んで動かなかったのかもしれんな」

「ダリウス様。ナトルが囚《とら》われている今は、新たなリーダーがいるのかもしれません。神殿経由で調査します」

「おう、そっちはマテリオに任せる。ただ、十分用心しろ。護衛を付けといたほうが良いかもな」

「必要ありません」

「お前はジュンヤの庇護者《ひごしゃ》と公表されている。やっかむ奴もいるはずだ。お前に何かあればジュンヤが泣くからな。黙って守られとけ」

「……分かりました」

ダリウスはミイパに続きを促した。

「えーっと、神殿に行った時もいたな。噴水の時は臭いがすげー強かったから、複数いたと思う。でも、あんまり近くに寄ってこねーの。何がしたいんだべ」

「ジュンヤを捕まえる隙を窺《うかが》っているんだろうな。アランデルもミイパも絶対一人になるな。お前らも、チビどもから目ぇ離すなよ」

ダリウスが護衛達に命じると、みんな力強く頷いた。

「ダリウス様。あの時みたいに、ジュンヤ様が狙われているんですか？　おれ……もう、ジュンヤ様の足手まといになりたくありません」

小刻みに震える、声すら震えているアランデルの体を俺はぎゅっと抱きしめる。

「アラン、あの時と違う。一人にならなきゃ大丈夫だ。それに、敵の目的は基本的に俺だし」

「がんばって剣の練習もしているけど、大人には勝てません。もう二度と捕まらないようにがんばります」

よしよしと頭を撫でて、解放する。絶対に守ってやるからな。

「なんだ、お前捕まったことあるんだ？　どんくさいなぁ～。ちびのくせに無理してっからだべ」

「うるさい！」

「ミイパ。そんな態度だと、またお仕置きするぞ」

ダリウスの声が一段低くなり、ミイパの動きがピタッと止まる。効果は絶大だ。

「ふっ……良い子にしてろよ。とにかく、お前にはそいつらの位置が分かるんだな？」

「そいつらが風上にいればね」

条件付きとは言うものの、それだけでもかなり助かる。

「彼らの能力が高いのは知っていましたが、これは驚きました。ダリウス殿、弟のオネストは騎士を統括しています。相談して良いでしょうか？」

「貴公はどう思う？　弟は無関係か？」

「そう……思いたいです」

「確信がないうちはダメだ。兄弟が家督を争って血で血を洗った話は聞いたことがあるだろう？　貴公達がそうとは言わんが、確証を得てからにしてくれ」

「そうですね。後で怒られるでしょうが伏せておきます」

ロドリゴ様は眉を顰《ひそ》めて悩んでいたものの、決心したようだ。

「なぁなぁ。そいつらさ。濁《にご》った水と同じ臭いがするんだけど、それが瘴気《しょうき》？」

少しの間静かになっていたミイパが、俺達の会話に入ってくる。確かに神官ならまだしも、普通の村人だと分からないもんな。

「そうだよ。瘴気《しょうき》が原因の病人は瘴気《しょうき》と似た臭いがするんだ。ナワ・ファアンではそこまでの酷《ひど》い人は少なかったけどね」

「ふぅん。オレ、そんな話聞いたことなかったべ。でも、病人から確かに臭いがしたもんなぁ。ラジート様はなんでオラ達を助けてくれなかったんだべか」

そう都合良くいかない……なんて、子供に説明するのは難しい。

「そうだ！　神子《みこ》さんはラジート様に会ったのか？」

深く考えない発言だったのか、コロッと話題が変わる。そして先のラジート様の話を思い出し、興奮して目を煌《きら》めかせ始めた。

小生意気にしている時と違い、純粋な興味だな。どう答えるべきか悩んでいると、マテリオが口を開いた。

「神は誰の心にも存在している。常に神の存在を感じて生きていれば、会ったと言って良いだろう」

「にーちゃんはラジ・フィンの血脈だべ？　でも、メイリル神の神官だよな？　どっちを信じてんだ？」

「私はメイリル神の信徒だが、それぞれが心の赴《おもむ》くまま信仰をしていいと思う。どちらかを無理に貶《おとし》める必要はない」

「う～ん。どっちもありって意味？　それでいいのかなぁ？」

ミイパは首を傾げている。

「そうだ。お前もラジート神を否定されたら怒るだろう？」

「うん」

「人の心は自由だ。信仰に限らず、自由に生きればいい」

やばい。かっこいい。すごいことをさらっと言っている自覚あんのかな。

「分かった。にーちゃん、神官なのにラジート様を認めてて面白いな」

ケラケラと笑うミイパを、ロドリゴ様が楽しそうに見ていた。

「うちのと息子と同じくらいの歳でしょうが逞《たくま》しいですね。やはり、子供にはたくさん外の世界を見せてやらねば」

「まぁ、この子は村でもやんちゃな方みたいでしたよ」

「お荷物を背負い込んでいたと思ったが、あのガキがついてきたのは良かったかもしれん」

ダリウスはミイパの嗅覚に感心している。

「私もそう思います。ラジート神は時に敵にもなりますが、ジュンヤ様を導いている……そんな気がしてきました」

俺もエルビスも、正直ミイパを厄介《やっかい》者だと思っていた。だけど、あの嗅覚は大きな武器になる。

「自分では動けないラジート様がミイパを遣わした……なんて都合のいい解釈かな」

「分からんが、有利になるのは確かだ」

「では、ひとまず我が家にお越しください。いっそ、滞在先も変えますか？」

「ロドリゴ様、それはまずいでしょう」

エルビスが反対する。

「ピエトロ様を刺激してしまうかもしれません」

「確かに。父上のご機嫌を損ねると面倒ですね。明日もまた浄化に回り、車内で話しましょう。それから、明日の夜は夕食にお招きします。訪問の際は厳重に警備します」

かなり強固に結界なんかを張り巡らせるつもりだな？　ロドリゴ様は穏やかな笑みも崩さず計画を進める。統治者になる者達は幼い頃から鍛《きた》え上げられているんだろう。

浄化を台無しにされたので、一旦やめる話も出た。でも、突然やめれば敵に気づかれ警戒されてしまう。このまま浄化を続けて相手をおびき出すつもりだ。

「では今日は早く帰りましょうか。無駄にお力を消費してはいけません」

「そうですね」

ということで、今日の仕事は終わりだ。

つまり、マテリオとはここで別れるということ。

「マテリオは神殿に戻るのか？」

「そうだな。神官だから何かしら仕事はある」

「俺もちょっと寄って良い？」

「領主の屋敷とは反対方向だから、神殿に寄れば帰りは暗くなってしまう。安全面から言っても、やめたほうがいいのではないか」

「そうだな……」

いやぁ、正論ですな。仕方なく俺達は逆方向に動き出す。ここからは馬車に乗って移動するのだが、エルビスにフードを取って顔をチェックされた。

「腫《は》れは引きましたが、浮かないご様子ですね。理由はマテリオですか？」

「なんで？」

「分かりますよ。あなたが好きだから……」

「そうかぁ」

「離れているのが心配ですか？」

交歓《こうかん》についてよく知らないエルビスは、俺の不安の理由を知らない。

「離れてると、なんか落ち着かなくて。なんだかんだ言ってもいつも一緒だったし」

「確かにそうですね。短いような長いような気がします。苦楽を共にした人間がいないと、寂しくなるのは当然です」

そう言ってエルビスは、俺を抱きしめて甘やかしてくれた。

「俺……怖いよ」

狂信者も、自分の心も……どちらも怖い。

そんな俺を抱きしめ撫でるエルビスの優しさに甘え、温もりに身をまかせた。


次の日。狂信者に見せつけるように取水口を一箇所浄化し、治療院を回るなどの慈悲深い活動を大々的に行った。

どうだ。お前達の求める神子《みこ》の慈悲だ。

隣にいるミイパを見れば、『いる』と頷く。だが、大勢に囲まれているのもあり、あからさまな行動はしない様子。

俺は神子《みこ》らしく通りで出会う民の手を取って優しく微笑み、声をかける。人々が求める理想の神《み》子《こ》を演じていれば、必ず姿を現すだろう。また囮《おとり》になるからとみんな渋ったが、この戦いを終わらせるためには必要だ。

「神子《みこ》さんが手を握った奴の中に、何人か臭い奴がいた。合図したのに気づかなかったのか？　すぐ捕まえればいいのに……」

ミイパはダリウスに不満を漏らした。

「まだ証拠がねぇだろ。捕らえるには正当な理由が必要なんだ」

「ふぅん。でも、俺の叔父さんとか、ラジ・フィンだってだけで殴られたことあるぞ。何にもしてねぇって言ったのに牢屋に入れられたって。犯人じゃないのが分かってても謝んなかったってさ。なんで野の民はオラ達を殴るんだ？」

彼の純粋な疑問は俺に迫害の実態を突きつける。思わず絶句してしまった。

「それは……調べてみるよ」

「そっか。まぁ、神子《みこ》さんはよその世界の人だもんなぁ。知らねぇか」

俺達の会話を、ロドリゴ様は苦々しい顔で聞いていた。

「ミイパ君、それはすまないことをしたな。少しでも山の民との距離が縮まるように努力しよう」

「貴族も謝るんだ？」

「こら、ミイパ。いい加減口の利き方を覚えなさい。私が教えたでしょう？」

エルビスが注意すると、ミイパは肩を竦《すく》めた。

「エルビスさんみたいに喋《しゃべ》れねぇよ。背中がムズムズする」

ミイパは大袈裟《おおげさ》な仕草で体をぶるっと震わせた。エルビスはティアから、ミイパにマナーを教える教育係に任命されている。とはいえ一人じゃ大変だろうと、俺も手伝っている。最低限のマナーや習慣を覚えれば、これから先、街の人間との摩擦は減るはずだ。

浄化のパフォーマンスを終わらせ、屋敷に戻ってからロドリゴ様の邸宅に向かう。夕食会にはミイパとアランデルも招待してくれた。子供が同年代なので、彼らも良い刺激になるかもしれない。

神官達も全員参加だ。つまり、マテリオもいる。マナとソレスが、神殿に戻らなくて良いように彼らの部屋に泊まれるよう準備していると言ってくれた。早く二人で話す時間を作りたいと思いながら、俺達はロドリゴ様の屋敷へと向かった。

今夜はティアも招かれている。ずっとピエトロを俺に近づけないために頑張ってくれているから、少しはくつろげると良いな。


「お待ちしておりました」

執事に出迎えられ、ロドリゴ様と奥方様、三人の子供が歓迎してくれた。

「こちらは第一夫人のカルロです。こちらは息子で、クリスピーノ、タジオ、コジモです」

挨拶が済んだ後、早速子供同士で遊び始めた。ロドリゴ様は山の民であるミイパを特に問題視していないらしい。

子供の年齢は、クリスピーノ君が十三歳、タジオ君が十歳、コジモ君が八歳とのこと。タジオ君はアランデルと同い年だ。貴族と農村出身の違いはあるが、身分に関係なく仲良くなってほしい。

「あの子達はもてはやされるのに慣れすぎています。たまにはミイパ君みたいに、権威に左右されない自由な民族と接したほうが良いのです。――父上達は反対しておりますがね」

ロドリゴ様は穏やかそうだが、牙を隠し持っているようだ。

食事や音楽を楽しみ、自由に盃を交わしながら歓談する。奥方様は離れた場所から子供達を見守っていた。

食事の後は、俺と庇護者《ひごしゃ》四人とロドリゴ様の六人で車座になり、雑談を始めた。

「それにしても、殿下は素晴らしい方と出会えて幸せですね。この数日ご一緒して、しみじみ得難い方だと思いました」

「そうであろう。ジュンヤをみくびった者達は皆ひれ伏した。私はそれを見るのを楽しみにしている」

「ハハハッ、殿下もお人が悪い」

意地悪なことをしれっと言うティアに、ロドリゴ様の笑いは止まらない。

「詳しくは存じませんが、殿下にダリウス殿、侍従に神官……様々な方が庇護者《ひごしゃ》になるのですねぇ。エルビス殿は伯爵家の出身とは知っておりますが、神官までいるとは」

「別に不思議でもなんでもねぇ。神殿はメイリル神と神子《みこ》を信仰してるんだからよぉ」

ダリウスさん。ロドリゴ様と同格とはいえ、ちょっとは敬語使いましょうよ。相手がダリウスだからかもしれないけど、ロドリゴ様本人は気にしてなくて助かる。

「私は、ジュンヤの浄化を目の当たりにして、心から仕えるべきだと思っただけです」

マテリオの直球ストレートは毎回照れる。

「お三方は恋人ですが、なぜ神官殿だけ庇護者《ひごしゃ》として発表されたのですか？」

「えっ！」

急に俺が今一番悩んでいる話をぶっ込んでくるじゃないか。俺は急に居心地が悪くなってそわそわしてしまう。ちらりとマテリオを見るが、彼の表情は普段と同じだ。

「私はジュンヤにとって友です。ですから……」

マテリオ、ちょっと待ってくれ！　確かに友達だって言った。言いましたよ。その時は！

訂正したいが、ロドリゴ様がいるので話せない。

「ロドリゴ殿。その辺りの話は少々込み入っているのだ。一つだけはっきりしているのは、この四人は、ジュンヤのためなら命を投げ出す覚悟がある。我々だけがジュンヤに力を分け与えられ、命を救えるのだ。これ以上は秘匿《ひとく》情報ゆえ話せぬ。何もかも、神子《みこ》の神秘だ」

「そうですか。迂闊《うかつ》な質問をいたしました。申し訳ありません」

「良いのだ。誰もが疑問に思うだろう。一方的な思いでは庇護者《ひごしゃ》になれないとだけ、覚えておけ」

ティアが上手く纏《まと》めて終わらせてくれた。その後も雑談をしていたら、ロドリゴ様の子供達が近くをウロウロし始めた。

「旦那様、子供達が少しだけで良いからお話をしたいと申しまして……よろしいでしょうか？」

カルロ様が恐縮しながらティアにお伺いを立てた。

「私なら構わない」

「殿下、ありがとうございます。ジュンヤ様は……」

「もちろん良いですよ」

本当は隙を見てマテリオと話したいけどね。あんな風に純粋な目で見られちゃうとな。

「こんばんは。こっちに来るかい？」

俺が声をかけると、一番小さな子、確か……コジモ君が駆け寄ってきた。俺の髪と目をガン見していて、つい笑ってしまう。

「そんなに気になる？」

「うん！　ボク、こんなにまっくろな髪、はじめて見た！　あのね、アランが、ジュンヤ様の髪はすっごくツヤツヤでキレイだっていうから見たかったの」

「そうか。期待に応えられたかな？」

「すごくキレイでびっくりした！」

「コジモ、言葉遣いに気をつけなさい、末っ子が馴れ馴れしくて申し訳ありません」

「大丈夫です。普通に話してくれたほうが嬉しいよ。家の中では、敬語なしだ」

「ほんとう？　あのね、となりにいても良い？」

「良いよ」

隣に座らせると満足そうな笑顔が可愛かった。

「アラン、みんなと仲良くなれたか？」

「オレはただの庶民なので……」

あらら。対貴族モードか。刷り込まれているから意識を変えるのは難しいなぁ。

「貴族とか関係ないべ？　親が偉いだけだって」

うん、ミイパ君はもうちょっと言葉を選んだほうが良いね。

「山の民ってこんなにガサツなのですね。一つしか違わないのに、全く教育がなっていません。私が将来家督を継いだら、彼らの教育にも力を入れようと思います」

こっちは長男のクリスピーノ君だ。しっかりしてるわ。

「なんだとぉ！　ガサツで悪かったな！」

「みんながみんな、このガキと同じだと思わないほうがいいぜ、クリス坊ちゃん。山の民に失礼だ」

「ダ、ダリウス様、私は将来、あなたのような王宮騎士を目指しています！　よろしくお願いします！」

クリスピーノ君は、ダリウスに憧れているらしく、ミイパのことはスルーして目を輝かせてダリウスを見上げている。

ダリウスはにこりと笑って、クリスピーノ君の頭を撫でた。

「ああ、今、十三歳だな。入団する日を待っているぞ」

「はいっ！」

貴族は家で訓練を受けられるので、十五歳までは入団できない。しかし、庶民は訓練を受けられず不公平なので、希望すれば成人前に見習いとして入団できるそうだ。

それからも酒を呑みながら話していたが、ふいにマテリオが風にあたりたいと席を外した。

「俺も行く。ちょっと酔いを醒《さ》ましてくるよ」

「ご一緒しましょうか？」

「いや、マテリオがいるバルコニーに行くから大丈夫」

エルビスは、次男のタジオ君に王宮の生活を根掘り葉掘り聞かれている。今離すのはちょっと可哀想だ。

ほろ酔いでふわふわしながらバルコニーに出ると、冷たい風が火照《ほて》った体を冷やしてくれる。足音に気づいたらしいマテリオが、俺を見て一瞬目を見開いて、すぐに近寄ってきた。

「ジュンヤ？　どうした、酔い醒《ざ》ましか？」

「うん。邪魔していいか？」

「ああ」

傍にあった椅子に腰掛けて、魔灯《まとう》が揺らめく庭を眺める。

「あのさ、今日はマナ達の部屋に泊まれるってさ」

「いや、夕食会が終わったら戻るよう言われている」

「なんで？　今日はロドリゴ様の招待なのに、ゆっくりさせてもらえないのか」

「すまない……グスタフ司教からの言いつけなんだ」

マテリオは申し訳なさそうに俯《うつむ》く。公爵家の子息に招待されても神殿に帰ってこいと言うなんて、やっぱりおかしい。

「こんな日まで帰ってこいなんて、一体何してるんだ？　あんたの体からする妙な匂いも何？　前に言ってた、交歓《こうかん》でヤりまくってるとか？」

ただ引き留めたかっただけなのに、キツい言い方になってしまった。

そんな俺を責めることなく、マテリオは庭を見つめたまま話し始めた。

「……すまない。確かに、魔力が増大したので相性の良い者と交歓《こうかん》をしろと命じられた。特別な理由がなければ、上からの命令には逆らえない」

想像していたが、本人の口から聞くとやはりショックだ。

「そうか。だ、誰と？　まさか……」

「いや、まだ拒んでいる」

「え……拒否して大丈夫なのか？」

誰ともシてないのは安心した。でも、命令に逆らっているなら罰を受けてしまうんじゃないか。

「お前の言っていた香りは、媚薬《びやく》の残り香だと思う」

「媚薬《びやく》の存在は知ってる」

ケローガの浄化後にティアに飲ませてもらった、苦い思い出がある。

「……その気になれなければ交歓《こうかん》はできない。相手は固定ではないし、初めて会う者もいるからな」

初対面の相手とエッチするのかよ。俺の言いたいことを察したのか、マテリオはため息をついた。

「軽蔑するか？　神官はこうして力を高めてきた。だが……私には、もうできそうにない」

ふと、視線が絡み合う。その表情は苦しそうに歪んでいる。マテリオだって不本意なんだ――

「ごめん……俺……」

「汚らわしいか？」

「違うんだ、そうじゃなくて」

あんたはまだ俺だけのものじゃない。でも、他の人に触れてほしくない。恋人になれば、神子《みこ》の権限で不特定多数との行為を阻めるんだろうか？

「逃げきれそうか？」

「どうかな。罰を受けるか、破門されるか……」

「破門⁉」

俺がやめさせたら、こいつの出世を邪魔してしまうんだろうか。それは本意ではないが……

「すまないが、もう戻る」

「あ、待って」

「なんだ？」

マテリオを守るにはどうしたらいい。

「ううん……何でもない」

素直に『行くな』と言えと、もう一人の俺が言う。その陰で、冷静な俺が『恋人でもない俺が、それを言う資格があるのか』と責める。背中に縋《すが》り付いて、他の人に触るなと叫びたい。

でも、それがこいつの将来に影を落とすことになったら？

「暗いから……気をつけて……」

「ああ、ありがとう」

結局俺は、またこの背中を見送る。

マテリオがいなくなったベランダは、もっと冷え冷えとしていた。


翌朝。今日も浄化に向かうことになっている。警備を強化したおかげで魔石が奪われなくなったせいか、一度浄化した取水口などへの浄化が届き始めていた。

「大分浄化が進んだな……これなら魔石を設置して次に向かう方向で良いんじゃないか？　敵もそこまで追いかけてきたら目立つし、追ってこないんじゃないかな」

「油断はするなよ。まだ原因が分かっていないんだ。正直言って、お前の持つ香りは強くなってるし、色気もダダ漏れで心配で仕方ねぇんだよ。それに、なんか悩んでるな？　憂《うれ》いの表情もエロい、ってのは冗談だが、そそられる奴はいる。……話す気はあるか？」

ダリウスも気がついているんだ。当然か。

「今は……待ってほしい」

「溜め込みすぎるなよ？」

頭をガシガシ撫で、それ以上聞かないのがダリウスの優しさだ。ダリウスにバレているんだから、きっとティアも心配してるな。

気持ちを切り替えて取水口の外に出ると、そこには多くの人が集まっていた。順を追うと、今日俺達がここに来るのは誰でも予測できたからおかしくはない。子供を抱いた人、年寄りや病人らしい人を背負った人がいた。治療院が遠かったり、寄付金が足りなくて行けない人もいるらしい。診察代ではなく、あくまでも寄進なんだ。

「ジュンヤ、ここはまずい」

ダリウスの言葉に頷く。そう、現状、逃げ場が一箇所しかない。

「でも、断れる状況か？」

「そうだが、ちょっと待ってろ。陣形を変える」

ダリウスは慌ただしくその場を離れた。

「ジュンヤ様。絶対に離れないでくださいね」

「分かってる。……前にも同じことがあったよな」

ケローガでのことを思い出し、左右に立つウォーベルトとラドクルトを見上げる。アランデルとミイパもすぐ傍に寄せて、万が一の時は一気に逃げ出せるように備えた。

「ロドリゴ様、似た状況が過去にもありました。すみませんが、厳重警護の上で対処させていただきます」

ラドクルトが、隣に立つロドリゴ様と騎士に、以前同じ状況となり危険だったことを説明した。

「そうか。確かに民か敵かを判断するのはミイパ君だけでは難しいし、子供に危険な真似をさせられない」

「ごめん……今は風が強くて、どっちから臭いが来るのかよく分かんねぇ……でも、臭いがあちこちからする！」

いつも強気なミイパがブルっと震えた。臭いのことを聞いたルファがダリウスに伝えに行く。

「ミイパさん、もしもの時は、俺達はぜったい捕まらないように逃げるんだ。そうですよね、ラドクルト様？」

アランデルがラドクルトに確認する。

「ああ。集合場所はアランに伝えてあるから二人は離れるなよ」

「ジュンヤ様。俺、こういう時のために風斬と疾風だけは覚えました。だから、もしもの時はジュンヤ様だけ逃げてください。俺とミイパの足の速さなら逃げられますから！　ぜったい捕まらない自信があります」

アランデルの力強く宣言した顔の頼もしいこと……

「分かったよ。そんなことにならないと良いけど」

エルビスがぎゅっと俺の手を握る。

「今回は、決して離れませんから」

「私も傍にいる」

エルビスとマテリオの言葉に頷き、やり過ごせない民への浄化を始めた。

「神子《みこ》様っ！　どうか、この子を……！」

「歩けなくなった父を助けてください」

ほとんどの人は純粋に治癒を求めているはずだが、油断はできない。何人か浄化していくと、その中にとても強い瘴気《しょうき》に侵《おか》された人がいた。治癒すると陶酔しきった目で俺を見つめてくる。臭いは分からなくても、あの目つきが狂信者達に似ていることは分かる。

それでも大多数は一般人だ。倒れない範囲で精一杯の浄化をしていると、やたらと手を握ったり撫でたりする人が増えてきた。それは狂信者や信仰的陶酔の雰囲気とは違い、はっきり言って性的な興奮を孕《はら》み始めている。

徐々に全体の雰囲気が変わり危険を感じた瞬間、強い力で腕を後ろに引かれた。

「えっ⁉」

俺を人々から引き離したのはマテリオだった。マテリオは俺を背後に隠しながら後ろに下がる。

「ラドクルト殿、媚薬《びやく》を撒《ま》かれている」

「これが⁉　ウォル、ルファ、ジュンヤ様を囲んで突破するぞ」

「「了解」」

「お前の魔石がみんなを守っている」

みんなには媚薬《びやく》の影響がないのかと思っていると、マテリオが疑問を察して応えた。

「あ、あれか」

ユーフォーンでみんなに配った魔石だ。配っておいて良かった……！

なんとかしてここから抜け出すべく護衛達が道を切り開いているのだが、媚薬《びやく》のせいで興奮している人達がどんどん押し寄せてきて、なかなか進めない。

かといって、彼らは利用されただけ。傷つけたくない。

「ラド、早くジュンヤを連れていけっ！」

ダリウスが叫ぶ。

「分かってますが、民を傷つけるなと殿下のご指示ですっ！」

俺だって同じ気持ちだ。あと少しで広い通りに出られる。そう思ったのも束の間、今度は左腕を強い力で引っ張られ、痛いくらいに抱きしめられた。その人物はロドリゴ様だった。

「ロドリゴ様、離してください！　しっかりして」

「ジュンヤ様……なんて甘い香りだ……本当にお美しい」

ついさっきまで穏やかな微笑みを浮かべていた彼の瞳は、媚薬《びやく》で理性が飛んでいるのか、ギラギラとした欲望を滲《にじ》ませていた。治癒を流してみたが、空気中に散布されたせいで息を吸うたびに媚《び》薬《やく》を吸い込んでしまうんだろう。俺も既にかなり力を使っていて、この場にいる全員を治癒したらどうなるか分からない。

「私と……参りましょう……」

「ロドリゴ殿っ！　惑わされるなっ！」

人混みに阻まれ進めないダリウスの怒声が響く。さらに、ラドクルト達を民が――恐らく民に扮《ふん》した敵だ――棒で殴りつけ、彼らは膝をついてしまっていた。

「くそっ、卑怯だぞ！」

暴れる俺とロドリゴ様を、別の一団がぐるりと囲む。

「ロドリゴ様、我々が手をお貸しします」

「ロドリゴ様！　俺の声を聞いてっ！」

俺はロドリゴ様に抱えられながら、ズルズルと後ろへ引っ張られる。

「ジュンヤ様！　ロドリゴ様、ジュンヤ様を離してください！」

「ジュンヤ、治癒できないか!?」

エルビスとマテリオの焦る声が届く。

「やってるけど追いつかない！」

しかし、空気中にも大量に媚薬《びやく》が撒《ま》かれているらしく、全部を消し去ることができない。とうとう、大勢いた狂信者に完全に囲まれてしまった。

「さぁ、神子《みこ》様、参りましょう……」

「離せっ、くそっ!!」

今俺を捕まえているのはロドリゴ様だ。もしもこの人を傷つけたらトーラント家とバルバロイ家に亀裂が入り、闘争になるかもしれない。それは避けたかった。

「待ちなさい！　ジュンヤ様が大切なら、庇護者《ひごしゃ》の私とマテリオも連れていきなさい！」

押さえつけられているエルビスが叫ぶ。マテリオも殴られたのか唇が切れていた。

「あなた方では神子《みこ》が怪我をした時救えない。私達は戦闘向きではないし、不利益にはならないはずだ」

俺のせいで危険な場所へ一緒に飛び込むつもりだ。

「二人共……でも」

だめだ。でも、一人では逃げられない。どうしたらいい……

「良いだろう。神子《みこ》様は少しお眠りあそばしてください」

無理やり顔に押しつけられた布から、妙な香りがした。これはまずい。そう思った時には、既に意識は沈んでしまっていた。


目を開けると、ゆらゆらと世界が揺れている。俺は誰かに抱かれて移動しているようで、視線をずらすと石畳が見えた。目は開いたのだが体が動かない。はっきりしているのは、誰かの肩に担《かつ》がれていることだ。頭を持ち上げると、見慣れた靴を履いた褐色《かっしょく》の足が見えた。

担《かつ》いでいる男に気づかれないように祈りながら様子を窺《うかが》うと、後ろを歩いているのはエルビスとマテリオみたいだ。本当に二人を人質として連れてきたのか。狂信者にとっては邪魔なんじゃないのか？

それに、ロドリゴ様はどうなったんだ？　でも、一人じゃないのは心強い。きっと助けは来る。

ギイイ……と重々しい音がして階段を下りていく。この状況では何もできなくて、悪さをする時は地下っていうのが定番なのか？　なんて、馬鹿なことを考えていた。

酷《ひど》い場所に連れていかれるのかと思ったが、俺が降ろされたのは意外にも大きくて立派なベッドの上だった。しかし、部屋にはあの媚薬《びやく》の香りが充満している。

媚薬《びやく》に気がついた時、体の奥底が熱く疼《うず》き始めた。拘束をされていない今が逃げるチャンスだと思うのだが、体が全然動かない。意識がはっきりしている分動けないのがもどかしい。今は気を失ったフリをして隙を窺《うかが》おう……

「神子《みこ》様は本当に美しい。我らの聖母に相応《ふさわ》しい」

周囲から俺を讃《たた》える複数の声が聞こえ、そしていやらしく俺に触れてきた。その手つきに、ゾッとして悪寒《おかん》が走る。だが、気がついているのがバレたら拘束されるかもしれない。大人しくしていれば、拘束されるのを免《まぬか》れてチャンスが生まれるかも。俺が逃げられると分かれば二人も自由に動けるだろう。今は動く時じゃない、耐えろ……

必死に我慢したおかげで、どうにか縛《しば》られずには済んだ。

「あっちはどうなった？」

「薬が効きすぎて面倒なことになってるぞ。危うく神子《みこ》様に手を出しかけたし、処理してはどうだ？」

「ダメだ。領主の孫ではさすがに相手が悪い。どうせあとで既成事実を作らせるんだ」

「俺はやっぱり反対だ。あのお方は俺達を利用しているだけだ」

「仕方ないだろう？　資金を調達するには依頼を全うしなくてはならん。ただの財布と思えば良い」

嫌な笑い声があちこちから聞こえる。とりあえずロドリゴ様は無事らしい。それなら、あの二人はどこにいる？

「おい、今ならまだ手を引けるぞ」

何やら敵集団の中にはまだ理性的な人間がいるらしい。この人の忠告を聞いてやめてくれないだろうか。

「だが、あの話が本当で、庇護者《ひごしゃ》になれたら地位は安泰だ。こんなチャンス滅多にないぞ。なぁ、早くヤろうぜ……支度は済んだか？」

「あの方待ちだ」

「邪魔が入る前に……あ、ウルス様」

全員が傅《かしず》く気配がして薄っすら目を開ける。どうやら今部屋に入ってきたのは高位の人間らしい。ウルスという名はどこかで聞いたような気がする。

「ついに手に入るのか」

声の主が俺の髪を撫でた。その手が頬を撫で首筋に移り、触れられたくない胸の尖《とが》りを弄《もてあそ》び始めた。服の上から引っ掻くように弾かれ、ついピクリと反応してしまった。

「神子《みこ》様……お目覚めですね？」

シャツのボタンに手がかかり、失神したフリをやめて振り払おうと、鉛のように重い手足でもがいた。他の人達に押さえつけられても諦めなかった。

「お前達、手を貸せ」

複数の手が伸び、ボタンが外されシャツを脱がされてしまった。指示している男を睨みつけ、やっと思い出した。こいつは初日にグスタフ司教と一緒にいた。あちこちで何食わぬ顔で過ごしている神子《みこ》狂信者の根の深さを改めて知った。

「やめ……」

言葉を発しようとするが、薬を嗅《か》がされたせいか口が上手く動かない。

「ふふふ、大丈夫ですよ。しばらくすれば話せるようになります。声は出ますから、可愛らしい啼《な》き声を聞かせてくださいませ」

ブリーチズに手がかかり脱がされる。下穿《したば》きだけになった時、もうダメかもしれないと涙が流れた。

「お泣きにならないでください。しかし、その潤《うる》んだ黒い瞳のなんという美しさ。我らの忠誠はあなただけの物。どうか、我らを庇護《ひごしゃ》者の列に加えてください」

そう言うとウルスは俺の涙をべろりと舐《な》めた。

「ひっ」

「なんということだ。涙にも治癒と浄化が……」

恍惚《こうこつ》とした表情のウルスの手が俺に伸びる。くそ、どうやったら逃げられる⁉

「もうやめろ！」

突然、大男が割って入ってきた。この声は、さっき周囲を窘《たしな》めていた理性を保った人物かもしれない。

「下っ端の分際で邪魔をするな！」

「うっせえよ、クソジジイ」

男とウルスの仲間が取っ組み合いを始め、逃げるチャンスが来た。それなのに体が動かない。

「神子《みこ》様、これを見てください。最高品質の胎珠です。この香を焚いて交歓《こうかん》すれば確実に孕《はら》むのですよ」

こんな形で胎珠を見たくなかった。嫌だ、嫌だ……

「助け……て」

その時、夢に見た泉の風景が頭をよぎった。ラジート様は心の中で呼べと言ってくれた……

ラジート様！　助けに来てくれ！　頼むから……手を貸してくれ……！

頭の中で、必死に叫び続ける。

『神子《みこ》……』

脳内にラジート様の声が響いた。

『今は行けぬ……だが、手助けはできる。我の声のするほうへ意識を向けるのだ』

「ラジート様……？」

弱々しい声だ。相当弱っているのだと感じた。それでも俺を助けようとしてくれている。目を閉じ、ラジート様の声に導かれ意識を上に集中する。

上へ、上へ……

周囲の喧騒が不意に途絶え、重かった体がふっと軽くなった。

目を開けると、俺は俺の横に立って俺を見下ろしていた。

これ、幽体離脱ってやつか？

『彼らは上の階にいる。さあ、行け』

考えている時間はない。自分の体は心配だが、早く行かなくては。俺はドアをすり抜けて外に出ると、マテリオ達がいるという上の階へ駆け出した。

side マテリオ

エルビス殿と私は、散々殴られた後椅子に縛《しば》りつけられていた。エルビス殿は魔法を封じる足枷《あしかせ》をつけられたせいで魔法が使えない。しかも、反撃を恐れてか、椅子のアームレストに両手を固定され脱出に苦労していた。

神官は攻撃できないと知っているからか、私は足首を縛《しば》られ、体を椅子に括《くく》りつけられただけだ。抜け出すチャンスは私のほうがありそうだが、何せ固く縛《しば》られているせいでびくともしない。

「くっ……縄が緩みさえすれば……！」

エルビス殿はずっと拘束から逃れようともがいていて、縄が食い込んだ手首に血が滲《にじ》んでいる。

私も抜け出そうと必死で腕や脚を動かした。ついてきたものの、またお荷物になってしまうのでは。そう思うと悔しくて堪《たま》らない。

もがく私のすぐ近くで、よく知る愛おしい香りがした気がして顔を上げた。

「エルビス殿、ジュンヤの香りがしませんでしたか？」

「マテリオもか？　気のせいでないのなら、ジュンヤ様に何か起きているのだろうか……まさか、あいつらはジュンヤ様に無体な真似をする気なのだろうか。ナトルのように、お体を狙っているのだよな？」

「そうです。私達は魔石で守られていましたが、あの香は強制的に発情させるのです」

「なんということだ！　すぐにジュンヤ様のところに行かねば。手だけでも外せたら……」

エルビス殿が手首を強引に縄から抜こうとするので、関節が外れるのではとハラハラしていた。

だが、さっきから感じるこの気配はなんだろう。ジュンヤがすぐ近くにいるような気がする。

『マテリオ、聞こえる!?』

「ジュンヤ？」

間違いなく、ジュンヤの声だ。見回しても姿はない。殴られたせいで頭がおかしくなったのだろうか……

「どうした？」

「ジュンヤの声がしませんでしたか」

エルビス殿は首を捻《ひね》っているが、確かに聞こえた。

『聞いてくれ！　ラジート様の手を借りて、体から抜け出してきた。俺、このままだとあいつらにヤられちゃうんだ！』

なんだって？　心配しすぎて頭がおかしくなったのだろうか。

『我が守護する血族の末裔よ。そなたなら、我が力を扱えるかもしれん』

今度は別の声だ。末裔とは山の民のことか？　それなら、声の主はラジート神ということになる。ますます混乱してきたが、私がジュンヤの声を聞き間違えるはずがない。

「どうしたらいい？」

『そのままで良い。そなたに流れる血に賭けるのみ。我に身を委《ゆだ》ねよ』

「分かった」

「マテリオ、誰と話しているんだ？」

エルビス殿に説明している時間はない。ラジート神がジュンヤを傷つけないと信じよう。

「う、ぐ……」

少しして体内に異質な力が入り込んでくるのが分かった。それが私の体を通り抜けると、次いで椅子が変形していくのを感じた。うねうねと動くそれは、恐らくラジート神の荊《いばら》だ。

ゾッとしたが、荊《いばら》がうねるたびに縄に隙間が生じ、体を捩《よじ》るとするりと拘束が外れた。立ち上がると、椅子の背もたれが細い蔓《つる》の塊《かたまり》と化していた。

「マテリオ、それは……」

「説明は後です！」

脚の縄を解き、エルビス殿に駆け寄る。

「ジュンヤ、まだいるのか？」

『いるけど、ラジート様は力が尽きたみたいだ。もう、手は貸せないって』

「十分だ」

エルビス様の足枷《あしかせ》を外そうとしたが、簡単には解けそうにない。

「マテリオ、手だ！　片手だけでもいい、解いてくれ！」

「はい」

刃物はどこにもなかったが、傍にあった花瓶を叩き割って散らばった破片を手に取り、エルビス殿が縛《しば》りつけられた縄を切る。途中、自分の手を切ってしまい血が噴き出した。

『ごめん……痛いよな、ごめん……』

ジュンヤの悲しそうな声。だが、お前のほうがずっと辛いはず。これくらいなんともない。

「すまん、マテリオ」

「私は大丈夫です。ジュンヤも気にするな」

エルビス殿の右手を解放した時には、私の両手が傷だらけでボロボロだった。

「その破片を私に！　お前は先にジュンヤ様のところへ行け！」

「はい！」

幸いドアに鍵はかかっていなかった。どこかで怒号が飛び交っていて、見張りもそちらに行ったのか誰もいない。私は声のするほうへ走った。

『もしかしたら、俺……、あいつらに、犯されてる……かも。穢《けが》されてたらどうしよう……』

「お前が穢《けが》れることはない。どんなことがあっても、だ」

万が一間に合わなかったとしても、私の想いは変わらない。

半開きのドアを開けると、そこには凄《すさ》まじい乱闘が行われていた形跡があり、今まさに血を流した男が一人、床に倒れ十人以上から殴る蹴るの暴行を受けている。

男達は「神聖な儀式を邪魔した」と口汚く罵《ののし》っていて、ジュンヤはまだ無事なのだと安堵した。

香りが強い方向に目をやると、下穿《したば》き一枚にされたジュンヤがぐったりと横たわっている。

『嘘……間に合った……？』

そのようだ。だが、まだ敵は目の前にいる。男に注意が向いている間にジュンヤを連れ出そうとベッドに近寄ったが、やはり見つかってしまった。それなら、時間稼ぎするしかない。ジュンヤに覆い被さり抱きしめた。

「貴様、どうやって……！　神子《みこ》様から離れろ！　下っ端神官の分際で、司教様の邪魔をするな！」

「うぐっ！」

背中に何度も衝撃が走る。引き剥《は》がそうと乱暴に引っ張られ、頭を殴られた。

「う、ぅあ、ぐ……」

『マテリオ、マテリオ……！　お前ら、やめろ！』

「ジュン、ヤ。元に、あづっ！　体に、戻、れ……」

目を閉じたままのジュンヤに口づけると、うっすらと目が開いた。ジュンヤの目尻から涙が流れていくのを見て、私は大丈夫だと微笑みかけた。

髪を引っ張られ、ぶちぶちと音がする。殴打が続いているが、ジュンヤの浄化の光を思い出せば苦痛に耐えられた。

「くそ！　しつこい男だ。誰か武器はないか」

声の主はウルス司教だ。あなたを心から軽蔑する。絶対に、ジュンヤに触れさせない。意識が遠のいたが、気力を振り絞ってジュンヤを抱きしめ続けた。

「司教様、これを」

ああ、武器だろうな。ついに最後の時が来てしまったのだろうか。絶対に死なないと約束したのに、破ったらジュンヤに怒られてしまう……。

死を覚悟した時だった。

「ひぎぃ！」

バシャッと水音がしたかと思うと、直後、表現し難い悲鳴が聞こえた。振り向くと、悪鬼の形相をしたエルビス殿が、仁王立ちで武器を持っていた男の両脚を氷漬けにしていた。

「私は、命令で、ギャッ！」

エルビス殿が男の両脚を蹴飛ばすと、両脚があっけなく砕け散った。氷漬けになっているせいで血が飛び散ることはないが、見たことがない光景に私は身じろぎもできなかった。

男達を見下す冷たい視線。いつも穏やかに微笑むエルビス殿しか知らない。これが、殿下とダリウス様と渡り合っているエルビス殿の力……。

「死なせてやらないから覚悟しろ。マテリオ、そのまま、ジュンヤ様には何も見せるな」

「は、はい」

エルビス殿には、ほぼ裸だったジュンヤは見えていないはずだ。見ていたらここにいる証人は残らなかったかもしれない。――そう思うくらい今のエルビス殿は恐ろしかった。

痛む体を起こし、ジュンヤの頭を胸に抱いて視界を塞《ふさ》いでいると、部下を盾にして逃げようとするウルスを見つけた。捕まえようにもジュンヤから離れることができない。だが、エルビス殿が応戦する相手と渡り合っている時、気温が下がってきているのに気がついた。

あの方がおいでになったのか……？

ジュンヤをシーツで包《くる》み、冷気から守る。

「ううっ！　寒いっ！　なんなんだ！」

ウルス達は慌ててローブを着ているが、一枚では足りず寒さに震えている。そこへ、ドアが開きエリアス殿下が現れた。

殿下がお怒りになったのはクードラで見たが、あの時とは違う冷酷な視線でウルス達を射貫いている。静かだが、あの日よりもずっと恐ろしい冷気を身に纏《まと》い、次々と敵を的確に捉え、氷像ができていく。私達のいるベッドには冷気が流れ込んでくるものの、コントロールされているのか耐えられる程度の冷気だ。

「マテリオ、ジュンヤは無事か？」

「……命に別状はありません」

答えた自分の声が恐れで震えている。二人の水魔法使いが同時に発する冷気はこれほどのものになるのか……

狂信者達も正気に返ったのか、恐れ慄《おのの》いている。

殿下が倒れているロドリゴ様を顎《あご》で指すと、騎士達が駆け寄って保護しようとした。その前に、さっきまで殴られボロボロだった男がロドリゴ様に寄り添う。薄茶色の髪の男は、誰かに似ていると感じた。

「ロドリゴ様から離れろ！」

「俺は味方です！　レミージョといいます！　こいつの腹違いの兄で、怪しい集団を見つけて潜入していました」

「兄だと？」

「エリアス殿下、このような形でのご挨拶、失礼いたします。俺はピエトロの庶子です。神子《みこ》信者の動きがおかしいと思い潜入していました。他の仲間と離され、神子《みこ》様の救出が遅くなり申し訳ありません。ですが、神子《みこ》様の御身は穢《けが》されていません」

確かに庶子の兄がいるとは聞いていた。だが、それを鵜呑みにする殿下ではないだろう。

「嘘であれば八つ裂きにしてくれる。ロドリゴを渡し、大人しく捕縛《ほばく》されるのなら真偽を確認してやる」

「はい。お言葉に従います」

男は言葉通り近衛にロドリゴ様を渡し、縄で打たれても抵抗せず出ていった。それを確かめ、殿下はウルスを睥睨《へいげい》した。

「そなたはウルスだな？　何食わぬ顔で接していたその陰で、ジュンヤにこのような真似をした報《むく》いは受けてもらう」

「私は神子《みこ》様の慈悲が欲しかっただけです。何年も降臨をお待ちしていたのに！　あなたのような若造に奪われるのは納得できません！」

「ふっ……奪ったか。確かに奪ったかもしれぬな」

殿下は自嘲気味に笑みを浮かべた。

「何ですと？　それならば、私にも資格があるはずです。あなたのような世間知らずの王子は、神《み》子《こ》に相応《ふさわ》しくない！」

「そうだな。この巡行で己は世間知らずであったと何度も思い知ったとも。だが、己の不足を知ったからこそ、この国を守る決意を固くしたのだ。マテリオ。ジュンヤの具合はどうだ？」

突然、ジュンヤを抱きしめる私に話が振られ動揺してしまった。ジュンヤは腕の中で気を失っていて、シーツで包《くる》まれていることから着衣もしていないと察しがついただろう。

「ショック状態ですが、貞操は守られています」

「そうか。そなたはそのまま、ジュンヤを守っていろ」

頷いた殿下は、再びウルス達に目をやった。

「ウルスよ。私のジュンヤに触れた代償はもらうぞ」

「ひっ⁉　わ、私を殺せば情報が得られないぞっ！」

「安心しろ。命は取らぬ」

「なにを、あ、ああっ⁉　やめろ！　やめてくれっ！」

ウルスの両脚が凍り始め、あっという間に腰の辺りまで凍結した。ウルスは氷を払おうとするが、凍りついた部分に触れた指先も凍ってしまう。

「エルビス」

「はい」

二人はそれだけで通じるらしく、エルビス殿が出現させた水の球を殿下が氷の刃に変え、冷徹な表情で両脚を切り落としたので、思わず息を呑んだ。

同時に、性器がある位置が赤く染まった。

これはジュンヤに見せられない……

脚をなくしたウルスは後ろにもんどり打って倒れたが、凍っているため出血しない。痛みも麻痺しているのか、ウルスは一瞬茫然としていた。

「そんな、そんなぁ……脚が！　私のモノがあぁっ！」

「これでもう悪さもできまい。エルビスも手伝え」

殿下とエルビス殿は、ジュンヤに触れただろう敵を同じように淡々と処していく。

「血も涙もない氷の王子めっ！　その心も凍りついているのだろう？　人でなしめ！」

「私には血も涙もある。だが、それを見せるのはジュンヤの前だけだ」

賊が口汚く罵《ののし》っても、殿下は眉ひとつ動かさない。お二人がここまでされるとは驚いたが、殿下の本質にある優しさを知っているので彼らの罵倒は納得いかない。恐ろしい処罰を受けているのは自業自得だ。

「マテリオ、ジュンヤ様の具合はどうだ？」

エルビス殿がベッドに上がり、手を伸ばしてきた。そこで初めて、左手首にたくさんの傷がついているのに気がついた。

「エルビス殿、縄を切る時に破片で怪我をしたのですか。治癒しましょう」

ジュンヤを毛布で包《くる》み、体を隠してベッドを降りた。

「傷は浅いから後でいい」

遠慮するエルビス殿だが、手首に深い傷があっては支障をきたしそうだったので、それだけでも治癒させてもらう。

「脚も見せてください」

「大した怪我では……」

「いいえ。見せてください」

足枷《あしかせ》を外す時も無茶をしたのではと思い見せてもらうと、何かに打ち付けて壊したのか、打ち身と切り傷があった。

「おや、こんな傷があったとは。……お前も相当殴られたようだな。ジュンヤ様を守ってくれてありがとう」

「え？　いいえ、そんなに酷《ひど》くはないと思います」

「興奮していると痛みを感じにくい。すぐに神官の治癒を受けよう」

そう言われれば、さっきより頭や背中が痛い気がしてきた。

「エルビス……感情的になり私刑の形になってしまった。自分勝手な行動をジュンヤは怒るだろうか」

騎士が敵を捕縛《ほばく》している途中、殿下が不安そうな様子を見せた。

「少なくとも、私は支持します」

私も頷く。戦う力があれば、私がそうしていたかもしれない。

「そういえば、二人も無茶をしたな。エルビスがいたおかげで追跡できたが、危険な賭けだったぞ」

上手く言いくるめて人質になったのは、エルビス殿のピアスについた追跡装置があったからだ。ロドリゴ様も人質にされ不利になってしまった中で、ジュンヤが上手く逃げたとしても一人では対処できない。とっさに思い出したのは幸運だった。

「ジュンヤ様が倒れた時、庇護者《ひごしゃ》が必要だと知っているのではと思ったからです」

「一人では足りぬと思わせたのも計算か？」

「少なくとも、どちらかは連れていかねばと思わせただけです。ダリウスでは強すぎて嫌がるでしょうから。殿下もピアスで追跡をなさったのですか？」

エルビス殿が機転を利かせてくれて助かった。

「ミイパの鼻も使った。ともかく、よくやった。マテリオ、ウルス司教について話を聞きたい。外に馬車とダリウスを待たせているから、奴についていけ」

殿下がふうと一つ息を吐いた。ジュンヤから離れがたかったが、エルビス殿に預け、部屋の外へ向かう。

「そういえば殿下、ここはどこですか？」

部屋を出る前に、エルビス殿が立ち止まって殿下へ問う。

「驚くなよ。ピエトロの愛妾の家だ。愛人の旅行中、ピエトロが手引きしたようだ。恐らく、宰相の命令だろうな。あれは父親に逆らえぬから」

「さようですか……あの、殿下がお優しいことを、私達は知っています」

私も同意し頷く。先程から不安げな殿下だったが、私達を見て、ふっと頬を緩めた。

「断罪するのは変わらないのだから、どう思われても構わない。他人に任せず、自分の手で断じたかったのだ」

殿下は優しさだけでは統治できないと知っている。時には恨まれることも厭《いと》わない強さが王には必要だ。魔力同様、心も凍らせて生きてこられたのだろうか。敵に鋭い視線を送る殿下の心中は如何ばかりか……

そもそも、グスタフ司教はあの悪人達に気づかず何をしていたのだろう。沸々《ふつふつ》と湧き上がる怒りを胸に、凄惨な現場を後にした。

◇

ようやく自分の体に戻れた……そう思ったものの、手足は重く動けないままだ。一瞬意識は飛んだが、確かにマテリオに抱きしめられキスされていると感じた。抱きしめ返してやりたいのに、体は思い通りにならなかった。

そして、体から離れている間、何もされていなかったと安心した瞬間、気を失ってしまったようだ。

「ジュンヤ、大丈夫か？」

声の主はダリウスだ。見知らぬ部屋に寝かされ、ずっと手を握ってくれている。

「集団を制圧するのに時間がかかっちまった。エリアスと一緒に行けなくてすまん」

「だい、じょう、ぶ。マテリオ、は」

「だいぶ殴られてたが無事だ」

必死で首を横に振る。みんな媚薬《びやく》で正気を失っていたし、ロドリゴ様も人質にされた。動けなかったのは分かっている。

「ロドリゴ殿を見捨てることも考えたが、新たな諍《いさか》いを生むのでできなかった。すまん」

「あ……お、れ……ろど……り……」

倒れたロドリゴ様は意識がないように見えた。無事だったんだろうか。

「失神していたが無事だ」

言葉にできなくても分かってくれるダリウスに微笑む。すると、そんな俺にキスしてくれた。

「ここは、神殿の宿舎だ。行き場がなくてな……近衛で固めてあるし、いざとなったらアナトリーに武器の使用を許可した。神殿を消しとばすと脅《おど》してるから、手は出さんだろう。今回の件はピエトロの野郎が奴の息子を利用して、俺達を裏切りやがったんだ」

息子を利用した？　やはりロドリゴ様は裏切っていなかったのか。

「お前とヤれば誰でも庇護者《ひごしゃ》になれると思っていたようだなぁ」

そんな……なんて単純な。

「バカな奴らだよな。命令したのはピエトロかもしれんが、あいつは宰相の傀儡《かいらい》だ。俺は、宰相が黒幕だと思ってる。……まぁ、色々聞きたいだろうが、まずは媚薬《びやく》の解毒薬を飲め」

ダリウスが小瓶を差し出して傾けてくるので、口に入ってくる液体を飲み干す。

「よく頑張ったな」

ダリウスは優しく俺の頬に触れる。すぐに解毒薬の効果が表れ、少し話せるようになってきた。

「本当に怖かった……エルビスとマテリオに会いたい……」

「エルビスはすぐに戻ってくる。マテリオはブチ切れてグスタフのところに飛んでいった」

「ブチギレ？　マテリオが？」

「ふっ、驚くよな。俺もびっくりしたぜ。ジュンヤを俺に任せて奴は神殿に走っていった。悪いな、今ここにいるのがあいつじゃなくて」

そう言うブルーグレーの瞳は切なげに揺れていた。

「そんなこと思ってない」

俺の見ていないところでダリウスがどれほど頑張っているのか知っている。

「体は無事だったが辛い思いをさせた。俺が八つ裂きにしてやろうと思ったがエリアスに任せた。舐《な》めてたあいつらも逆らう気はなくなっただろ。あいつのマジギレおっかねぇ……」

ダリウスが体を震わせる。ダリウスがそこまで言うとは……

「何があったんだ？」

「もうちょっと回復したら話す。今は刺激が強すぎるからなぁ」

「覚えてるのは、あいつらに脱がされて……死にたいくらい嫌だったことだ。みんなに抱いてもらう資格がなくなるかと思った」

「薬を使われたんだ。お前は悪くねーよ。エリアスがお仕置きしたから、さすがにもう大人しくなっただろうさ。抱かれるのに資格なんて必要ない。お前が俺らを嫌いになれば別だがな」

「絶対ならない……」

「そうか。俺も絶対嫌いにならないぞ？」

そっとダリウスはおでこにキスしてくれる。子供にするようなキスが、今は温かくてただただ嬉しかった。

「お前、相当暴れたな？　あちこちアザになってる。マナが控えてるから治癒してもらおう」

ダリウスが外に声をかけると、マナが入ってきた。彼は部屋に入るなり瞳を潤《うる》ませる。

「ジュンヤ様、お労しい……」

「大丈夫。暴れたおかげで助かったのかも。勲章みたいなもんさ」

マナが治癒してくれ、アザが消えていく。いつもならサッと後ろに控えるのに、今日は何か言いたそうにもじもじしている。

「マナ、悩みでもあるのか？」

質問すると、言うべきか悩んでいるようだった。

「――僕のことではなくて、マテリオ神官が苦しんでいるのを感じます。あの人は表情に出しませんけど。あの、神官は基本結婚をしないのですが、しちゃいけない訳じゃないんです。力がある者は、より多く子供を作るために相手を固定しないだけで、だから、だから……」

自分のことじゃなく、マテリオを心配しているんだ。そう、レナッソーに来てから様子がおかしいのは気づいていた。マナが心配しているのは、交歓《こうかん》についてだろう。

「分かったよ。教えてくれてありがとう」

「いえ……。では、失礼します」

マナが出ていき微妙な間が生まれたが、ダリウスがせっせと世話をしてくれる。

「ジュンヤ。あいつのこと、遠慮しなくて良いんだぜ」

「急にどうしたんだ？」

突然の言葉に戸惑った。でも、ダリウスの笑顔は優しかった。

「いつかその日が来るって分かったぜ、俺達は。あいつの想いも知っている。俺達は絶対に変わらないし、覚悟もしている。多分、一番覚悟ができていなかったのは、お前自身だ」

覚悟……それは。

「なぁ。俺達は何があっても離れないって決めてんだよ。でもな？　あいつは多分、自分が離れることがお前のためになると思ってんだよなぁ〜。俺からは絶対忠告しねぇけど！」

ダリウスは、悩みつつも懸命に言葉を探しているようだ。

「あいつが欲しいなら奪ってこい。あいつの全部を引き受けて、ぶん殴って、引きずってでもだ」

「ダリウス……」

「巡行が終わったら、あいつはお前の前から消えるぞ。そりゃあ、ライバルは少ないほうが良いけどよ」

茶化しながらも、ダリウスの目は早くしなければ間に合わないと言っている。

――あいつが欲しいか？

俺は自分に問いかける。

もちろん答えは一つだった。


休息を取った後、俺が休んでいる神殿の一室に、ティアやエルビス達がやってきた。こんな狭い部屋に大男が集まるとぎゅうぎゅうに詰まって、なんだか面白い。

本当は広いところに移動したかったが、まだ俺は歩くことができないため、クッションを使い起こしてもらい、事の顛末について説明を受けた。

「ジュンヤ。助けるのが遅くなってすまない」

ティアが人目も憚《はばか》らずベッドサイドに膝をついて、俺の手を取り手の甲に口づける。

「ティア、跪《ひざまず》いちゃダメだ」

「いいや。ジュンヤにだけはこうしたい」

俯《うつむ》いていて見えないが、ティアの苦しみは痛いほど伝わってきた。

「でも、無事だったから大丈夫。それより、また捕まって情けないよ。ごめん」

「私の努力が足りぬのだ。あんな媚薬《びやく》の存在は報告されていなかった……」

「神殿の秘密を全部把握するのは無理だよ」

元の世界でも同じだが、為政者達は宗教儀式には踏み込んではいけないところがある。

「これから内部調査をするつもりだ。ところで、ラジートの手を借り意識だけ抜け出したと聞いた。体に影響はないか？」

「本当に大丈夫だよ。だから立って。俺の王子様には、いつも見下ろしていてほしいな」

そう言うと、ティアは立ち上がって俺を見下ろした。

「うん……やっぱり、こっちのほうが良い」

にっこりと笑ってみせると、軽く唇に触れるキスをされた。

「まったく、敵わないな」

そう言ってティアはベッドサイドにある椅子に座ると、事件の全貌を説明してくれた。

まず、ウルス達は当然ながら狂信者の仲間で、ピエトロの愛妾宅はトーラント支部といったところだった。

ナトルとバーレーズという指揮官を失った狂信者組織では、次に地位の高いウルスが指揮を執《と》っていた。ウルスは昔からトーラントの神殿に配属されていて、宰相とも繋がりが深かった。

宰相のオルランドは昔から独善的で、息子のピエトロでさえ、息子ではなく手駒として扱っていた。ピエトロにとってはそれが当然の生活だったようで、何の疑問もなく指示されるままに動いていたようだ。俺を貶《おとし》めておきながら、命令されれば真逆の行動をする。だが、父の命令だから疑問を持たない。

これは洗脳と言って良いだろう。そう考えると、選択の余地がなかったピエトロは少しだけ気の毒かもしれない。

……はっきり言って、領内の統治も統一感がないようだ。指揮系統の乱れを懸念したロドリゴ様が自分の考えで動くようになったものの、如何せん宰相の力は強すぎた。

ロドリゴ様と犯人達に聞き取りをしたそうだが、宰相はまだ俺をビッチ認定していて、ヤれば大人しくなるという考えらしい。俺を誘惑しろと命令されたが、ロドリゴ様は命令に逆らっていた。

この辺りは、先日俺も知ったことだ。

各地の瘴気《しょうき》は、手を組んでいる狂信者が穢《けが》れた水をばら撒《ま》き、魔石を盗んで邪魔をしていた。だが、浄化が進んで、俺を讃《たた》える歌や正しい情報が王都にも広まり始め、宰相にも焦りが出たらしい。

大変だったが、これで宰相が狂信者に手を貸している確証は取れた。ただし、物証はないこと、絶大な権力を持つ男であることを理由に、まだ断罪をすることは困難な状況だ。

ウルスはウルスで、浄化を体感して何としても俺を手に入れたくなったらしい。ロドリゴ様も攫《さら》ったのは、俺とロドリゴ様をそういう関係にさせろ、というピエトロからの命令が狂信者にも下っていたからだという。エッチさえすればロドリゴ様も庇護者《ひごしゃ》になるだろうという、安易な発想だった。

「……ピエトロって、本当に自分の考えがないんだな」

「父に思考をコントロールされ、思考能力を失ったのだろうな。哀れといえば哀れだ。奴も捕縛《ほばく》して確保している。ロドリゴを解放するまで、弟のオネストに任せているから大丈夫だろう」

「ロドリゴ様もウルスも、誰も邪魔しなければ俺を抱いたのかな……俺は、その時どうなってたんだろう」

純粋な疑問だ。もしも庇護者《ひごしゃ》以外に抱かれていたら、俺の精神は正気を保てただろうか。

「なかったことを想像しても無意味だ」

「確かにそうだな。なんていうか、助けてもらえて良かった……」

ティアは黙って抱きしめてくれた。

「あ、そういえば、途中で助けてくれた人がいたんだけど、彼はどうなった？」

「レミージョと名乗っているあやつか。仔細は取り調べ中だ。だがあやつの話を聞くに、どうもピエトロもジュンヤに触れるつもりでいたらしい」

「えっ⁉」

「阻止できて良かった。ピエトロはあの屋敷に向かう途中で捕らえたのだ。あれに対抗できるのは私だけだが時間がかかってしまってな、救出に向かうのが遅れてすまなかった」

うわぁ！　あのピエトロが俺をっ⁉　本当に助かって良かった。

「それで、狂信者達はどうしてるんだ」

「あの場にいた人間は捕らえた。ケローガでは伏せたが、今回は二度目だ。神子《みこ》を穢《けが》そうとした罪を公《おおやけ》にし、罰する。神子《みこ》が襲撃された事実を公表しなくてはならない」

無事だったけど、また変な噂にならないといいな。噂に尾鰭はつきものだから……

「私達が付いている。グスタフ司教も全面的に保護すると言っていた」

「あの人、本当に味方なのかな」

「一応な。一報を聞いてショックで倒れたが、今は挽回しようと駆け回っている」

身近な人間が裏切っていたんだ。そりゃショックだよな。

「狂信者は司教や神官の集団？」

「いいや。一般市民も巻き込んでいた。そのせいか、情報の統制が取れていなかった。こちらとしては好都合だった」

「彼らはどうなる」

ティアは言いにくそうに口を開いた。

「裁判はする。だが、主犯格は死罪だな。本来はナトルもそうなるはずだったのだ」

「そうか……。ところでウルスやピエトロのこと、どうやって知ったんだ？」

俺達の足取りはピアスがあるから簡単に見つけられるが、ウルスやロドリゴ様が同じ場所にいたのは偶然でもある。監視でもつけていたんだろうか。

「ミイパがあの二人が臭いと言うので、奴にピエトロを尾行させていた」

「えっ！　まだ子供だろ！」

「戦士として自ら名乗り出た。だから、気持ちに応えたまでだ」

「すぐ会わせてくれ！」

ティアは割り切れるんだろうが、俺はそうはいかない。

呼び出されたミイパは、なんだか居心地が悪そうにしていた。

「あの、オレ……」

無茶をしたと怒られると思っているようだ。俺は近くに来るように言った。

「ミイパ、怪我してないか？　怖い目に遭わなかったか？」

大人でも竦《すく》み上がるような場だった。体だけじゃなく、心に傷がつかなかったか心配で仕方なかった。

「大丈夫！　オレ、隠れるのが上手い、うわっ！」

ミイパの手を引いて抱きしめた。

「無事で良かった……それから、助けてくれてありがとう」

「へへへ……オレはラジ・フィンの戦士だぞ！　これからも神子《みこ》さんを守ってやるよ！」

体を離すと、頬を染め誇らしげに笑っていた。

「うん。頼りにしてる」

「ジュンヤ、早くエルビスも抱きしめてやれ。妬《や》いているぞ。エルビス、来い」

ティアが苦笑しながらエルビスを呼び寄せる。いつの間にか背後で控えていたエルビスと視線が合い、駆け寄ってきた。

「ジュンヤ様！」

抱きしめられて、俺も強く抱き返す。

「エルビス、怪我してない？」

「私なんか大丈夫ですっ！　それよりジュンヤ様がこんなお辛い目に遭うなんて……！」

「ほとんど覚えてないから、意外と平気。あのさ、嫌じゃなきゃキスして……んっ」

俺の言葉を掻き消すように舌が滑り込んできて、水音を立てて絡め合う。

「ありがとう……こうしないと安心できなくてさ」

「ジュンヤ様……！　なぜあなたばかり辛い目に遭うんでしょう」

痛いほど抱きしめられ、エルビスの想いの強さを思い知る。

「これでやっと終わるのかなぁ？」

「それは……もう少し調査が必要ですね」

確かに、そう簡単に終わらないかもな。さすがにため息をついてしまう。だって、マテリオがいない。でも、あいつを信じている。

「ジュンヤ様、マテリオがいないのは神殿のほうを対処しているからです。心配はいりませんよ」

「うん。聞いたよ」

だって……あの時言ってくれた言葉があるから大丈夫だ。

『お前が穢《けが》れることはない。どんなことがあっても、だ』

あの言葉が俺に勇気をくれた。だから――

ただ、どうしてもグスタフ司教に聞きたい話があるので、時間を作ってもらえるよう頼んだ。俺の引っ掛かりを解消したい。俺の気持ちと、あいつの本心。全部をぶつけないと、俺達は立ち止まったままになってしまう。

静かに見守るダリウス、手をしっかり握ってくれているティア、涙を流し喜んでくれるエルビス。そして、ここにいるべきもう一人の男。俺達の間にはずっと透明な壁があって、お互いに破ろうとしなかった。

それをぶち破らなきゃいけないのは、俺だ。


どこの世界でも、宗教的なものについては触れてはいけないと思い、避けてきた。でも、この世界で生きていくなら知るべきだと確信した。

俺を神子《みこ》として認めて動いている今なら、神殿も真実を明かしてくれるんじゃないか。さすがに襲われた当日はバタバタしていて、話を聞くのはとても無理だったが。

翌日の夕方、ようやく時間が取れたグスタフ司教が俺の滞在する部屋に来ている。どうしても二人だけで、腹を割って話したかったので、みんなはいない。万が一にと、アナトリーが物騒な道具を寄越してきたが、使わないで済むように祈ろう。

「神子《みこ》様……この度は、当神殿の者による狼藉《ろうぜき》、誠に申し訳ありません」

頭を床に擦《こす》り付けんばかりのグスタフ司教をどうにか宥《なだ》め、椅子に座らせる。

「ケローガでも同様の事件があったなんて、当方には知らされておりませんでした」

「普通の神子《みこ》信者と狂信者を見分けられないので伏せたんですよ。弾圧でもあれば大変ですから」

「慈悲をかけてくださったにもかかわらず、お恥ずかしい事態になり申し訳ない」

「いいえ。俺達も認識が甘かったんです。……終わっていてほしいという思いもありました」

狂信者の執念を甘く見ていたところはある。だから、少なからず自分にも責任はある。

「真摯《しんし》に祈りを捧げている人まで疑いたくない。そう思ってここまで来ました。それは今でも変わりません。一方的な好意を押しつけてくる人間については別ですが」

「私はウルスの邪悪な欲望に気づけませんでした。熱心な信者だと信頼していたのに……」

「ある意味では熱心でしたからね。ショックで倒れたと聞きましたが、お体は大丈夫ですか？　治癒しますか？」

「とんでもありません！　失態を演じた上で治癒をしていただくなど、恐れ多い話です」

あまりにも遠慮するのでそのままにしたが、もしも具合が悪いなら治癒しようと思っている。

「司教を呼んだのは教えてほしいことがあるからです。メイリル神について知りたいんです。俺は水の守護者という程度の知識しかありません」

「確かにこれまで大変なご苦労をされていましたから、説明をする者がいなかったのでしょう。マテリオからは？」

「それどころではない事件が多すぎました」

俺が思わず苦笑すると、グスタフ司教は大きなため息をついた。

「本当に大変でございましたね」

憂《うれ》い顔だったグスタフ司教は、コホンと咳払いをして司教の顔になると、訥々《とつとつ》と話し始めた。

メイリル神は恵みをもたらす豊穣《ほうじょう》の神であり、愛欲の神でもある。ラジート神と夫婦神《めおとがみ》として大地に清らかな水をもたらした。

昔は山の民もメイリル神を信仰していた時代があったらしい。山の神ラジート神も豊穣《ほうじょう》の神だが、人間が愚かな行いをすると、天災を招いて罰を与えると考えられ、畏怖《いふ》の対象になっている。

自然を保護したい山の民は、石造りの家などを嫌い、山中に質素な小屋を建て居を構えた。しかし、慈悲で人々を守るメイリル神だけを信仰する者が増え、自然と祭祀の形も変化した。

「メイリル神は愛欲の神としても信仰されています。過去の渡り人であるナオマサ様と王の愛の深さが、今でも物語として語り継がれているのはご存知だと思います。ですから、複数婚も許可されているのです」

俺は頷いて続きを促す。

その後、この世界に召喚されたマスミさんは、初めから水を清める使命を帯びていた。そして水道を張り巡らせる事業は現在も継続している。マスミさんの偉業は広く知られ、神子《みこ》信仰はメイリル神信仰から分離し、新しい信仰となっていったようだ。

マスミさんは王の伴侶だったが、俺同様、多くの庇護者《ひごしゃ》に守られていた。異世界から来たマスミさんの夫の人数は公表されず、神殿の高位の者に伝えられてきた。

つまり、公表している伴侶は王のみだが、実際はたくさんの庇護者《ひごしゃ》がいた。シンの父親、ロファ・ザーン以外にもいると聞かされても驚きはない。実際、庇護者《ひごしゃ》が一人なら俺の魔力は足りず、回復してないから。

「全員が夫なんですか？」

「はい。もちろん王公認です。浄化の途中、生命の危機を庇護者《ひごしゃ》によって乗り切ったと伝えられております」

グスタフ司教は言葉を切り、俺に視線を送った。

「神子様《みこ》……彼らが躍起になって神子様《みこ》を狙うのは、恐らく庇護者《ひごしゃ》が少なすぎるからです」

「──は？　少ない？」

もう四人もいるのに。

「驚いておられますね。それはそうでしょう。マスミ様も大変混乱されたと記載が残っています。庇護者《ひごしゃ》の中には司教がいたため、記録していたようです」

「一体何人……？　いや、いいです、聞きません」

マスミさんも知られたくないだろう。

グスタフ司教は禁書の閲覧権限があり真実を知っているが、ウルスには権利がなかった。だから、ナトル司教に聞いたんだろう。それで、まだチャンスがあると考えたのかもしれない。

「ナトル司教が誤った方向で神子様《みこ》に憧れ、愚行に走ったのでしょう」

「はぁ……」

ため息を止められない。

「俺の仲間では誰が知っていますか？」

「殿下にはお話ししました」

それなら、直《じき》にみんなにも話すだろう。

「実は、他にも聞きたい話があって、ですね」

「なんでしょうか？」

「……交歓《こうかん》についてです」

「ああ、はい。どこまでご存知ですか？」

俺の問いに、グスタフ司教は動じた様子はない。

「相性のいい相手同士で力を循環して魔力をアップすると聞いています」

そういう意味だと解釈したが、合ってるんだろうか。

「合っています。ですが、意外に相性が良い相手というのは見つからないのです。実際に交歓《こうかん》してみないと分からないことも多いです」

「その、マテリオは？」

「マテリオですか。恋人ではないと聞き及んでおりましたのでお借りしました。しかし、ここに戻ってきてから交歓《こうかん》を拒んでいて、困っておりました」

まだマテリオが誰ともシていないと聞いて安心した。というか、確かに恋人宣言していないから俺のじゃないけど、借りたって言い方が気に入らない。

あいつはものじゃないんですけど。いや、話が終わるまで我慢だ……

「あの子はとても魔力が上がっていますし、神子《みこ》様の加護の影響でしょうか、以前より他人の魔力とも混じりやすそうで、重宝しそうですのに」

混じりやすい？　重宝って。この人、神官を人間扱いしてないのか？

「気乗りしないようでごねたので秘薬を飲ませましたが、無駄になってしまいました。ああ、そうだ。ウルスがあの秘薬を流出させたせいで、神子《みこ》様には大変なご迷惑をおかけしました」

「あなたは薬を使ってでも、望まぬ行為をさせるんですね。どこの神殿も同じ考えなんでしょうか」

冷静に、冷静に……

「強いていない神殿もありますが、私は人々に奉仕するために必要な修行だと考えています」

グスタフ司教は真剣な眼差しで俺を見た。本気でそう考えているのが伝わる。

「神官にとって、力を高め合う行為は義務なのです。恋愛感情を持つ者もおりますが、当神殿では無駄な感情を抑え交歓《こうかん》させます。優秀なペアには胎珠を渡し、子供を神官として育てます」

この神殿では交歓《こうかん》は強制。だからあの媚薬《びやく》を使っている。……酷《ひど》い話だ。

「神官見習いの時に説明はされます。ですから、自分の意思など不要だと了承の上で神官になるのです。歴代の大司教は多くの者と交歓《こうかん》し子孫を作りました。その子達は全員高い魔力を持って生まれました。先達はそうやって神殿を守ってきたのです」

「そうですか……もしも俺がマテリオを恋人にしたら、どうなりますか」

恋人になったとしても他の人とさせなきゃいけないのかな……そんなの、耐えられるかな。

「正当な命令であればやめさせられます。ただ、多くの者が力を必要としているので、交歓《こうかん》を拒んでいるマテリオには不満が集まってしまいます」

もしかしたら、恋人がいるのに神官の義務として交歓《こうかん》している人がいるんなら、その人が不満を持つのは当然かもしれない。

「あの子は将来大司教になると信じております。当然、子孫も望まれましょう。そんなマテリオに交歓《こうかん》をやめさせ、周囲を納得させるにはそれなりの理由が必要です」

つまり、大勢に求められているマテリオを独占すると宣言する必要がある。神殿が納得しなければ反発されるだろう。

「……しかし、少し考えを改めました。あの子は神子《みこ》様を深く愛しております。昨日は見たことのない恐ろしい形相で私に食ってかかってきました」

あいつが誰かに食ってかかるなんて想像がつかない。

「管理不行き届きだとか、その目は節穴だとか、それはもう罵倒されました。その後、奮起して神殿の粛清をすると言い、八面六臂の活躍で寝る間も惜しんでおります」

上司を罵《ののし》っちゃったのか。まずいじゃないかという気持ちより、俺のために怒ってくれたんだという喜びが勝った。

「マテリオはどこにいますか」

「さて……常に忙しなく動いております。ですが、勤めを終えた後は祭壇で祈っているようです」

「そうですか。色々と教えてくれてありがとうございました」

「いいえ、それではお大事になさってください」

俺がぺこりと頭を下げると、グスタフ司教もぺこりと下げる。

部屋を出ていく彼を見送り、俺は会話を脳内で反芻《はんすう》した。今すぐに会いたいけど、邪魔はしたくない。それに安全のために俺の警護は強化されていて、ティアの許可が出るまでは部屋を出られない。

早く会いたい。会ってこの気持ちを伝えたい。

――マテリオ。俺、あんたに惚れてる。

そう伝えよう。


「あーっ！　もう！」

しかし翌日、俺はイライラしながら室内をウロウロしていた。早く会いたいのにマテリオは会いに来ない。それなら俺が行こうとドアを開けると、まだダメだと騎士によって部屋に押し戻される。

部屋にはトイレも付いているし、エルビス達が世話をしてくれているから生活には困らない。だ、け、ど！

俺は決心したら即行動したいタイプなんだよ～！

「ジュンヤ様、ここは避難経路から一番近く、緊急時に対処しやすい場所なのです。我慢してください」

エルビスに止められてしまう。

「なぁ、状況を教えてくれ。グスタフ司教は、マテリオが神殿を粛清してるって言ってた……」

粛清という言葉だけで、残酷なイメージが浮かんでしまう。

「神官以外にも神殿で働く人は大勢いて、確認中です。今は狂信者をあぶり出している最中です」

エルビスによると、狂信者は一般人も仲間に引き込んでいるらしいし、確かにあぶり出すだけでも相当な手間なのだろう。

「はっきり言って、領主の屋敷もピエトロ様や宰相側の者がいるでしょう。ロドリゴ様が対処中ですが、宰相派は手強いです。それに、宰相は神子《みこ》の力を独占しようとしている可能性があります」

「え？　国王の右腕だろう？」

「恐らくですが、王位を簒奪《さんだつ》しようとしている節があります。あ、遮音をしていますから、ご安心を」

「国王も追い落とす気か……ロクでもないな」

大きなため息をついた俺に、エルビスが香りの良いお茶を出してくれた。

「これで少しでも肩の力が抜ければいいのですが」

「ううん。ありがとう。でもさ、ティアもダリウスも忙しいし、あいつも全然来やしないし……」

なんだか子供っぽい言い方になってしまって、急に恥ずかしくなる。

「ごめん、ちょっと今のはカッコ悪いな」

「いいえ。大丈夫ですよ。誰か人をやって状況を聞いてもらいましょう」

エルビスは外に指示し、ドアはまた固く閉じられた。

「外を固めているのはいつもの四人と神兵です。安心してくださいね。それに、アナトリーの恐ろしい魔道具があちこちにあります。篭ってあんなものを作っているとは……」

俺はその魔道具が何なのかを想像して……すぐにやめた。きっとえげつないものなんだろうなぁ。

まぁ、量産できないらしいので管理を厳しくすれば悪用されないだろう。

ところでもう一つ聞きたいことがある。実は後で送ると言われていた北国仕様の服が、カルマド領ケローガで会った仕立屋のパラパさんから届いたんだが、その中に何やら不穏な物が入っていたのだ。

「パラパさんから冬物が届いただろ？　頼んだ覚えのないものがあったんだけど、これエルビスが注文したのか？」

滞在中は仕立てが間に合わないので、後から送ってくれたんだが、頼んでいないものだった。エルビスをじろっと睨むと大慌てで声を上げた。

「あれはパラパ殿のサービスだと手紙に書いてありました！　私は注文していません！」

「ふぅ～ん？」

そうです。洋服の他にエッチな下着がですね、たくさん入っていたんですよね。パラパさんに依頼したの、エルビスさんですよね～？　スケスケとか、紐しかないとか、それを俺に着ろっていうのか？

アダルトすぎるデザインにちょっとドキドキしたけど、自分が着るのは無理だ。思い出して悶《もだ》えていると、ノックの音がしてエルビスが対応したのだが、渋い顔で戻ってきた。

「どうした？」

「ロドリゴ様が面会に来て、謝罪したいと仰っています。もちろん護衛もつけますし、殿下達も立ち会うと言っていますが、どうしますか？」

ロドリゴ様は媚薬《びやく》で惑わされ俺を襲いかけた。俺もケローガの浄化の後ティアにもらって媚薬《びやく》を飲んだ経験があるが、免疫のない人間では抗《あらが》えないのは体験済みだ。

「ロドリゴ様とは何もなかったんだよな？」

「はい。安心してください」

腕を掴まれた時は怖かったんだけど、普通に話せるかな……

「お嫌なら断ります」

「いや、会う」

だって、あの人だって不本意だったはずだ。それに媚薬《びやく》のせいとはいえ、ティアに罪を問われる可能性があるし、怖いと思う。むしろよく来てくれたとそっちに感心している。

「居室へは誰も近づけないことになっているので、殿下のいるお部屋に移動します」

「近くにいてくれるよな？」

「もちろんです」

「なら、行く……」

エルビスが外で待機している騎士に返事をすると、一斉に人が動くのを感じた。呼びに来たウォーベルトとラドクルトに両脇をがっちり固められ、ティアがいるという一室に案内された。

「ここまでしなくても大丈夫だろ」

「いいえ……我慢していましたが、あの方はきっとジュンヤ様の素肌を見たはず。あの時はマテリオがジュンヤ様を隠していたので耐えましたが、もし衆目に晒《さら》されていたら、見た者全員の目を潰したくなったでしょう」

「エルビス……」

エルビスを少しだけ怖いと思った。でも、逆の立場なら、俺もキレていたと思う。ウルス達がどうなったかまだ聞いていないが、ティアが対処したんだろうな。

そういえば、誰もあの時の話をしない。俺が傷つきそうだから黙っているのかな。

「殿下、ジュンヤ様をお連れしました」

「うわっ！」

思わず悲鳴が出た。というのも、入室すると、ロドリゴ様と男がもう一人、床にぶっ倒れていたから。それを睥睨《へいげい》するダリウスの怒りのオーラも凄《すさ》まじく、思わず後ろに下がってしまった。

「何があったんだ」

「ロドリゴ殿にけじめをつけてもらった。貴族なら薬物への耐性訓練をしていたはずだ。あんた、訓練を怠《おこた》っていたんじゃないのか？　立て、ロドリゴ殿。ジュンヤ、口を出すなよ」

ダリウスは全身から怒気を発していて近寄りがたい雰囲気だ。

「エルビス、これは大丈夫なのか」

「殿下が止めないので、私には何もできません」

エルビスが首を横に振るので、俺は不安な気持ちで三人を見つめる。

「これくらいで、許されるとは……ゴホッ……思って、いません」

よろめきながら立ち上がったロドリゴ様は抵抗する様子を見せなかった。俺の位置からは背中しか見えないが、体が揺れて立っているのがやっとという感じだ。もう一人の男もよろよろと立ち上がった。

「お気の済むまで、どうぞ……」

どうしよう。ダリウスに何度も殴られたら死んじゃうかもしれない。

ティアもロドリゴ様に冷たい視線を送っている。ダリウスがやりすぎたら止めに入る覚悟をして、じっと見守る。きっと考えがあるんだよな……ただの暴行じゃないと信じたい。

「ロドリゴ、そなたは本気で言っているのか？」

ティアの声も凍りついていて、その場の気温が一気に下がった気分だ。全員が怖すぎて止める隙がない。

「本気でございます。この命をかけて、己のした行いを償《つぐな》おうと思います」

「勝手な思いを押しつけるな。ジュンヤが拒否しなかったから会わせてやるが、近づくのは許さぬぞ」

「はい。己の立場は重々承知しております」

「では、振り向いていい」

ティアの許可が出て、ようやくロドリゴ様はこちらを向いたのだが……口元に傷があり、目の周りにも青タンがある。今押さえているのは腹なので、顔は別の日にやられたんだろう。

思わず体が硬直する。どうしよう、よく分かんないけど、怖い……。これはナトルに襲われた直後に感じたものに似ている。助けを求め、思わずエルビスの腕にすがりついた。

「ジュンヤ様。皆が近くにおりますよ」

……そうだよな。怖がってちゃ進めない。

そんな俺の前で、ロドリゴ様は片膝をついて傅《かしず》いた。

「私は媚薬《びやく》に溺《おぼ》れ、神子《みこ》であるジュンヤ様の肌に触れてしまいました。かろうじて犯さなかっただけで、私は罪人です。どうか、ジュンヤ様の手で裁いてください」

「裁く？」

「ジュンヤに、死罪なり鞭打ちなり、刑罰を決めてほしいんだとよ」

「死罪なんて」

人の生死を決める権利は俺にない。鞭打ちだって、相当痛いと聞いたことがある。

「優しいジュンヤが死罪だなどと言う訳がない。それを知ったうえか？　結局、そなたは自分を守りたいのだろう？」

ティアが手厳しいことを言う。

「いいえ！　ただ、私はジュンヤ様を守れなかった……むしろ私が足枷《あしかせ》となり、あんなことに！　どうか償《つぐな》わせてください」

ロドリゴ様は浄化の魔石を持っていなかったから媚薬《びやく》に対抗できなかったし、そういう意味では被害者だ。確かに、力が強くて怖かった。記憶はなくても体は覚えているのか、近くに来られるとビクリと反応してしまうんだ。

それでも、この人は被害者の側面のほうが大きい。断罪するのは違う気もする。

「俺には死罪や鞭打ちなんて言えません。それに、最後まではされていないと聞いています」

本人が耐えたのか、そうじゃないのかはまだ聞いていない。この判断は間違っていると言われるかもしれない。でも、決めた。

「許します。状況は知りたくないので俺に説明はいりません。それが条件です。ティア達に話すのは構いません」

怖いから知りたくないなんて、狡《ずる》い考えかな。でも、知らないままのほうが穏やかに過ごせる。

「それだけでは、とても償《つぐな》いきれません」

「それなら、ティア達を絶対に裏切らないと誓ってください。彼らの力になり、償《つぐな》ってください」

「――分かりました。今は、それだけで……しかし、私はそれでも足りません。生涯をかけて神子《みこ》にお仕えします」

公爵家の長子が頭を床に擦《こす》り付けるなんてあり得ない光景だろう。どうすれば良いか分からず、ティアに助けを求める。

「ロドリゴ、ジュンヤが困っている。それで終いにしろ」

「承知いたしました。では、命は殿下にお預けいたします」

「そなたを死罪にするのは簡単だ。だが、そうすれば確実にトーラントは荒れる。それは私の望みではない。罰は与えるが、ジュンヤへの償《つぐな》いは自分で考えるが良い」

「御意」

「それからレミージョ。そなたが得た情報を全て話せ。それまで眠れると思うな」

「はい」

ロドリゴ様とレミージョという男は一礼をして部屋を出ていった。俺もちょっと肩の力が抜けて、思いの外緊張していたと気がついた。

「怖かったでしょう。もう大丈夫ですよ」

「あの時、すごい力で掴まれたんだ。だからかな、少し怖くて。でも、もう大丈夫。ところで、もう一人いたレミージョって、俺を助けようとしてくれたんだけど何者？」

うろ覚えだが、あの屋敷でウルスと俺の間に割って入り、殴られた男だったと思う。

「ピエトロの庶子だそうですよ」

「あの人がロドリゴ様の言ってた長子か。ってことは、あの屋敷に住んでたのか」

「いいえ、狂信者に疑念を抱き潜入していたそうです。複数の愛人がいるそうですが、そのうちの一人の屋敷だったそうですよ」

「愛人がそんなに……ピエトロは最低だな」

そういえば、彼とロドリゴ様は髪の色が同じだった。

「全然貴族っぽくなかったね」

「あれは一般市民として暮らしてるらしいぜ。ピエトロは気に入った相手を弄《もてあそ》ぶのがお好きだったらしい。で、子を産ませては自領の駒として育てたんだってよ。胸糞悪りぃ」

ダリウスは眉間に皺《しわ》を寄せた。

「そんな妾腹の子がかなりいるそうだ。胎珠をもらうには神殿での手続きが必要だから、認知だけはしているそうだがな。それでピエトロは、ウルスやナトルとはかなり前から深く付き合ってるんだってよ」

「クズの見本か」

俺は思わず口汚く罵《ののし》ってしまった。そのピエトロも、今回の件で領主代行の座をロドリゴ様に明け渡すという。さらにピエトロは鞭打ちのうえ、僻地での軟禁生活が確定しているそうだ。

狂信者達の何人かは死罪、一部は強制労働だとか。それぞれの世界の罪の償《つぐな》い方があるから俺が口を出してはいけないんだろう……

「ジュンヤが苦しみを背負うことはない。決めるのは私だ」

「ううん。俺に関わっているんだから……でも、ティアの決断を信じているよ」

死罪を言い渡すその重さも、一緒に背負ってやらなくちゃいけないと思う。俺がこの世界に来たから始まったんだから……

「納得いかないっ！　断固抗議するっ！　ちゃんと説明してくれよ」

あれから三日経っても、俺はまだこの部屋に軟禁されていて、ストレスが溜まっていた。

「ジュンヤ様っ！　今日こそ殿下が説明に来るはずですから！」

「エルビスさん？　昨日も同じ話をしましたよねぇ？」

「うっ……しかし、しかしですね！　安全第一です。私も引きませんよ！」

滅多にないエルビスとの睨み合いだ。隙を見て部屋を出ようとしているが、エルビスもドアの前に立ちはだかる。

「ジュンヤ様、エルビス様も頑張っているんです！　お許しください～！」

「ジュンヤ様に何かあったら、私達は生きていけません～」

そんな俺を、ノーマとヴァインが宥《なだ》めに来た。涙目のノーマ……でかいのに子リスみたいで庇護《ひご》欲をそそるんだよ！　ヴァインはヴァインで、滅多に泣きそうな顔を見せないから。くっ……その目に弱いんだよっ！　計算か？

「私がお伺いしてきますっ！」

ヴァインが猛ダッシュで外へ出ていく。

「分かったよ……もう少し、だな」

ああもう、今日も負けだっ！

諦めてベッドにダイブする。大人気ないなと正気に返ったのもある。しばらくして、ヴァインが笑顔で戻ってきて、ティアが来ると教えてくれた。それからティアと二人きりになり、向かい合って座る。

「エリアス第一王子殿下ぁ。そろそろご説明願えますかぁ？」

思わず責めてしまったが、その権利はあると思う。何も説明せずに三日だぞ。俺の怒りを隠さない態度を見て、ティアの仮面みたいだった表情が動いた。

「ジュンヤの怒りは、重々承知している」

「そりゃあね？　さすがに怒るよ。多分、俺に聞かせたくない嫌な話や汚い話があるんだろう。でもさ、相手が子供ならいざ知らず、俺は大人だぞ？　嫌な話だってちゃんと受け止めるつもりだ」

「そうだな。それは分かっているのだ。だが、私は……怖かったのだ」

「えっ？」

意外すぎる返事に面食らってしまう。

「私はジュンヤが思っているほど優しくない。怒りに任せてやりすぎもした。そんなところを見られて、怖がられたくない」

「そんな心配してたのか」

なんとなく、恐ろしいことが起きている気はしていた。みんなが俺に知られないように気を配っているって。

「この数日、レナッソー内の不穏分子を洗い出して捕らえていた。安全が確保されるまで、ジュンヤを外に出すのは危険と判断してここに隔離していた」

「だからさ、そういう時に説明してほしいんだって。上に立つ人間が優しいだけじゃダメだって知ってる。厳しく対処しなきゃいけない時もある。でも一人ぼっちで頑張るなよ。そりゃあ俺は甘いし、この世界の法律の知識もまだまだ足りない。それでも相談には乗れるし、辛い決断をする時、寄り添うことはできるんだぞ」

ティアの目を覗き込み、心の奥を探る。

「絶対怖がらないし、嫌わない。だから、教えてくれ」

そこでようやく打ち明けられたのは、俺の貞操が危なかった時の、突入後に繰り広げられた攻防だった。

まず、ピエトロ関係。本人は早々に捕らえ軟禁した。なかなか自白せず、部下に罪を丸投げしようとしていた。

そして、彼の部下。彼らは、捕まった時に自分が見殺しにされる可能性が高いので、徹底的にとぼけて逃げを打った。部下が罪を着せられるのはどこも同じなんだな。そこで、正直に話せば罪を軽くすると飴《あめ》を与える訳だが、真偽のほどを調べるために伝統的な質問方法を使ったそうだ。ただ、内容は断固教えてもらえなかった。ざっくり言うと痛めつけた後、俺の魔石で治癒するという飴《あめ》と鞭を駆使したそうだ。

結果、奇跡の力に感動し、にわか神子《みこ》信者の出来上がり。神子《みこ》に酷《ひど》い真似をしたと懺悔し、こちらが聞いていないことまで話し始めたそうだ。

「ユーフォーンでも同じだった。ジュンヤの力を知れば、皆が侮《あなど》っていた過ちに気がつく。だから、残酷な手であっても容赦なく使った。全員に償《つぐな》いをさせる。死罪にする可能性もある」

冷静な口調だが、好き好んでそんな決定する奴がいるか？　サディストならともかく、まともな人間には苦しいはずだ。

「トーラント家の騒動は、ロドリゴがオネストとレミージョ、二人の力を借りて対処している。これは宰相の力を削ぐ好機だと思っている。私は狂信者達を裁いているが……冷静さを欠いてしまう時がある。無様な姿を見られたくない」

「それでも一緒にいる。立ち会う。前に、何があっても離れないと言ってくれただろう？　俺も同じ気持ちだよ」

俺は席を立ってティアを抱きしめた。

「うん、決めた。狂信者にも、ちゃんと向き合う」

「怖い思いをするぞ」

「怖いけど、彼らに過ちを認めさせないと。力尽くで奪っても意味はないって思い知らせる」

そこまで言って、にやりと笑ってみせた。ティアに気弱なところは見せたくない。

「俺、やられたらやり返してきただろう？　もしかしたら捕まっていない仲間もいるかもしれない。そいつらが犯行を繰り返さないためにも動く。まぁ……どうすれば良いのかは、全然思いつかないけど、彼らに会ってみようと思う」

そんな俺の決意を聞いて、ティアは大袈裟《おおげさ》にため息をついた。

「ナトルの時と同じく、まともな会話にならない可能性もある。それでもやるんだな？」

「そうだな。何もしないよりマシだろう？　一緒に考えよう。あっ、っ……ん、ぅん……」

俺の笑顔を見て、ティアはキスをしてくる。俺はその甘美に身を任せた。舌が丹念《たんねん》に口腔《こうこう》をなぞり、甘い滴を流し込まれる。

「んん……は……ぁ……」

「では……共に重荷を背負ってくれ」

ほんの少し震える声に気がつかないふりをして微笑んだ。人の命を背負うのは重い。ティアはそれを一人で背負ってきたんだ。

「うん。そう言ってくれて嬉しい」

やっと部屋を出た俺は、狂信者を留置している牢獄に向かった。そこは神殿の地下で、こんな所にも牢獄があるのに驚いた。

牢獄に向かう扉の前で待ち受けていたのは、グスタフ司教や多くの神官、そしてマテリオだった。なんだか、すごく長い間会わなかった気がするな。俺を見たグスタフ司教が驚いている。

「ジュンヤ様がこんな地下に下りてこられるとは。不浄の者達に本当にお会いになるので？」

「はい。皆さんが俺に汚いものを見せたくない気持ちはありがたいです。でも、それは間違いです。俺は、自分自身に起こったことに向き合うつもりです。それがどんなに苦しくても、です」

この世界で生きていくため、目を背けてはいけない。自分に関わったことで人生が変わった人がいる。何が起きているのか、真実を知りたい。

「ジェイコブ大司教からの手紙に書かれていた意味が分かりました」

「大司教はなんと？」

「あなたの最大の武器は、しなやかで強靭《きょうじん》な精神だと。麗しい姿に見惚れているだけだと、呑み込まれるとも仰っていましたね」

「前半はありがたく受け取っておきます」

俺が笑うと、グスタフ司教は肩を竦《すく》ませた。

「おお、怖い怖い。実に頼もしいですな。では、参りましょう。その前に、見た目は少々難ありですのでお覚悟を」

「……見た目ですか？」

司教がティアを窺《うかが》う仕草をしたので振り向くと、珍しく気まずそうな顔をしていた。

「ジュンヤを襲ったと知って、少々やりすぎたと言っただろう？　裁判後にやるべきだったが……脚と局部を切り落とした」

「切り落とした……？」

えっ？　それって、もしかして、切断？

さすがに血の気が引いていく。ティアは俺から目を逸らした。

「神子《みこ》様、強姦罪は未遂でも去勢と決まっております。遅かれ早かれ処理されるので、問題はないと思いますよ」

フォローのつもりか、グスタフ司教はとんでもないことをサラッと言う。的《まと》外れだったが、覚悟が必要そうなので先に聞いておいて良かった。

この先にどんな光景が待っているのか。ティアが恐れていたのはこれか。彼がしたことを見た俺が、恐れて離れていくかもしれないと思っているんだ。確かに、恐ろしいとは思う……

「私が怖くなったか？」

ティアの表情はいつもと変わらないように見えるだろう。でも、眉がかすかに八の字を描いて、怖がっているんだと感じた。ずっと一緒にいるから分かる。俺が手を伸ばし、眉間の皺《しわ》をぐりぐり伸ばすと、驚いた顔をしている。

「怖くないよ」

自分の体から抜け出した時、大勢に囲まれ服を脱がされていた、情けない姿の俺。仮に、ティアがそうされていたら、俺も残酷な行為をしたかもしれない。

安心したように、ティアの眉間から力が抜けていった。

「よし、行こう」

ティアと手を繋ぐ。きっと、王子にこんなことをするのは正しい行動じゃないだろう。でも、そんなの関係ない。ティアの苦悩を全部背負うため、俺は行く。

牢獄の中に入ると、いくつもの檻《おり》に投獄された狂信者達がいて、俺を見ては『慈悲をくれ』だの『許してくれ』だの、身勝手にわめいていた。下半身に包帯を巻いた者だけの檻《おり》もあり、鉄柵まで這いずってしがみついていた。恐ろしくて叫んで飛び退きそうになったが、悲鳴を必死で我慢した。

彼らは、看守に注意をされても、決して届かない手を伸ばして哀願する。無視しろとグスタフ司教やティアに言われたが、どうしても一言言いたくなった。

「あなた達は、大人数で屈服させようとした。それがどんなに卑怯な行為か分かっているのか？俺が庇護者《ひごしゃ》と力を分け合えるのは信頼があるからだ。それを築こうともしないだけじゃなく、多くの民も巻き込んだ」

叫んでいた彼らは静まり返り、こちらを見つめている。

「自分がしたことには正当性があるのか、よく考えろ。俺は、敬意のない者に慈悲は与えない。

ティア、行こう」

静まり返った彼らに背を向け歩き出した。すすり泣きが聞こえたが、後悔しても遅い。これがただの怪我人なら、惜しみなく治癒の力を使うのに。

でも、許せない。これだけは、許すなんて綺麗事は言えない——

「ジュンヤ」

温もりを与えてくれるティアの手だけが頼りだ。

「大丈夫。ほら、次に行こう」

ふと顔を上げると、俺を見つめるマテリオの瞳があった。何か言いたげだが、今はお互いやるべきことがある。

そのまま牢獄の中を進み、あるところでグスタフ司教の足が止まった。

「ここです」

ウルスは、再奥にある牢の簡易ベッドに横たわっていた。俺の姿を見ると、ベッドから転がり落ちた。その目はギラギラと輝いてズルズルと鉄柵まで腕で這いずってくる。痛みがあるはずなのに、物ともせずに這いずるその姿は異様で恐怖を感じた。

「お待ちしておりました。神子《みこ》様のご加護で、こんな姿になっても何の苦痛も感じませぬ」

恍惚《こうこつ》と見上げる男に引導を渡すのは俺だ。

這いつくばったまま俺をうっとりと見上げるウルスを見ると、吐き気を催《もよお》すほどの嫌悪を感じる。これまでの人生で、今すぐ足蹴にして踏みつけたいほどの憎しみを感じたことがあっただろうか。

無残な姿を晒《さら》しているウルスに、少しは痛みを感じるかと思ったが杞憂だった。

「私は神子《みこ》の夫に相応《ふさわ》しい治癒力を持っております。邪魔が入りましたが、是非とも慈悲のお力を賜《たまわ》りたく存じます」

とんでもない自信家だ。呆れて何も言えない。でも、彼は自分のことだけを考えていて、俺の気持ちなんか一切気にしていない。

「失った象徴も、神子《みこ》様のご恩寵《おんちょう》があれば、取り戻せるかもしれませぬ。さぁ、早く私の近くへ来てくださいませ。契《ちぎ》りましょう」

「あんたは夫なんかじゃないし、庇護者《ひごしゃ》に相応《ふさわ》しくない」

吐き捨てるように言うと、ウルスは間抜けな顔を晒《さら》して驚いた。

「そんな！　私達は夫婦の契《ちぎ》りを交わすべきです！　胎珠で子を作れば、史上最高の治癒力を持った大司教が歴史を作るでしょう」

ウルスが叫ぶと、背後からマテリオが進み出てきた。

「胎珠は消滅したし、あなたはジュンヤの伴侶などではない」

「なぜ神官のくせに邪魔をしたのだ！　あの胎珠をどうした！」

「あなたが相応《ふさわ》しくないから、胎珠もすぐに役目も終えたのでしょう」

二人のやりとりから察するに、挿入しないと自然消滅してしまうようだ。相性が悪い場合も、体内で消えるってことだろう。だから国王と王妃に子供ができなかったのかも。

「何を言う！　あの香を焚けば相性など関係ないわ！」

なるほど。部屋に漂《ただよ》っていた変な臭いは、胎珠が消えないための役割をしてたんだ。だから相手は誰でも良い。随分酷《ひど》い薬だな。もしかしたら、ピエトロに妊娠させられた人達も使われたのかもしれない。

「俺に必要なのは、お互いの信頼と、愛だ」

そう。一番大事なものをすっ飛ばしてヤっても意味はないんだよ。一方的なセックスは悪意以外の何ものでもない。

「愛しておりますともっ！」

「あんたが愛しているのは神子《みこ》であって、俺じゃない」

「そんなことはありません。一目見た時からあなたは私の伴侶と確信しました！」

「神子《みこ》の俺、だろう？　まぁ、多分そこは一生噛み合わないから、もう良いや」

ナトルとも同じ話をしたもんな。盲信しているからその辺は理解できないんだと思う。

「今更言っても手遅れだけど、こんな事件を起こしていなかったら……あんたが普通に治癒や浄化を求めていたら、浄化してやっていたよ」

俺が言うと、ぽかんとして見つめている。周囲の人間は『何を言っているんだ？』と、ざわついていた。

「でもそれは、純粋に助けを請われていたらの話だ。これまでの道中に会った住民や村人……彼らと同じく、平等に対処していた。でも、あんた達は道を誤って、大勢を巻き込んだ」

俺はしゃがみ込んでウルスと視線を合わせた。

「こうして……無惨な姿を見るのは苦しいだろうと思っていたよ。正直良い気分ではないけど、同情はできない」

ウルスにされたことが、俺の心をズタズタに引き裂いた。あの時は心と体がバラバラになりそうだった。ラジート様の助けもあり切り抜けたが、彼はまた瘴気《しょうき》に苦しんでいる。それもこれも、狂信者が瘴気《しょうき》をばら撒《ま》き、人々を苦しめているから。

「だから俺は、あんたを、助けない」

言葉を区切り、ゆっくりと現実を突きつけた。残酷な宣言だと知りながら、淡々と告げた。

「そんな……！」

ガチャンッと大きな音がして、ウルスが鉄柵に体当たりをして手を伸ばす。俺は、届きそうで届かないギリギリの距離を保つ。立ち上がって見下ろしていると悲しくなった。お前のせいで、残酷な自分の存在を知ってしまった。

「ジュンヤ、離れろ！」

マテリオが俺を引っ張って、決して手の届かない位置に連れていかれた。

「マテリオ……」

「泣いても良いんだ」

「泣かないよ。あいつが理由で泣きたくない。負けない」

「そうか」

今すぐにこの腕に飛び込んで抱きしめてほしい。再び視線が合ったと思った瞬間、ウルスが狂ったように大暴れし始めた。突然痛覚が戻ったのか、治癒してくれと懇願している。急に怖くなり、脚が動かなくなってしまった。

「ジュンヤ、行くぞ」

ティアに手を引かれ、慌ただしくその場を去る。一階に戻ると、陽の光が差していて、重い空気から解放してくれた。

ほっとして深呼吸する。やっと会えたマテリオと話すチャンスだと思い、袖を引っ張った。

「あのさ、マテリオ。ちょっと話が……」

「マテリオ様！　例の件でご相談が……あ、神子《みこ》様、お話し中でしたか」

小柄な神官が割り込んできて、最後まで言えなかった。

「いや……」

「すまない。司教が一人減り、他にも多数捕縛《ほばく》されたせいで人手が足りない。それに、グスタフ司教の補佐になったので仕事が山積みなのだ。急用か？」

「……ううん。大丈夫。忙しそうだな。体に気をつけて頑張って」

この状況で一緒にいてくれと言うのは我儘《わがまま》だ。後ろ姿を見送っていると、息苦しくなって部屋に戻りたくなった。でも、その前に。

「ティア、ダリウス、まだ部屋に詰めてなきゃダメか？」

「ん〜。エリアス、だいぶ片が付いてきたし、少しなら良いよな？」

「そうだな。神殿の外へ出るのはまだ控えてくれ」

外へ行きたい訳じゃないので十分だった。

「じゃあ、祭壇に行きたい」

「今は誰もいねぇと思うが、それでも良いのか？」

「うん。ちょっと行ってみたいだけだから」

ふーん、と頷いたダリウスは、理由を聞かずそのまま連れていってくれた。

祭壇のある大広間は、神殿や地下の喧騒など無関係とばかりに静謐な空気に満ちていた。

「この先は一人で行って良いか？」

「ああ」

ダリウスには入り口で待っていてもらい、一人で祭壇に向かいメイリル神像を見上げる。膝をつき、見よう見真似で祈りのポーズを作る。

……俺は、犯罪者とはいえ、大怪我を負った狂信者達を救わなかった。もちろん、応急処置はされていた。でも、これは正しい行いだったのか？

メイリル様。あなたは俺に何を求めているんですか？　ラジート様を救うのは水の浄化だけじゃ足りないんですか？　もちろん、返事がないのは分かっています。でも、道筋くらいは指し示してくれませんか？

心の中でいくら問いかけても返事はない。仕方なく立ち上がって、もう一度像を見上げた。

——あなたの信徒を……俺にくれますか……？

もう一度問いかけ、返事がないことを確認して、その場を後にした。

襲撃から四日目、ようやく神殿の外に出る許可が下りて街へやってきた。

神殿の人間や一般市民の一部の狂信者が俺を襲った事件は、既に知られているという話だった。反応は怖かったが、話を聞いて不安を抱えている人や、残っていた瘴気《しょうき》の浄化も必要だった。

噴水の魔石は戻らず、未だ汚染が残っていた。証言によると、狂信者が瘴気《しょうき》を含んだ石を投げ入れたそうで捜索に来ていた。

安易に魔石に頼らないのは、魔石の価値を軽く扱われないためだ。というか、安易に魔石に頼ろうとしているのが国王や宰相、大臣だと聞いて腹が立っている。だから、今後は俺のいないところで魔石を使用しないとティアに言われた。もちろん、納得している。

馬車で移動して、いざ車外に出ようとステップに脚をかけると、不意に怖くなった。

「変な目で見られないかな。なんか……触られて汚くなった感じがしてさ」

最後までされてないけど、邪推する人もいるんじゃないか。

「そんな目で見る奴がいたら感電させてやる」

ダリウスさん、怖いですね。でも頼もしい。もし冷たい目で見られても淡々と仕事をこなそう。

馬車を降りて噴水に近づくと、人々が遠巻きにして俺達を見物していた。心臓がギュッと苦しくなったが、いつも通りにやるだけだ。

今日一緒にいる神官はソレスだ。マテリオは神殿に拘束されたままで、いつもいつも神官の誰かがべったりくっついていて話せない。そのせいで俺はイライラを募らせていた。

だが、私情を捨てて、浄化に集中しなくちゃな。

「ジュンヤ様、どこかに瘴気《しょうき》を含んだ石があるはずです」

「うん。でも、適当に放り投げたらしいからな……」

水に触れると浄化され輝くが、光がずっと消えない。この噴水さえ浄化すれば最後なんだが。

「あのさ、水に入っても良いかな？」

「お風邪を引きますよ！」

「でも、もっと奥にあるみたいだから。すみません、良いですか？」

レナッソーの神官が帯同しているので確認し、靴を脱いで裾を捲《まく》り上げた。

「冷たっ」

水温が低い。足先を入れただけで体が縮こまる。ここは王国の北部で、王都より気温が低いんだから当然だ。気合いを入れて水に入ると、脚の周囲がキラキラと光る。噴水の中央には彫刻があって、先端から水が出ていた。彫刻にはたくさん隙間があり、手を突っ込んで探っていると何かに触れた。

掴んで取り出すと、黒く輝く小さな石だった。俺の手の上で浄化され光り始めている。握りしめ浄化を流すと、ゆっくりと輝きが消えていった。手を開くと、至って普通の魔石に戻った。

「原因は悪い物のはずなのに……光は綺麗だな」

皮肉な気がするが、浄化の光は本当に綺麗なんだ。

「ジュンヤ、終わったなら出てこい」

ダリウスに呼ばれて戻ろうとした時、脚が冷えすぎて痛みを感じているのに気づいた。慌てて噴水から出るため段差を越えようとしたのだが、つるりと滑った。感覚が鈍《なま》ったせいか踏ん張りきれず、背後に体が傾いだ。

「危ねぇ！」

背中から噴水にダイブしかけたのを助けてくれたのはダリウスだった。

「大丈夫か？」

「ありがとう。助かった……」

抱き上げられ、エルビスが脚を拭いてくれる。

「自分でやるのに」

「ふふっ、私の楽しみを取る気ですか？」

世話するエルビスは本当に楽しそうだ。そっかぁ、そんなに楽しいかぁ。

「俺も役得だなぁ」

ダリウスも笑っている。まったく……でもそういうところに救われているんだよな。

「ダリウス」

しかし、不意にエルビスの声が厳しくなった。

「分かってる」

「どうした？」

二人の視線の先には、近隣の住民が集まっていた。まさかまた襲撃かと、護衛に緊張が走る。

「何用だ！」

ダリウスの威圧感のある声が響き渡る。ダリウスのあまりの迫力に彼らは顔色をなくしている。だが、それに臆《おく》さず数人が前に出てきた。

「神子《みこ》様に、御礼を申し上げたくて……ワシらは、お礼をすることも、お助けすることもできませんでした。あの、ありがとうございました」

前に出た人達が平伏すると、周りの人達も後に続き、一帯は平伏する民で埋め尽くされた。

ちゃんと見てくれている人がいたんだと、俺は胸が一杯になった。ダリウスに下ろしてもらい、支えられながらみんなのほうを見る。

「皆さん、顔を上げてください。まだ浄化は完全に終わっていません。俺は、この先にある原因を探しにまた旅に出ます。これから、王都の人達がたくさんこちらに逃げてくるでしょう。その時には、皆さん助け合って乗り切ってください。それが俺の願いです」

頭を下げると、また抱き上げられ馬車に乗り込んだ。住民は馬車に乗る俺に向かって、ずっと頭を下げていた。

馬車が動き出し噴水が見えなくなると、エルビスが口を開いた。

「この街もジュンヤ様の味方になりましたね」

「そう思う？」

エルビスとソレスが俺の言葉に頷いた。

「いやでも、毎回、ハードすぎるんだよなぁ～！」

広い馬車の中で、うーんと背を伸ばす。まったく、俺の異世界生活はキツすぎる。

「じゃあ、次はミハ・ジアンだな」

山の民の本拠地の情報は少ない。なるべく色々な情報を集めて、万全の支度をして向かわないといけないな。

「そうですね。旅支度を始めましょう」

「王都の様子は？」

「あまり良くないみたいですね」

俺が各地の瘴気《しょうき》を浄化すればするほど悪くなるのかもしれないから当然か。それでも、この旅をやめる訳にはいかないんだ。

「やっと次に進めるな」

今後の話をしながら神殿に戻ると、もう旅支度を始めているアランデルやノーマ達がいた。

「アラン！」

「あ、ジュンヤ様っ！　やっとお会いできました！　ごぶじですか？」

「ああ、大丈夫だよ。ありがとう」

恐ろしい事件なんて、子供は知らなくていい。俺はアランデルを抱きしめて、頭を撫でた。

「あの時のアラン、カッコ良かったぞ！」

心配するなと宣言したアランデルは、本当に立派な騎士だった。

「えへへ、恥ずかしいです。でも、あんまり役に立てませんでした」

「そんなことない。勇気をもらえたよ」

「もっと上手に風を使えるように頑張ります！」

「おう！　頼もしいな。俺も攻撃魔法が使えたら戦えるのに」

俺が褒めるとアランデルはほっぺたを真っ赤にしている。いやぁ、癒《いや》されるわ。危険な目に遭わせちゃったけど、可愛いマスコットキャラは必要だ。ラドクルトの指導で、かなり魔法の腕をあげているらしいから、これからの戦力に期待だ。

「ん？　ミイパは？」

「池の辺りがお気に入りなようで入り浸ってます。石造りのたてものは落ち着かないって言ってました」

「そうか。普段は山にいるんだもんなぁ」

「弓矢が得意らしいですよ」

「へぇ。確かに森なら音の出ない武器が有利だな」

まったりとアランデルに癒《いや》されていると、今度はレナッソーの神官がやってきた。ティアが呼んでいると言われ、ティアが仕事をしている部屋へ急いで向かう。

「っ！」

部屋に入り、思わず足が止まる。そこにはロドリゴ様とレミージョがいたからだ。

「ジュンヤ様」

傷ついた様子のロドリゴ様には申し訳ないと思う。大丈夫、もう終わったんだ、と自分に言い聞かせた。

「こんにちは、お二人とも」

大丈夫、俺は笑える……

「ジュンヤ、待っていたぞ。この二人がいて驚いたろう。何かしたら私がこの手で首を落とすから安心しろ」

ティアはいつもの表情で淡々と話す。でもなにそれ怖い！　全っ然、安心できないよね。

「そこまでしなくて良いから」

氷河期突入みたいな空気になりつつ、話は始まった。

「旅の準備は当家で全面的に支援いたします。それから、兄をお連れください。旅慣れていて、ミハ・ジアンの者と少し面識があるそうです」

「どうもレミージョと申します。えーっと、貴族教育は受けてないんで、不敬があったらすいません。俺の知り合いはミハ・ジアンの村長の長男ギランです。顔見知り程度ですが、いないよりマシかなと。俺は傭兵《ようへい》やってて、体力には自信があります」

この人は俺が襲われた時に助けてくれて、ボコボコに殴られていた人だ。

「トーラント家のために潜入してたんですか？」

「冗談じゃない！　あのクソ親父のことなんか知りません！　自分の街を愛してるから動いただけです」

「ジュンヤ様、兄上があの場にいたのは本当に偶然だったらしいのです。ですが、それも兄上の持つ強運なのだと思います。是非お連れください」

ティアを見れば、既に承知しているらしい。

「これでもトーラントの端くれだ。己の血筋が起こした事態の賠償の一端を担《にな》ってもらう」

うん。優しい理由じゃないとは思っていたよ。がっつり連帯責任を取らせる方針か。

「分かった。ミハ・ジアンに直行するのか」

ティアは地図をペンで突いて、悩むように顎《あご》に手をやった。

「——検討中だ。砦《とりで》からミハ・ジアンに向かうルートも考えたが、日数がかかる。どこかで食料を調達しなければ」

確か、呪《しゅ》がある可能性がある水源は二つだったな。

「意見を言っても良いか？」

「構わない」

「ミハ・ジアンを優先したい」

キッパリと言い切る俺に、ティアの視線が突き刺さる。

「それはなぜだ？」

「ラジート様の解放の鍵があると思ってる。実は、ラジート様はナトルにより呪縛《じゅばく》がまた強まっていて、俺が毎日宝珠を浄化しても解放されない」

ラジート様が何度か俺に会いに来たが、どんどん弱っていて心配だと話した。そして、ユーフォーンのパレードで襲われた時、飛ばされた世界で見た泉について説明した。

「実は、その場所を夢の中でも見た気がするんだ。だから、ラジート様と会った泉はミハ・ジアンの可能性が高いと思ってる」

長い沈黙の後、ティアは了承した。必要な食料などを打ち合わせた後、ロドリゴ様達が帰り、俺とティアが残った。

「では、ミハ・ジアンへ向かおう。ところで、ジュンヤ。レナッソーの神殿に、マテリオを残してほしいと打診されている」

「えっ⁉」

「ウルスは力の強い司教だった。それに、他にも仲間の神官がいた。大勢投獄され、そのせいで手が足りないのは知っての通りだ」

「うん」

「マテリオは、グスタフの知っている幼い頃より何倍も力が上がっているという。恐らくジュンヤの影響だ。だから、神殿に必要だというのだ」

「あいつ、一緒に来ないって？」

「本人からは何も聞いていない。もし残るなら、代わりの神官を寄越すという。ジュンヤはそれでいいのか？」

今はただの庇護者《ひごしゃ》だから、恋人ではないから、他の神官達と交歓《こうかん》する？

「ティア……俺、みんなに話がある」

間に合うのか分からないが、やるだけやると決めた。だから、三人の庇護者《ひごしゃ》に俺の部屋に来てもらい、決意を告げた。

ミハ・ジアンを目指す俺達は、食料を準備しマジックバッグに詰める作業を始めていた。装備の再点検も忘れずに、だ。

神殿内の不穏分子は、アナトリーの怪しげな嘘発見器で炙り出せたので、安全が確保された。……アナトリー怖すぎる。聞くに、そういう尋問などの道具や武器が得意らしい。

ふと、アリアーシュを思い出した。あいつ、性格が攻撃的で喧嘩しまくったけど、得意なのは防御だった。魔道士には色々なタイプがいるんだなぁ。

魔道士は全属性がバランス良く使える稀有《けう》な存在だから、滅多に会えないそうだ。大体は王都のエリートで、アナトリーみたいな野良魔道士（本人談）は少ないという。確かアナトリーは権力に縛《しば》られるのが嫌で、ユーフォーンに流れ着いたと言っていた。

俺は一人——といっても、護衛がいるので厳密には一人じゃないが——エルビスとも離れ、神殿でマテリオを探していた。

短くない時間を歩き、ようやく執務室で数人の神官と書類を作成している姿を見つけた。いつもの仏頂面だ。眉間に深い皺《しわ》が寄っている。そんな無愛想な顔なのに、それを見て、なぜかホッとしてしまった。

「マテリオ」

「ああ、ジュンヤか。どうした？」

「ああ、うん。レナッソーに来てからあまり話す機会がなかったし、元気かなって思って」

俺のバカ！　いくら他の人がいるからって、そんなつまんない言い方あるかよ。

「そうか。今回の顛末をまとめジェイコブ大司教に送付するので、その書類を作成中だ。ウルスや彼の仲間がしていた仕事を引き継ぐ書類も大量にある。寝る時間もなかなか取れないが、どうにかやっている」

「そうか。大変だなぁ」

「マテリオ司教代理、お話し中すみません。こちらを見てもらえますか？」

「司教代理？」

人が足りないだけだったんじゃないのか？　いつの間にそんな肩書きが？

「そうなんです、神子《みこ》様！　ご出世されたんですよ！　でも、当然ですよね。素晴らしい魔力量ですから」

若い神官は、憧れなのか別な意味なのか分からないが、うっとりとマテリオを見つめている。

「司教代理と呼ぶのはやめてほしい」

マテリオはしかめっ面《つら》で拒否するが、彼にはそれさえも魅力的に見えるのか、一層頬を赤く染めている。

「え〜？　そうですか？　では、マテリオ様なら良いですか？」

「……まぁ、仕方ない」

なんだ、その馴れ馴れしさは。しかも、いつの間にか若い神官がマテリオの周りに集まってキャッキャしている。

「神子《みこ》様の庇護者《ひごしゃ》なんてすごいですよね！　マスミ様の伝説が真実だって、この目で見ることができるなんて！」

「庇護者《ひごしゃ》様はみんな強い魔力をお持ちなんですよね？　清らかな神子《みこ》と神官の出会いなんて、ドラマチックです」

神子《みこ》と庇護者《ひごしゃ》の真実を知らない若い神官達は、純粋に力を分け合うんだと思っているみたいだ。

いいえ、俺、こいつとエロいことしてますけど？　みんなの憧れの君とエッチをいっぱいしましたよ？　すかした顔してるけど、かなりヤバイエッチするんだぞ？

そんな真実を知らない彼らは、口々に旅の話を聞きたがった。

「浄化の旅は本当に大変でございましたね」

「ははは。そうだね」

棒読みで返事をしつつ、イライラがバレないように必死だ。マテリオと話しに来たのに、なんで初対面の神官と旅バナしてるんだ？

お前も、書類のほうばっか見てんじゃねーよ！

ムカつきつつも顔は営業スマイルをしてしまうという、元営業マンの悲しい性。

なんだよ、あんた、このまま神殿に残る気……？　でも、そうだよな。司教代理なんて、大出世だもんな。このまま、一つ空いた司教になる可能性もあるのかな。

決心してきたのに。全然あいつと二人になれない。

「邪魔してるみたいだし、もう戻るよ」

「あ、すみません！　マテリオ様にご用だったんですよね？」

「いや……良いや」

「ジュンヤ？　すまない、これが終わらないと時間が取れない」

そうね。仕事は大事だよな。よーく分かってるって。

「じゃあ、お邪魔様」

――俺の根性なし。でも、あんなに人がいる場所で話せる内容じゃない。もしかして、このままフェードアウトするパターンか？

部屋を出ようとドアに手をかける。意気消沈する俺だったが、焦りの声が聞こえて振り向いた。

「待てっ！　すまない。やっぱり何か用事があるのだろう？」

「マテリオ……うん」

駆け寄ってきてくれたのが嬉しいなんて、俺は乙女か。

「あのさ、あとで、二人だけで話したいんだ。明後日には出発だろ？　だからその前に……頼む」

それまでに話さないと、あんたと会えなくなるかもしれない……

「深夜になってしまうが良いか？」

「ん、良いよ。終わったら部屋に来てくれるか？」

「分かった」

なんとか約束はできた。会話している表情は、初めて会った頃と同じで冷静そのものだ。仕事に戻っていく背中を見つめる。

本当に手遅れなのかもな。でも、巡行に来てくれる神官はマテリオであってほしい。命を預けられる相手は四人だけなんだ。

「ジュンヤ様、マテリオと話せましたか？」

部屋に戻ると、エルビスが心配そうに聞いてきた。

「ダメだった。すごく忙しそうでさ。……もうダメかもな」

「そんな……」

「悪い、少し弱気になった。でも、夜に時間作ってくれるって言ったから、今夜話してみる。悪いけど、両隣の部屋は空けといてほしい……」

エルビスはうんうん頷いて、ぎゅっと手を握ってくれる。

そしてその夜、俺は待った。

待って待って、待ち続け……

——気づくと、朝だった。


「ふざけんな！　来るって言った癖に！」

「ジュンヤ様？」

俺がキレて枕に八つ当たりをしていると、エルビスが大慌てで入ってきた。

「あいつ、来なかった」

「それは……護衛から聞いています」

「ちょっと、あいつんとこ行ってくる」

ムカつく。明日の朝には出発なんだから時間がないんだ！　怒りに任せてドカドカ歩いていると、部屋の外にいたウォーベルトとラドクルトが驚いて目を見開いた。

「ジュ、ジュンヤ様⁉」

「ウォーベルト、移動する時は護衛をつけろって言われてるんだ。一緒に来てくれないか？」

「は、はいっす！」

ダリウスは全部放り出してきてくれるかもしれないけど、トップにはトップの役割があるし、これからあいつに話す内容をみんなに聞かせるのは違う気がしている。

「すみません、マテリオはいますか？」

昨日いた執務室らしき所に向かうが姿がなかった。

「申し訳ありません。司教代理は今、各教会に出向いています。帰りは夕方になると思います」

「夕方……俺に何か伝言とかあった？」

「私は存じませんが、誰か聞いているか？」

みんなが首を横に振る。

へぇ……約束破って音沙汰なしか、あの野郎。

「そう。分かった。マテリオの部屋、どこか教えてくれる？　戻ってきたら話があるから会いに行くよ」

とりあえず部屋を教えてもらい、イライラを解消しようと騎士棟に行った。鍛錬《たんれん》場では、トレーニングをして走りまくり、頭が空っぽになるまで鍛錬《たんれん》に参加した。

「ジュンヤ様。明日は出発っすよ？　あんまり無茶したらダメっす」

見かねたウォーベルトに注意されたが反省はしない。暴れ回るよりマシだと思うから。

「夜になったらマテリオの部屋に行く。ついてくるのはウォーベルトが良い。夜番になるから、誰かと交代して仮眠していてほしい」

「――分かりました」

珍しく真面目な返事をしたのは、俺の強い苛立ちを感じたからだろう。悪いと思うが抑えられない。ウォーベルトにしたのは、アズィトから脱出した馬車で、俺達が深い仲になった後の状況を見ているからだ。

「ごめん。八つ当たりして悪い。人払いも頼むかも。これを頼めるのは、馬車での俺達を知ってるウォーベルトしかいないと思ってる……」

「任せてください」

「じゃあ、次はグスタフ司教の所に行くから、誰かと交代してくれるか？」

護衛がルファに代わり、今度はグスタフ司教を探すが、やはり会えなかった。足りなくなった神官の補充で、近隣の街に神官志願者を集めに出かけているそうだ。そこから将来有望な若者を選抜して育てるそうなんだ。

「ご出立に間に合うように帰ってくると仰ってておりましたが、十人以上も抜けたので、穴埋めが大変なのです」

そう言われると、すごすごと退散するしかない。現在、一番高位なのはグスタフ司教だけだ。

結局、その日は夜まで魔石に充填《じゅうてん》をして時間を潰す羽目になった。あんなに熱烈に愛を囁《ささや》いていたくせに、放置とかどういうつもりなんだ？

——俺をこんな気持ちにさせておいて……覚悟しろよ。

日が暮れるのが待ち遠しくて、何度も窓の外を確認していた。マテリオが神殿に戻ったらしいと連絡が来て駆けつけても、教会から移動させた神官を配置したり、相性の良い同士をペアリングしたりしていると言って、またしても『後で』と言われてしまった。

こんな時にあれだが、『私と仕事、どっちが大事なの？』という元の世界で聞いたことのある台詞《せりふ》が浮かんでしまった。

言う気はないけどな！


そして今、俺はすっかり夜が更けた神殿をウォーベルトと歩いていた。

「あの野郎、何も言わないってどういうつもりだと思う？」

「でも、マテリオ殿はジュンヤ様に一途っすよ？　まぁ、何考えてるか、全っ然分かんないっすけど」

「めちゃくちゃ分かる。えっと、あっちだっけ？」

神官の宿舎になっているほうに歩いていく。鍵は存在しないらしい。理由はすぐに分かった。廊下を進んでいくと、部屋のあちこちで淫《みだ》らな声が聞こえてきたからだ。

「あっ、あん……あぁ」

俺達は驚いて立ち止まる。

「ジュンヤ様……なんすか、これ」

ウォーベルトが声を潜《ひそ》めて聞いてきた。

「ユーフォーンのお茶会覚えてるか？　これが交歓《こうかん》だよ」

「えっ！　ちょっ、それ大丈夫っすか？　行ったらシてるかも……？」

「それはその時考える」

あちこちから喘《あえ》ぎが響き渡る中、平静を保ちながらマテリオの部屋に向かう。ノブを回せば簡単に開いた。鍵がないのは、いつでも部屋に入って交歓《こうかん》できるようになっているからだろう。

耳を澄ましても、室内から音はしない。

誰かいたらどうしよう……！

ドキドキしながら、そっと開けると、椅子に座る黒い影があった。

「マテリオ？」

「えっ？　あ、神子《みこ》様っ？」

そこにいたのは、昨日執務室でマテリオを見つめていた青年の一人だった。

「えっと、マテリオはいないんだな？」

「はい。先程仕事が終わられました。お戻りになると思ったのですがいらっしゃらなくて、それで、待っていて、えっと」

そうか。君はお誘いに来たのか。

「悪いけど、マテリオと話がある。見つけたら部屋に連れて戻ってくるから、君は帰ってもらえるかな」

「は、はい」

俺が言うと、彼はそそくさと出ていった。もしかして、彼はマテリオに抱かれたことあるのかな……？

「セーフで良かったっす。でも、どこにいるんすかね。まさか、他の部屋？　あ、すんませんっ！」

「いや、マテリオは交歓《こうかん》を断ってるとグスタフ司教が愚痴《ぐち》ってたから、それはないと思う。……祭壇に行ってみるか」

「はいっす」

俺達は、またしても怪しげな吐息が響き渡る廊下を抜け、祭壇のある大広間へと向かった。そこで、ようやく見慣れたシルエットを見つけた。

今夜は、絶対に逃がしてやらない。

ウォーベルトに人払いを頼み、大広間の奥にいる影を目指して一歩踏み出した。

歩く毎に大広間に足音が響く。それに気がついて振り向いた影の正体は、やはりマテリオだった。

「ジュンヤ？　どうして……いや、私が行くと言って行かなかったのだったな。悪かった。あまりに夜遅くなったので、もう眠っていると思ったんだ」

「俺は待ってたよ。ずーーっと、あんたを待ってた。あんたこそ何してるんだ。お祈り？」

「ああ。一日が終わる時の日課だ。巡行中は神像を持ち歩いて礼拝している」

「そう。もう終わった？」

「まだだ。先にして良いか？」

「良いよ」

マテリオは祭壇の前で平伏して、長い時間祈りを捧げていた。俺も隣で祈る。顔を上げて、真正面のメイリル神像を見上げる。跪《ひざまず》いたまま、俺達は視線を合わせなかった。

「あんたは何を祈ってた？」

「巡行が無事に終わるように……だ」

「そうか……あんたはここに残りたいのか？　打診されてるんだろう？」

「誰に聞いた？」

「ティアだよ」

「私はお前のためにいる。一緒に行くに決まっている」

その言葉で、ふっと肩の力が抜けた。良かった。来てくれるんだ。

「あんた、出世したんだな」

「一時的な処置だ」

「それと……あれから、交歓《こうかん》してる？」

流れる沈黙が痛い。

「――いや」

「本当に……？」

安心したら泣きたくなった。こいつがこっちを見てなくて良かった。

「だが、お前と出会う前は交歓《こうかん》していた。穢《けが》らわしいと思うか？」

「ふっ……何言ってんだ」

それ、俺がウルスに触られて思ったのと一緒のことじゃないか。

「あんたが過去に誰かを抱いたのはちょっと妬《や》くけど、嫌いにはならないよ」

「そうか」

俺はマテリオの前に回り、正面から見上げた。薄暗く弱々しい魔灯《まとう》の灯りが、赤い瞳に深みを与えている気がする。

「あんたこそ、もう俺に興味ない？　他の奴に触られたから、穢《けが》らわしいか？」

「急に何を……そんな訳ないだろう」

拒まないでくれと祈りながら、手を伸ばしてマテリオの手を握る。

「でも、ウルスの事件以降会いに来ないじゃないか。それとも、もう好きじゃないのか？　あのさ。俺、やっと分かったんだ。あんたが、好きだ。友達じゃなく、恋愛対象として」

「なっ⁉」

「他の人と交歓《こうかん》してるって聞いた時、めちゃくちゃムカついたよ」

「でもそれは、我々の修行の一環で……」

「うん、聞いた。それでもムカついたし、ここに来てからも儀式をするのかと、気が気じゃなかった」

俺は座っているマテリオに抱きついた。

「もう、誰ともするな」

「私もしたくない。だが、いつまで拒めるか分からない……」

しがみついたまま体重をかけると、マテリオはバランスを崩して後ろに倒れ込んだ。

「っく！」

そんな時でも俺を庇《かば》い、自分は背中を打ち付けて苦悶《くもん》の表情を浮かべている。

「ごめん、痛かったな。それに、ウルス達から俺を庇《かば》って殴られちゃってごめんな。もう大丈夫か？　誰かが治癒してくれた？」

「うっ……大丈夫、だ。治癒はマナ神官がしてくれた。他の神官ではない」

「そうか。じゃ、これは俺が癒《いや》してやる」

マテリオに覆い被さって唇を合わせると、それだけで力が循環し始める。あんたも同じこと、感じてるだろう？

「これくらいで力を使うな」

マテリオが俺を押し退けようとしたが、退く気はない。

俺のことを変えておいて逃げる気かよ。

俺はそのままマテリオの腰の辺りに跨《また》がった。

「……交歓《こうかん》は神官の義務かもしれない。でも、神子《みこ》である俺が命令する。もう、他の人とキスしたり、交歓《こうかん》をするな」

「——ジュンヤ？」

怪訝《けげん》そうなマテリオ。そりゃ驚くよな。でも、もう後戻りはしない。

「あんたを俺のものにする。だから、俺をあんたのものにしろ」

俺がそう言うと、マテリオはぐっと体を引き寄せ、抱きしめてきた。

「これは、夢ではないのか……？」

「確かめてみたら？　んんっ」

体を起こしたマテリオと舌を絡め合い、お互いの気持ちを確かめ合う。いやらしい水音が大広間に響く。背徳感はありながらも、やめられなかった。

「はっ、はぁ、ん、直《じか》に、さわ、れよ……」

直《じか》にこいつを感じたくて、キスをしながら神官服の腰紐を解く。

「煽《あお》るな、んんっ、はぁっ、はぁ！」

マテリオも俺の上着のボタンを外していく。

「シャツのボタンも、手伝え」

ボタンを二人で慌ただしく外し終えると、マテリオの手がはだけた服の隙間から俺の素肌を弄《まさぐ》った。

「ジュンヤ、ここでは、傷つけてしまう」

アレがないから。そうだな、いつもなら持ってない。俺は上着の内ポケットから小瓶を二本取り出した。

「お前、まさか？」

「あんたに抱かれるために持ってきた。だから、抱けよ」

持参したのは香油と交玉《こうぎょく》だ。

「待て、こんな、祭壇の前で……無理をするな！」

神様の前でいやらしいことをするのは恥ずかしいって？　でも、あんたのブツはもうガチガチで尻に当たってるじゃないか。

その事実が俺を安心させ、より強引に迫る勇気をくれた。

——早く、あんたに触れたい。

俺は乱暴に自分の上着を横に放り投げた。

「俺をこの世界に連れてきたのがメイリル神なら、いっそ見届けてもらおうぜ」

マテリオが逃げないよう、微妙に体重をかけながら下を脱ぎ捨てる。そして香油を交玉《こうぎょく》に塗りたくった。

「よく見てろよ。無理なんかしてないって分からせてやる」

さすがに少し恥ずかしいが、本気を見せるため、自分で体内に交玉《こうぎょく》を挿入する。

「ん……ん。はぁ、ううん」

「ジュンヤ、だから無理は……」

「あんたとシたい。んっ……でも、奥まで届かないんだよ……」

マテリオの手を取り、目を見ながら指をしゃぶってみせる。安物のＡＶみたいだけど、これであんたが思い切るのなら……

「お前……」

「あんたが挿《い》れてよ」

マテリオの喉仏《のどぼとけ》が動く。ついに我慢できなくなったのか、マテリオは俺の望み通り、唾液で濡れた指で交玉《こうぎょく》をナカに埋め込んでいく。一番奥まで到達すると、内壁がじわっと熱くなり濡れ始めた。

「あ……ん、んん……」

「ジュンヤ……綺麗だ」

大広間に俺のいやらしい声が響いて、誰かに聞かれているかもと羞恥心がよぎる。でも、こいつを手に入れるためなら、聞かれてても構わない！

指を貪欲に咥《くわ》え、腰を揺する。マテリオはそんな俺の痴態《ちたい》を見つめている。

「あ、あっ……もっと、デカイの欲しい……あんたの力、流し込んで……」

「本当に、お前を私のものにして良いんだな？」

「いい。何をしても許す。その代わり、あんたは一生俺のものだ。俺を惚れさせた責任を取れ。良いな？　逃がさねーから」

「私はずっとお前のものだった。今度はお前を、私のものにする」

その言葉が聞きたかった。

俺は神官服を捲《まく》り上げ、マテリオの陰茎を引き出し屹立《きつりつ》に口づけた。

「そんなことはしなくて良い！」

「本当に？　俺に舐《な》められたくないって？」

見上げながらベロリと茎を舐《な》めると、陰茎が反応してピクピクと震えた。同じものがついているはずなのに、妙に可愛く見えるから不思議だ。

「早く……お前に挿《い》れたい……」

「ふふ、やっと素直になったな？　じゃあ、俺がするから、見てろ」

先走りで濡れたマテリオの陰茎を、深呼吸しながら後ろに呑み込ませていく。

もう淫乱でもなんでもいい……。交玉《こうぎょく》で蕩《とろ》けたそこは、内壁を擦《こす》る熱い肉茎を待ち望んでいた。

「んん、はぁ……あんた、あの子に迫られたのか？」

さっき会った青年の顔が浮かんだ。

「あの子、とは……」

「あんたの部屋で待ってたよ。本当に、コレ、誰にも使ってねーだろうな」

動かず問い詰めると、マテリオは焦れったいのか、腰を上下に揺らした。

「怒らないから、言え、よ」

「口づけだけだ……命令に従おうとしたが、それ以上は耐えられず、逃げた」

でも、キスはしたんだ。

「じゃあ、俺が上書きする」

俺はマテリオにキスした。マテリオの口内に舌を差し入れ絡め合う。きっとこいつも辛かった……でも、逃げ切ってくれた。

嬉しくて嬉しくて、愛おしかった。

「これから、は、俺だけ、だから、な？」

マテリオは興奮した顔で見上げていて、二人の力が流れてはまた戻り、あの時と同じ快感が全身をざわつかせて身悶《みもだ》えた。

「あ、ぅ」

下から突き上げられ、電流でも流れたみたいな快感が駆け巡る。

「ジュンヤ、好きだ」

腹筋で起き上がったマテリオに対面座位にされ、何度も突き上げられる。

「ん、急、すぎ、あ、あ、おく、あんたのきてる……」

「ジュンヤ、愛している……愛している……今度こそ、私のものになってくれ」

「まて、り……！　俺も、あいして、るぅ、あ、あぅ、ん」

容赦なく激しく攻められるたび、全身が悦《よろこ》びに打ち震える。しがみついて、されるがまま身を任せていたら、あっけなく吐精をしてしまった。

やばい、早すぎ……

「ごめ……俺、先に……」

「まだだぞ、ジュンヤ」

「ひぁ」

ナカを抉《えぐ》りながらキスして貪《むさぼ》り合う。上も下も全部マテリオに埋められて、しがみつきながら揺さぶられる。

「ん、あ、あ」

「ジュンヤ、私の、愛の証を受け取ってくれ」

何度も激しく穿《うが》たれ、奥深くに熱い迸《ほとばし》りが流し込まれる。

きもちいい。あんたが、すきだ。

「まだ、やめんな……もっと……ん、んむっ、ん、ん」

抱き合ったまま何度もキスを繰り返して、唾液をねだって舌を絡ませ合う。

「ここでは……だめ、だ。お前が風邪を引くかも」

「じゃ……あんたの部屋で……シよ……？」

まだ満足できないが、俺の部屋は遠すぎる。ドロドロのぐちゃぐちゃに流し込んで、馬車でされたように激しく愛されたい。

「ああ。行こう」

服を着る時、体液で汚れるのなんか気にならなかった。俺達の頭の中は淫《みだ》らな欲望しかない。マテリオに抱かれ、部屋へ向かう。

大広間のドアを開けると、ウォーベルトが警護してくれていた。

「ウォーベルト殿……」

「行きますよ」

ウォーベルトは無駄口を叩かず、近衛として接してくれている。

神官の宿舎にあるマテリオの部屋に戻る時も、廊下にはあの怪しげな声は響いていたが、もう気にならなかった。だって、俺達も獣になるために歩いているんだから。

しかし、部屋の前に小さな人影があった。

「あ、マテリオ様」

声をかけてきたのはさっきの青年で、マテリオの腕の中にいる俺を見て驚いていた。俺はきっと、抱かれた余韻を引きずったいやらしい顔をしている。精液の匂いも漂《ただよ》っているはずだ。

でも……

「マテリオ、早く入ろう」

――君にはあげない。誰にも渡さない。

強い思いを込め、青年と視線を合わせた。

「こいつは俺のだから、諦めてくれ」

「私はジュンヤを愛しているからもう誰とも交歓《こうかん》はしない。司教様に報告しても構わない。罰は甘んじて受けよう」

力強く宣言したマテリオが嬉しくてしがみついた。

「ウォーベルト殿、失礼します」

「了解。誰も部屋に入れさせないから、二人は安心してください」

頼もしいウォーベルトに感謝しかない。部屋に入り、狭いベッドに雪崩れ込む。それでも、押し倒した俺の頭をしっかり保護する余裕があるのがムカつく。そんな理性、ぶっ飛ばしてやる。

「お前が彼にあんなことを言ってくれるとは思わなかった」

邪魔な服を全部脱ぎ捨て、身体を弄《まさぐ》り合いキスを繰り返す。

「嫌だったか？」

「嬉しいに決まっている」

「俺も嬉しかったよ」

罰を受ける覚悟で彼に告げた、あんたの気持ち。俺がウジウジしていたから苦しめてしまった。

「なあ、早く……もう一回」

「遮音がない、んんっ」

まだ話そうとする唇を塞《ふさ》ぐ。

遮音なんか意味がないだろ？　みんな声がだだ漏れじゃないか。

キスしながらマテリオ自身に触れると、しっかり硬くなっている。

「いやらしい声出させてみせろよ。もし盗み聞きしてる奴がいたら、俺があんたに抱かれてるって教えてやれ」

「……後悔するなよ。誰が来てもやめないからな。これからするのは交歓《こうかん》じゃなく、セックスだ」

マテリオのルビーの瞳が赤々と燃え、興奮してゾクゾクした。マテリオは少し乱暴に俺の脚を広げると、さっきまで太いものを咥《くわ》え込んでいた場所に一気に突き入れた。

「まっ、て。あ、ゆっくり、しないと、あぅ、あ」

二回目はもっとゆっくりイチャイチャしたかったのに、こいつは容赦なくピストンしてきた。

「痛いか？」

「ちが、イったばっか、また、イっちゃ、う」

「ふ……そういうことか。私達なら、何度イッても平気だろう？」

俺の懇願を無視して、激しく揺さぶってくる。嫌なんじゃなくて、あんたとの時間を味わいたいんだ。

「でも、もたない、よ。もっとゆっくり、シたい……」

「……仕方ない」

やっと動きを緩めてくれた。甘えるようにマテリオに抱きついて首筋にキスする。

「ごめん……ちゃんと覚えていたいんだ」

「分かった。ゆっくり、だな」

口端を上げたマテリオは、今度は俺の弱い場所をねちっこく擦《こす》ってくる。

「あ、それ、それがイイ……」

それがあまりに良すぎて腰を振ってねだってしまう。もっと、擦《こす》ってほしい。繋がっているところから、力が流れてくるのがたまんなくいい……噛んで、犯して、注いでくれ。

「いやらしい顔だ……そんなに良いか？」

「すごくいい……はぁ、あっ、ひとの、こと、言えるのかよ」

マテリオはギラギラした雄の顔で俺を貪《むさぼ》っている。これ、昔の交歓《こうかん》相手にも見せたんだろうか。

ジリジリとした嫉妬が湧き上がった。そいつらのことは全員忘れさせてやる。

「私はずっとあの日を思い出していた。ジュンヤ、脚を肩にかけてくれ」

返事も待たず、脚を肩に担《かつ》がれ大きく左右に開かれた。

「ちょっと、これは、待って」

馬車は薄暗くて、正常位でもお互いがよく見えなかったし、バックも多かった。ユーフォーンの浄化後も多分後ろからだった。繋がっているところが丸見えの体勢にされて恥ずかしい。

「お前は私のものなんだから、全部見せてくれ」

動きを止め、繋がった箇所をじっくりと見つめながら中を掻き回される。マテリオの動き方は、何もかもがねちっこくていやらしい。

「ん、あぅぅ～。この、ドスケベ……」

「うむ。私はドスケベだったようだ。もっと明るいところで見たい……」

「バッ、バカっ！　ちょ、それはダメ！」

近くにあった魔灯《まとう》を引き寄せ、よりによってソコに持っていく。小さな灯だけど、俺の中をマテリオが出入りしている様子が見えてしまう。交玉《こうぎょく》の潤滑液と一緒に、白い液体がどろりと中からこぼれ、慌てて目を背けた。

なんで急にエロ覚醒してるんだ！　どのタイミングでエロ神官に進化したんだよ！

「ばか、恥ずかしい、から、見るな、だめ」

「ああ、私の注いだモノが溢れてしまった……泡が立って蕾が嬉しそうにピクピクしているな。交歓《こうかん》は作業でしかなかったが、なぜお前が相手だとこれほど興奮するんだ」

「実況、すんなっ」

動くたび、交玉《こうぎょく》から溢れる潤滑液に白いものが混ざり合い糸を引いている。マテリオはわざとギリギリまで引き抜いて、またゆっくりと埋め込む。その様子を魔灯《まとう》で照らしながら見せつけてくる。

あまりにも恥ずかしすぎて、目を閉じた。

ゆっくりって言ったけど、やっぱりガツガツ突かれたい。

「ガン見すんな。もっと動いていいって」

「さっきゆっくりと言われたから従っているのだが」

変なとこ真面目なんだから……

「一緒に見てくれたら、動く」

ゆるく揺さぶられるだけじゃ物足りなくて、でも魔灯《まとう》で照らされてるから見るのは恥ずかしい。分かっていて、わざわざ見ろだって？

「や……あ、ん、もっと、大きく……うごけってぇ……」

「ほら、ここがピクピクしながら、締めてくれる……可愛い……見てくれ。見てくれたら、動く」

「あっ、あっ……もっと、つよく」

「見ろ。見ればシてやるから……私を愛してくれている場所を一緒に見てくれ」

懇願するような声音に驚いて目を開ける。ディープキスで舌を絡め取られ、唾液の交換をし合う。キスしながらも、ガンガン突かれたくてナカが痙攣《けいれん》するのを感じた。

「そんなに締め付けるな……」

「はぁ……ん、分かった、見る。だから、早く……」

根負けして答えると、マテリオは嬉しそうに微笑んだ。俺を抱え直し、もっとよく見えるように持ち上げる。

そこからずるりと太い陰茎が引き出されていく。食い締めたマテリオを逃したくないのか、ナカがきゅっと締まったのを感じた。マテリオを愛して愛されたいと、心と体が連動しているようだ。

じっくりと時間をかけながら、俺のナカを堪能するマテリオ。でも、俺は……俺は、もっとめちゃくちゃにされたいんだ。

「もっと……つよく、シて、あぁぁぁ」

強く突かれて、背中に爪を立ててしまう。

「くっ、う。ジュンヤ……私のジュンヤ……！」

「あ、ひぅっ、あ、いい」

皮膚からも力が流れ込み、しがみついて精一杯腰を振る。同時に陰茎も扱《しご》かれてしまうと、あっという間に昇り詰めそうになる。

「まって、いっしょ、いっしょが、いい」

「ああ、一緒に、イこう……一番奥に出して良いか？」

「ん、いい、おく、ほし、あっ、も、ダメっ！　くぅ……」

最奥を突かれた瞬間に絶頂が全身を走る。その瞬間、熱い力を注がれた。

「ふぁ……ぁ……ん……」

「はぁっ……ジュンヤ……もう一度、良いか？」

「やすませ、て。あんっ、まっ、あひぅっ」

最奥に捩《ね》じ込まれて、一番深いところにマテリオがすっぽりと嵌《は》まっている。

「胎珠を使われかけていた……」

「ん……？　どうした？」

動きを止めて見下ろすルビーの瞳を、俺はうっとりと見上げる。綺麗だなぁ。好きだなぁ……

「でも、無事だった、から……マテリオ？」

動いてほしい。散々イッたのに、まだ足りないなんて。

「マテリ……はうぅ」

マテリオは再び動き出し、深い場所を何度も突き上げてくる。こいつの欲望はとどまることがないみたいだ。まだ絶頂の余韻が収まらない体が痙攣《けいれん》し続ける。

「あんな男がこの肌に触れた……！」

ウルスに素肌を触れられたのを憤っているんだ。嫌な事件だったが、新しい顔を見られたんだからよしとしよう。

「や、ふかぃ」

さっき注がれた精液を襞に塗り込めるように掻き回される。

「この体の隅々まで、私の力を注ぐまで終わらせない……」

言葉通りに治癒が流されて、それが全部快感に置き換えられる。細胞までマテリオの力に塗り替えられそうだ。

もっとぐちゃぐちゃにされたい――

俺、ヤバい奴を目覚めさせちゃったかも……そう思ってしまうほど、目の前の瞳は、獰猛《どうもう》な情欲を滾《たぎ》らせて燃えている。真っ赤な炎が俺を燃やし尽くし貪《むさぼ》ろうとしていた。

「孕《はら》ませたい――」

「あれは、ないよ」

「分かっている。だがいつか。いつの日か、ここに……」

俺を揺さぶりながら、マテリオは、彼のモノを収めた俺の下腹を愛しげに撫でた。

「あっ……なぁ、子供……ほしい……か？」

「欲しい。私達の愛の証が欲しい……」

また激しい動きに変わり、マテリオは俺を蹂躙《じゅうりん》する。そのたびに力が流れ込んで全身に染み渡っていく。

あぁ、おれ、こいつに食われてる。こいつのものにされてる……

こいつの執着は俺だけのものだ。覚悟して、全部受け止める。

「いい、よ。いつ、か、あっ、あぁ」

終わらない快楽。貪《むさぼ》り合い、悦《よろこ》びに浸る獣になって、俺達は一つに溶け合っていった。

小鳥のさえずる声が聞こえる。朝日もカーテンの隙間から一筋流れ込んでいて、薄く開けた目に眩しく映った。

「ん……」

優しく髪を撫でる大きな手から優しい力が流れてきている。本当は起きているけど起きたくないので、ぴったりと擦《す》り寄って、寝たフリをする。何度も髪にキスされて……

――どんな顔をしているのかな。

事後のマテリオの顔が見たくて我慢できず、目を開けた。目の前にキラキラしたルビーの瞳があって、穏やかで優しい顔をしたマテリオがいた。

こいつのこんな顔、初めて見た。

「おは、よ……」

「おはよう。体は大丈夫か？」

マテリオは、壊れ物にするみたいに髪にキスした。

「多分……マテリオ、ん」

そっちじゃねーよと唇を尖《とが》らせると、嬉しそうに唇にキスしてくれた。

「なんかさ、これまでごめん。自分でも自覚がなくてさぁ」

「謝るな。私達の出会いは最初があれだからな。あの時襟首を掴んできたお前とこうなるなんて、縁とは不思議だな。今思えば、睨み付けてきたお前の目が、ずっと忘れられなかった」

「あはは。本当だよなぁ。でも、そういうことがあったから、俺にとってあんたはみんなと違うのかもしれない」

「光栄だ。ずっとこうしていたいが、あのまま寝てしまったので体を拭いてやろう。それに、お前の服が問題だ。ウォーベルト殿に伝言して持ってきてもらう必要があるな」

「あ、そういえば」

ベッドの下を見ると、裏返しのまま脱いで皺《しわ》だらけになったシャツと、精液にまみれたブリーチズが落ちていた。裏返しの神官服も精液がこびりついたまま放り投げられ、酷《ひど》い有様だ。俺達どんだけ慌てて脱いだんだ。

ベッドから降りて全裸のまま支度を始めたマテリオを見て、思わず顔が熱くなる。

こんな風にマテリオの裸を見るの初めてだ！　白い肌に赤銅《しゃくどう》色の長い髪が映えて、めっちゃ綺麗なんですけど！

いや。クードラで襲われた時に手当てしたから見たけど。でも、なんて言いますか、エッチの後って見え方が違うんですね。

「昨夜のことを皆様に報告しなければ」

「それは大丈夫。みんなには、あんたをもらいに行くって言って出てきたから」

「……は？」

ぽかんとするマテリオが可愛い。よし、やっと勝てた気がする。

「だからさ、あんたを恋人にするって許可をもらってきた。じゃなきゃ、とっくに乱入されてるよ」

「そうなのか……そうか。本当に恋人になったのだな」

服を握りしめたまま、どんどんマテリオの顔が赤くなっている。可愛い。これを可愛いと言わずして何と言う？

「そうだよ、俺達、庇護者《ひごしゃ》じゃなくて、恋人」

ヤバ。口にすると恥ずかしい〜！

俺は久しぶりにベッドでゴロゴロを披露する羽目になった。

「では、愛しい恋人の体を世話していいか？」

甘ーい！

聞いたことがないほど甘く優しく囁《ささや》かれて、俺はぶんぶんと首を縦に振った。

「でも、先に体拭いていいよ」

「ああ、すまないな」

自分の体を拭いた後、魔石で湯を沸かしたのか、湯気の立つボウルと布を用意して俺の体を拭ってくれる。

「自分でもできるよ」

「私がしたいんだ。これは恋人の特権だろう？」

確かに、みんな楽しそうに世話してくれるもんな。大人しく言いなりになっていたが、一つだけ問題がある。

「どうした？　脚を開いてくれ。綺麗にしないと」

昨夜の大胆な俺はどこへやら、後始末でエッチな穴を弄《いじ》られるのが恥ずかしい。

エロバージョンの俺、今すぐ降臨して！

「わ、分かった」

脚を開くと当然ながら丸見えになる。しかも夜と違って明るい。魔灯《まとう》で照らされながら致すという少々特殊プレイもあったけど、それはエッチの最中だからありな訳でして……

「すごく綺麗だ。腫《は》れたりは……していない、な」

俺は両手で顔を覆って黙っている。指が入ってきて、掻き出すように中で動き出すと、指先からジンジン力が流れ始めていた。指の隙間からマテリオをチラ見すると、真剣な表情で恥ずかしい場所をガン見している。

「もう一度、ここに入りたい」

「えぁっ？」

変な声出ちゃったじゃん。真面目な顔して何言ってんだ。

「で、でも、そろそろ迎えが来るかも」

「分かっている。我慢だな……これからはずっと一緒なのだから、我慢だ。我慢……我慢……」

呪文のように我慢と繰り返し呟いて、心頭滅却すれば火もまた涼しってやつ？　お互いに体が疼《うず》いているけど、どうにか理性を働かせている。

「んっ、はぁ……全部、出た」

どうしよう、気持ちいい。したい。中からドロリと精液が溢れていくのを感じるけど、それが寂しく感じる。エロくても淫乱でもどうでも良い。

「あ……やっぱ、もっかい、シない？」

「う……ダメだ。今日は出発の日だろう？」

「そうだった。じゃあ、途中でシよ？」

「またそんなことを言って」

「いやか？　シない？」

「シたい……」

言質《げんち》が取れてニヤリとする。覆っていた手を外して見ると、真剣な顔で見つめていた。

「むっつりめ〜！　そんなに俺が好きかよ？」

「好きではない。愛している」

「――!?　ま、真顔で言うなよっ！」

指を突っ込んだままでそんなピュアな発言とかギャップがやばいっ！　もうだめ、俺絶対めちゃくちゃ顔赤いよ！

「そうかよっ！　お、俺も、愛してる、けどさっ！」

負けねーぞと言い返すと、あっちもまた赤くなる。何の勝負してるんだ、俺達。照れ隠しでバカなことをしている。

マテリオは俺を新しいシーツで包《くる》んだ。

「ジュンヤの着替えをもらいに行ってくる」

外に出ようとした時ノックの音が響いた。鍵がないから勝手に入れるけど、遠慮してくれてるってことは……

「はい。どなたですか？」

「エルビス殿が来ています。マテリオ殿、ジュンヤ様は大丈夫ですか」

ウォーベルトが取り次いでくれた。

エルビス。こんな場面にまた出くわす羽目になってごめん。でも、許してくれてありがとう。

「起きていますが、少し待ってください。エルビス殿、ジュンヤの着替えはありますか？」

「もちろん」

「では、私が取りに出ます。もう少しお待ちを」

マテリオは俺が外から見えないように配慮して、ドアを開ける。エルビスの顔が見えないけど、大丈夫かな。マテリオを恋人に加えるのを本当は嫌がっていないか、少しだけ不安だ。

「急な用件が入って、出立を少し遅らせなければならなくなった。支度ができたらジュンヤ様と大広間に来てほしい。ここは近衛と神兵に守らせる」

「何事ですか？」

「まずは支度を。ジュンヤ様を任せるぞ？」

「はい。急いで伺います」

ドアが閉まり、エルビスは離れたようだ。

「何かあったみたいだな」

「いつまでもこうしていられないらしい。ゆっくり休ませたかったが、急ごう」

「俺も自分で拭くから、そっちの布をくれ。マテリオも拭き残しがないか見てやるよ」

「助かる」

せっかくの甘い雰囲気を楽しみたかったが仕方ない。一体何があったんだ？ 事後の余韻は吹っ飛び、まだ何か起こるのかと不安に駆られた。

着替えた俺達は通路を通って進む訳ですが……。他の神官の視線が痛い。まぁ、堂々と彼に俺のもの宣言しちゃったしね。

「ティア、遅くなってごめん」

大広間にはいつものメンバーと、事件と無関係だった神官が集まっていた。でも、神官達は俺が来てから落ち着かない素振りで顔を赤くしている。

多分香りの影響だな。マテリオからも俺の香りがするはずだ。一緒に来たし、シましたって宣言しているようなものだ。それにしても、マテリオの時は普通に動けるのが不思議議……

「ジュンヤ。無事に捕獲できたのだな？」

ティアはニヤッとこちらを見る。それを今言わせんのか王子様。いや、大事な話だからだよな。

でもさ、言い方があるだろ。

「捕獲って」

「ソレはそうしなければならん男だ」

確かにね。逃げる可能性が高かったよね。

「うん。みんな、これからはマテリオを俺の恋人として扱ってくれ」

俺は羞恥を振り切り、キッパリと宣言した。

「おお～！　やっぱり！」

「嘘だぁ～！」

だがなぜか、騎士から落胆の声や拍手が起こった。

「何？　どうした？」

「ジュンヤ様！　俺、二人がくっつくほうに賭けてたっす！　いやっふぅ～、勝～利っ！　昨夜の苦行に耐えた甲斐があったなぁ～！」

ウォーベルトは派手なガッツポーズを決める。

なんだと……？　賭けてた……？

「ウォーベルト、説明しろ」

「私はマテリオ殿が我慢するほうに賭けていたのに！　なぜ我慢できなかったのですか？　大損です！」

「ラドクルト、お前もか！」

なんと、騎士同士でマテリオが旅の終わりまで耐えるのか、途中で告白するのか、はたまた俺が押し倒すのか賭けていたそうだ。最後のやつが正解だ……！

「勝った奴、俺に傅《かしず》いて感謝しろ」

冗談で言ったのだが、勝ったメンツがふざけつつ「ハハ～ッ！」と傅《かしず》いたので慌ててやめさせた。

くっそう～！　俺達で遊びやがって。

「ゴホン」

「あ、ティア、ごめん」

「いや、良い。彼らの遊びは許してやれ。これまでヤキモキして見守っていたのだ。もっと話したいが、これからの話を先にしよう。すぐに出発する予定だったたが、困ったことが起きた。グスタフ司教が隣町からレナッソーに戻る最中、急病で倒れたと連絡が入った」

「えっ？」

「ただの病気か瘴気《しょうき》の影響かは分からない。だが、そうなるとこの神殿が問題だ」

「どういう意味？」

後ろにいたマテリオを見ると渋い顔をしていた。ティアはさらに続けた。

「ここの司教はグスタフ司教とウルスだけだった。あとは一般の神官で、序列はあるが指揮を執《と》るのは難しい」

「隣町まで治癒に行けば良いか？」

「そうできれば良いのだが、それまでの間が問題だ。平時なら良いが、街が荒れた上、人員も足りない。いざという時に指揮する者が必須だ」

まだ神殿内は動揺が続いており、強いリーダーが必要なのは分かっている。……嫌な予感がする。

「だから、現時点で一番格が高い人間が代理で指揮をしなければならない。……そうだな、マテリオ？」

「一番上の地位の人って誰だ？」

「――ジュンヤには辛い話になる」

言い淀《よど》んだティアの表情が曇る。

「マテリオ司教代理です！」

背後から声がして振り向けば、神官達がずらりと並んでおり、その中に昨夜見た顔があった。

「現在、一番の高位はマテリオ司教代理ですから、残っていただかないと困ります」

おいおい。君のそのドヤ顔は、俺と離れている間にマテリオを口説き落とす気満々だな？

その後、少し年配の神官も口を開いた。

「魔力量も一番あります。王都の神官は司教になる可能性があり、祭事についても我々より詳細に学んでいるはずです。もしも殿下達が先に進まれるのなら、マテリオ司教代理には残っていただき、儀式を執《と》り行う役目を担《にな》ってほしいのです」

「私にはジュンヤを守る役目がある」

そう言うマテリオに、神官達が一斉に跪《ひざまず》いた。

「どうか、お残りください!!　恐れながら、庇護者《ひごしゃ》様は既に三人おられます！　どうぞ、この神殿を導く役目を担《にな》ってくださいませ！　それに、マテリオ様のそのお力をどうぞ若い者に分けてやってくださいませんか？」

それぞれが哀願しマテリオに縋《すが》る。だが恐らく、「力を分けてくれ」が一番の目的なんだろう。マテリオも神殿を守りたいという気持ちはあるはずで、さすがに困った顔をしていた。それにしても、そんなに魔力が多かったんだ。それなら、こんな風に言われて当然かもしれないな。

それに、彼らはまだ庇護者《ひごしゃ》の真実を知らない。それほど深く考えず、単純に彼らを庇護者《ひごしゃ》という名の恋人にしたと思っているんだろう。俺の倫理観も、どれほど苦悩して告白したのかも知らないはずだ。

ただ、確かに彼らを率いる人間が必要というのも分かる。彼らの言葉を聞いて頭にきてはいるが、状況も理解できた。

でも、でも！　やっと想いが通じたのにこれかよっ！

なんでよりによってマテリオなんだよ！

「ティア、隣町は遠いのか？　方向は？」

「移動に丸一日といったところで、逆方向だ。昨日のうちに戻るつもりだったらしいな」

「そうか……」

往復する時間がもったいないな……

「グスタフを治癒するにはジュンヤが最適ではあるが、旅は急を要している。王都の瘴気《しょうき》は強まっており、一刻も早く大本を断ち王都の瘴気《しょうき》に立ち向かわねばならない。だから、ジュンヤがいないところで決めてすまないが、魔石を使用する許可を出した」

ティアの決断力は相変わらずすごいな。

「マナ神官と神兵、ルファを隣町に派遣し、護衛はレナッソーの騎士を追加した。終わり次第、我々を追ってくる手はずで、既に旅立った」

「でも、グスタフ司教が戻るまで神殿を指揮する人間が必要なんだよな」

「そうだ」

グスタフ司教の病気はマテリオを引き留めるための仮病かもと疑ったが、そんなこと言っていられない。

「……分かった。マテリオは司教が戻るまで、ここに残ってくれ」

「そんな、ジュンヤ……！」

マテリオは苦しそうな表情で俺を見る。もう仏頂面を貫けないみたいだ。

そんな目で見るなよ。俺だって辛い。

「俺、先に行って待ってる。だから、必ず追いついてこい」

「――分かった。お前がそう決めたのならば従う」

周囲で安堵している神官達と、嬉しそうに笑うあの青年が見えた。みんな立ち上がって談笑している。なんだかんだ理由をつけ、マテリオを返さないつもりかもしれない。

「マテリオ司教代理が残ってくれて良かった！　昨夜の交歓《こうかん》での魔力アップはマテリオ司教代理のお力かなぁ？　なんだか良い香りがしてから、すごく……良かったよね？」

「この香りは魔力が底上げされる気がするよな。今すぐもう一度始められそうだし」

「良いね、この後どう？」

「え～？　マテリオ様が良いな」

皆さん、楽しそうにご歓談されてます。

へー、そうですか。香りに当てられてるのかもしれないけど、俺の目の前で言うか？

いや、彼らは恋人や結婚の予定がないから、恋人との付き合いを想像しにくいのかもしれないな。

それに、さっき恋人宣言したが、離れていた彼らには聞こえなかったのかもしれない。

――追いついてこいって言った俺の言葉を無視してる可能性もあるけどな。

「ジュンヤ。私はもう交歓《こうかん》をしない。信じてくれるか」

彼らの勝手な会話が聞こえ、不安そうに眉根を寄せるマテリオの腕をぽんと叩く。

「分かってるって」

皆さん、マテリオと交歓《こうかん》したいんだな？

でも、残念でした！

「神官の皆さん！　ちょっとお話があります！　注目！」

大声で神官達に呼びかけると、彼らは驚いた顔で一斉にこちらを見た。俺はマテリオを隣に立たせ、腕を絡めた。

「指導者としてお貸しするのはグスタフ司教が戻るまでの間です。それと、こいつはもう俺のものですから、交歓《こうかん》は禁止します」

禁止という言葉に神官が不満そうにどよめく。

「マテリオは俺の恋人で、代わりなんてどこにもいない大切な男です」

大きな声と強い口調で続けると、その場にいる誰もが目を丸くして俺を見ている。神官に釘を刺したが、これじゃまだ弱い気がしてきた。

「――いいか、絶対に手を出すなよ」

思わず低い声で念押ししてしまった。無意識に素になってしまい、営業スマイルを作り直す。

「では、ご理解のほどよろしくお願いします」

――手ぇ出したら容赦しないからな？

最後に睨みをきかすと、彼らは一斉に這いつくばって平伏した。俺、そんなに怖かったかな？

まぁ、マテリオを守れるならどうでもいいや。

「ジュンヤ、お前、怒らせると怖えーな」

「何を言う。本質の強さは皆が分かっているはずだろう」

「ジュンヤ様、かっこいいです」

ダリウスは笑い、エルビスは惚れ直したと言ってくれた。ティアの発言は褒め言葉として受け取っておこう。

「神子《みこ》さん……この先もオレを連れてってくれる？」

いつの間に俺の傍にいたのか、ミイパが不安そうに見上げている。

「もちろん連れていくよ。もう、ミイパは俺達の仲間だ。その鼻、頼りにしてるぞ」

「えへへ、やった！」

初めてミイパが年相応の笑顔を見せてくれた。やっと、本当のミイパを見れた気がして嬉しくなった。

対して、マテリオの表情は苦しそうだ。眉を八の字にし、眉間に皺《しわ》を寄せながら、ルビーの瞳は俺をじっと見つめていた。

「お前のため、神殿の腐敗を一掃してみせる。だから……置いていかないでくれ」

俺だって、置いていきたくない。でも……

「あんたがいないと困る。次の街で待ってるぞ！」

俺達はしっかりと抱き合った。本当は離れたくない。

でも、必要な決断だった。

「だから早く、追いついてこい」

それだけでは足りないと思って、俺はマテリオの襟首を掴んで屈《かが》ませると、唇にキスをした。神官達のどよめきが聞こえたが無視だ。

——誰にも渡さない。

唇を離し神官達を睨みつける。これは彼らへの牽制《けんせい》と、マテリオへの信頼の証だ。寂しさはあるが不安はない。俺達の絆が絶対に切れないという自信をもらったから。

俺達の最終目的地は、ミハ・ジアン。これからも色々なことがあると思うが、何としてでも乗り越えて、進まなくちゃいけない。

街の入り口の橋で見送るマテリオに手を振り、俺達はレナッソーを後にしたのだった。

この作品に対する皆様のご意見・ご感想をお待ちしております。

おハガキ・お手紙は以下の宛先にお送りください。

【宛先】

〒150-6019 東京都渋谷区恵比寿4-20-3 恵比寿ｶﾞｰﾃﾞﾝﾌﾟﾚｲｽﾀﾜｰ 19F
（株）アルファポリス　書籍感想係

メールフォームでのご意見・ご感想は右のＱＲコードから、
あるいは以下のワードで検索をかけてください。
アルファポリス　書籍の感想　検索
ご感想はこちらから

本書は、「アルファポリス」（https://www.alphapolis.co.jp/）に掲載されていたものを、
改題、改稿のうえ、書籍化したものです。

異世界《いせかい》でおまけの兄《にい》さん自立《じりつ》を目指《めざ》す6

松沢ナツオ（まつざわ なつお）

2024年 5月 20日初版発行

編集－山田伊亮・大木 瞳
編集長－倉持真理
発行者－梶本雄介
発行所－株式会社アルファポリス
〒150-6019 東京都渋谷区恵比寿4-20-3 恵比寿ｶﾞｰﾃﾞﾝﾌﾟﾚｲｽﾀﾜｰ19F
TEL 03-6277-1601（営業） 03-6277-1602（編集）
URL https://www.alphapolis.co.jp/
発売元－株式会社星雲社（共同出版社・流通責任出版社）
〒112-0005 東京都文京区水道1-3-30
TEL 03-3868-3275
装丁・本文イラスト－松本テマリ
装丁デザイン－円と球
印刷－中央精版印刷株式会社

価格はカバーに表示されてあります。

落丁乱丁の場合はアルファポリスまでご連絡ください。

送料は小社負担でお取り替えします。


ISBN978-4-434-33892-2 C0093